中国好人

金兴安与第一家农家书屋的故事

李朝全 著

人民出版社

2010 年 8 月 4 日,《人民日报》发表本报记者何聪采写的《金兴安　创办书屋谢乡亲》文章。

2014 年 2 月 28 日, 第 4 期全国农家书屋工程简报。内容是贯彻落实刘延东副总理就金兴安创办农家书屋作出的重要批示。

蒋集镇农家书屋院内景观, 被誉为"全国最美的农家书屋"。

2004 年 11 月 4 日, 合肥市园林规划设计研究院主任周毅与蒋集乡乡长杨德三在这块菜地上规划建造书屋风景园林。

2005 年 10 月 28 日，蒋集镇农家书屋（作家书屋）正式开馆，孩子们像潮水般涌向书屋。专程前来参加仪式的郑锐、王家琰等和孩子们合影。

金兴安向前来书屋阅读的留守儿童讲解读书的意义。

金兴安和农民在电子阅览室查看网上信息。

2007 年 12 月 25 日，安徽省"农家书屋"授牌仪式在蒋集镇农家书屋（作家书屋）举行。

2015 年 3 月 28 日，正逢定远县蒋集大集，蒋集镇农家书屋举办图书赶集活动，为当地农民送去农业科技图书，为春耕大生产"加油""充电"。

金兴安（左一）与农民兄弟亲切交谈。

中小学生在书屋聚精会神地阅读。

蒋集镇农家书屋每两年举办一次农民读书奖活动，图为第三届农民读书奖颁奖仪式。

1993 年 5 月 29 日，安徽省委宣传部，安徽省文联，安徽省妇联，安徽省新闻出版局，定远县委、县政府等联合举办了金兴安《校园微型小说》座谈会。著名作家陈登科、贾梦雷、曹玉模等出席座谈会。

1993 年 12 月，郑锐、穆孝天、鲁彦周、公刘、贾梦雷、梁长森等参加金兴安新作《自鸣钟》出版座谈会。

1998 年 12 月 16 日，中国作家协会创作联络部给《安徽大采风》首发式的贺信。

1998 年 12 月 17 日，安徽省委宣传部、安徽省新闻出版局、安徽省作家协会、安徽教育出版社等联合举办了《安徽大采风》首发式。省领导王光宇、郑锐、欧远方、张春生、张润霞等出席，安徽省新闻出版局副局长黄书元主持。

1998 年 12 月 29 日，中国作家协会、中国报告文学学会联合举办了《安徽大采风》首都文学界座谈会。中国作协张锴、高洪波及著名作家、评论家周明、鲁光、袁厚春、杨匡满、何西来、傅溪鹏、缪俊杰、梁长森等出席座谈会。

1998 年 12 月 25 日，安徽省文联给《安徽大采风》首都文学界座谈会的贺信。

1999 年 2 月 10 日，安徽省人大原主任王光宇给金兴安的贺信。

2017 年 6 月，《金兴安研究》由新华出版社出版发行。

2017 年 9 月 28 日，由安徽出版集团、新华出版社、安徽省作家协会联合主办的金兴安文学创作四十年暨《金兴安研究》出版座谈会在合肥隆重举行。

　　2013 年 5 月 23 日，定远县蒋集镇农家书屋（作家书屋）举办书屋创建 10 周年座谈会，国家新闻出版广电总局，安徽省委宣传部，安徽省新闻出版局，滁州市文广新局，定远县委、县政府等有关单位领导及蒋集镇农民、学生代表计 60 余人出席座谈会。

　　2014 年 2 月 15 日，安徽省委常委、宣传部部长曹征海率省新闻出版局、省文化厅、安徽出版集团等有关领导到蒋集镇农家书屋考察、调研。

　　2015 年 10 月 14 日，安徽出版集团向蒋集镇农家书屋捐赠图书 11440 册。图为安徽出版发行公司总经理王晓光（左四）与前来参加捐赠仪式的县、镇领导合影。

　　2015 年 11 月 30 日，安徽省新闻出版广电局公共服务处副处长陈洁华、副调研员朱波扬，滁州市文广新局副局长韦荣，定远县委常委、常务副县长张子非，定远县委常委、宣传部部长周成东等一行到书屋调研。

2017 年 4 月 15 日，国家新闻出版广电总局印刷发行司司长刘晓凯等一行在安徽省新闻出版广电局、滁州市文广新局、定远县有关领导的陪同下对蒋集镇农家书屋进行考察、调研，并召开了农民读者代表座谈会。

2017 年 4 月 25 日，安徽省委原书记卢荣景（前中）、省委办公厅助理巡视员李其昌、省委办公厅老干部处处长许颖峰、合肥市人大原副主任甄长琢等一行，在定远县及吴圩镇、蒋集镇等有关领导的陪同下对蒋集镇农家书屋进行考察、调研。

2017 年 11 月 6 日，安徽省人大常委会原主任孟富林（前中），原副主任陈瑞鼎、吴天栋等一行在定远县委常委、宣传部部长刘洪智陪同下对书屋考察、调研。

2019 年 4 月 9 日，安徽省委宣传部副部长、省新闻出版局局长洪永平（前中）在滁州市委宣传部，滁州市文广新局，定远县委、县政府，定远县委宣传部等有关领导的陪同下，到定远县蒋集镇农家书屋调研。

2006 年 10 月 12 日，蒋集镇作家书屋被共青团安徽省委授予"民族精神代代传·安徽省少先队教育基地"，图为团省委少工委主任李丹云（右）向金兴安授牌。

2018 年 4 月，定远县委副书记、县长邹军（左）向金兴安颁发农家书屋突出贡献奖。

2015 年，蒋集镇荣获安徽省十大"书香之乡"荣誉称号。

2006 年 12 月 25 日，金兴安（左四）被国家新闻出版总署授予"全国新闻出版行业服务社会主义新农村建设出版发行先进个人"荣誉称号。

2017 年，蒋集镇农家书屋荣获"全国示范农家书屋"殊荣。

2014 年 7 月 10 日，安徽省"第一家农家书屋"授牌仪式在蒋集镇农家书屋举行。省、市、县、镇有关领导及书屋创始人金兴安等参加授牌仪式。

目　录

第一章
"好人"行善事　"人间天堂"美　/003

两任副总理的批示　/005

"中国好人"上榜　/012

孩子们的最爱　/017

小书屋培养出了北大生　/025

考上清华大学的才女　/029

哺育了一茬又一茬学子　/033

读书看报不要钱　/038

移不走的文化站　/043

有爱大声说出来　/050

第二章
自学成才难　苦心天不负　/055

吃百家饭穿百家衣　/057

"门歌"与"饭干"　/069

"老师就是一道人梯" /073

"废炉烧新饭，苦在乐里面" /091

风雨同舟渡，甘苦两心知 /095

拼命找书读 /102

后来才知道自己写的是儿童文学 /105

一炮打响的第一篇通讯报道 /110

"抓住今天" /116

采访三个月写的书稿丢了 /127

自学也能成才 /142

省鸟灰喜鹊飞去哪里了 /147

第三章

倾力建书屋　桑梓情意深 /151

"只要有钱买米吃就行" /153

绿叶对根的情意 /161

一封书信，一项善举 /166

"你这样不要命，何苦呢?!" /174

县委书记十次到书屋 /181

"老革命"伸以援手 /185

孩子们的盛大节日 /194

"我就跟你张这一次口" /199

独具特色的"农民读书奖" /207

第四章
"娘家"鼎力助　善举大接力 /215

"娘家人"的掌声与赞许 /217

王蒙先生和"读书好" /223

文化温暖的力量无法估量 /227

老师管理员不要一分钱报酬 /231

书屋名气越来越大，华进越来越忙 /239

灯光照亮了一大片土地 /249

"我是冲着金老的精神去的！" /257

好人献好书，好书育好人 /265

第五章
书香润四方　好人长流传 /273

书香相伴到永远 /275

人文蒋集新变化 /278

农家书屋阔步行 /281

人人需要"知识银行" /286

第六章
杯水涌泉报　感恩无穷期 /293

率先向希望工程捐款捐书 /295

让感恩的种子撒遍大地 /297

寻找 50 年前的"恩人" /302

难忘一杯水的恩情 /306

人生极处是精神 /308

大地有冷暖，人间有真情 /315

感恩家风代代传 /319

知识甘泉汩汩流 /326

后　记 /331

人生一辈子就是两件事：一是学习，二是感恩。学习使人知理，感恩使人明事。

——金兴安

第一章

『好人』行善事　『人间天堂』美

两任副总理的批示

『中国好人』上榜

孩子们的最爱

小书屋培养出了北大生

考上清华大学的才女

哺育了一茬又一茬学子

读书看报不要钱

移不走的文化站

有爱大声说出来

2010 年 6 月 18 日，中共中央宣传部向《人民日报》、新华社等 18 家中央主流媒体及其所属新闻网站发出通知，要求各新闻媒体宣传安徽省一位中国作家协会会员、安徽出版集团编审金兴安同志的事迹。

2014 年 9 月，金兴安被中央文明办评选为"中国好人"。

金兴安是怎样一位作家和编辑？他究竟作出了什么贡献？为什么会受到有关部门如此的重视？带着一系列的疑问，我开始了采访之旅。

两任副总理的批示

2014 年元月 24 日，中共中央政治局委员、国务院副总理刘延东就金兴安创办农家书屋作出重要批示：

金兴安同志用自己的积蓄和藏书建设家乡农家书屋，丰富农民的精神文化生活，带动了乡风民风的改观，为新农村建设作出了积极贡献，这种精神值得赞扬。请新闻出版广电总局转达我对金兴安同志的问候。希望金兴安同志把感恩乡亲办书屋的路一直走下去，用知识和文化带领乡亲走向小康和富裕！

农家书屋是一项惠及广大农民群众的民生工程，要按照构建现代公共文化服务体系的要求，加强管理，有效使用，不断提升服务的标准化水平。要吸引更多社会热心人士参与农家书屋的建设和管理，激发农村文化的内在活力，使农家书屋在服务"三农"工作、推进新农村建设中发挥更大作用。

作为大国副总理，可谓日理万机，但是她却能在安徽出版集团一位已退休的普通员工一封寻常的"人民来信"上作出如此翔实的批示，足见刘副总理对金兴安为家乡无偿创办农家书屋这件事的高度肯定与赞赏。她赞扬的是金兴安的精神：用知识和文化带领乡亲奔向小康和富裕！

那么，这是怎样一种精神呢？

首先是感恩乡亲、回报家乡的美好愿景和行动。兴安是定远县蒋集镇金巷村人，1948 年出生，写过儿童文学和报告文学，加入了中国作家协会、中国报告文学学会和中国儿童文学研究会，退休前为安徽出版集团编审。1960 年，在饥荒岁月兴安的父母双双去世，他是吃百家饭长大的，以后政府又救济他上学。最终，他凭借顽强的自学走上了文学创作和记者编辑的道路。2004 年 7 月，兴安为报答乡恩、回馈社会，将自己多年的积蓄及藏书捐出来，在家乡蒋集镇创办了安徽省乃至全国第一家农家书屋——当时叫"蒋集乡作家书屋"。2005 年 10 月，作家书屋竣工，免费向农民和教师学生等开放。2007 年，国家启动农家书屋工程后，安徽省新闻出版局将作家书屋列入安徽省农家书屋工程总体规划，按照农家书屋工程建设标准，配备出版物，实行规范化管理。

其次，金兴安的精神是一种坚韧不拔的顽强毅力，执着做好一件事情的坚定意志。书屋创建 15 年来，他为了书屋的发展，不计名利，四处奔波"化缘"。在他的"娘家"——安徽出版集团等新闻出版部门的大力支持和社会各界的热心帮助下，蒋集书屋的藏书量从最初的 3000 多册跃升至 2017 年年底的 6 万多册，拥有 600 多平方米的藏书室和阅览室，大大超出国家规定的农家书屋建设规格及标准。书屋实现全天候向乡亲们和广大师生免费开放。在金兴安精神的感召下，蒋集中学教师蒋华进、胡新杰的爱人胡宏萍等先后担任书屋义务管理员，尽心尽力，长期坚持无偿管理，周一到周五向学生和教师开放，农民在当地逢集时间（农历每旬二、四、七、九日）凭免费借书卡登记借阅，每年借阅量达到一万多人次。

金兴安的精神还是一种脚踏实地，扎扎实实做好事、求实效的品质与追求。他虽然不能为家乡招商引资，但是他发现家乡人民需要文化，乡亲和学校师生渴望读书却苦于无书读，于是便毅然决然地作出捐书捐钱建书屋的决定。在书屋创建伊始，便确定了背靠学校、依托学校师生，面向社会、服务乡亲的原则；并且15年来乐此不疲，为此投入全部心血。书屋建设和管理在他的直接参与下，取得了显著的社会效果。书屋既丰富了当地农民的文化生活，提高了乡亲们的文化素质，又带动了乡风民风的改观。农民通过学习种植养殖技术，增加了收入，得到了实惠。中小学生通过读书增长了知识，开阔了眼界，越来越多的学生走出小镇，考上了清华、北大等一批高等学府。农家子弟从这里放飞梦想。

金兴安的感人事迹引起了社会的广泛关注和高度评价。《人民日报》、中央电视台、《光明日报》、《文艺报》等多家媒体多次给予报道。蒋集镇农家书屋获得了中央、省、市、县多种奖励和荣誉，被评选为安徽省农家书屋典范、全国示范农家书屋。金兴安本人荣获国家新闻出版总署授予的2006年"全国新闻出版行业服务社会主义新农村建设出版发行先进个人"和中央电视台2010年"身边感动人物"荣誉称号。

在刘延东副总理的批示传达之后，国家新闻出版广电总局迅速落实，转达了刘副总理对金兴安的问候，并在2014年春节期间，安排中央电视台、《人民日报》、《光明日报》、《中国新闻出版报》，对金兴安事迹进行深入采访报道。

2月4日大年初五，中央电视台记者放弃休假时间，来到偏远的蒋集镇农家书屋，采访了农民、学生、教师、乡村干部等读者代表，大家畅谈了读书心得和收获。2月6日，在中央电视台《新闻直播间》专栏中播出了《安徽：金兴安和他的作家书屋》专题节目，在安徽和定远当地产生了很大影响。

2月10日，安徽省委书记张宝顺作出批示："认真落实延东副总理重要批示，宣传金兴安同志事迹，加强对农家书屋的建设和支持。"安徽省长王学军也作出批示。安徽省委常委、省委宣传部部长曹征海要求安徽省新闻出版局、文化厅和有关新闻单位，按照省委书记和省长要求，认真落实延东副总理重要批示，分析研究农村公共文化服务新特点、新要求，结合中心村农民文化乐园建设和县图书馆总分馆制试点，进一步创新体制机制，完善农家书屋图书选择、采购、更新、流转、管理、运行等制度，切实把农家书屋办成民心工程；注意发挥蒋集镇农家书屋的典型示范作用，协助解决有关问题，做好金兴安事迹宣传工作。

春节期间，安徽省委宣传部和省新闻出版局领导专程到金兴安家里看望。《安徽日报》、安徽广播电视台、《江淮》杂志、中安在线、《新安晚报》、《市场星报》以及《滁州日报》、滁州市电视台等纷纷聚焦金兴安创办的第一家农家书屋，进行集中采访。金兴安的事迹再次在电视里有影、广播里有声、报纸上有大幅文字和图片报道，在社会上引起热烈反响与共鸣。金兴安再一次成为安徽大地的新闻人物。

2月15日，2014年春节长假一结束，曹征海部长便率领省新闻出版局、省文化厅、安徽出版集团等有关单位主要领导，在滁州市、定远县领导的陪同下，专程到蒋集镇农家书屋考察调研。在调研中，曹部长高度评价了金兴安创办的书屋开全国先河，经过10年的坚守和发展，探索出"背靠学校，面向社会"的书屋模式。

4月24日，首届出版传媒集团信息工作会议在合肥召开。会议期间，来自全国的29家出版集团、4家发行集团向蒋集镇农家书屋捐赠图书，共计2133册。

7月10日，安徽省新闻出版广电局局长郭永年等来到蒋集镇，举行"安徽省'第一家农家书屋'"授牌仪式。蒋集书屋创办时间最早，比国家全面推行农家书屋工程要早3年，是名副其实、当之无愧的安徽省乃至全国第一家农家书屋。郭永年高度肯定了蒋集镇农家书屋成立10年来取得的显著成效。截至2012年6月底，安徽全省共建成农家书屋18952个，提前3年实现行政村全覆盖的目标。他希望蒋集镇作为全省公共图书服务体系唯一的试点乡镇，积极探索和总结农家书屋管理、使用的新措施、新办法、新经验，努力把蒋集镇农家书屋打造成全省乃至全国一流的农家书屋，形成安徽文化品牌，让农家书屋传递正能量，在建设美好安徽、美好乡村进程中发挥更大作用。

创建10年来，蒋集镇农家书屋给当地群众带来了巨大的社会影响和文化福祉，已成为蒋集镇和定远县一大文化品牌。但是，由于原书屋规模较小，空间有限，不能满足当地群众日益增长的读书、娱乐等文化消费需求，亟须扩建整修。2014年夏，在安徽省新闻出版广电局和定远县人民政府的大力支持下，蒋集镇决定对蒋集镇农家书屋进行翻新扩建。省里投入50万元，蒋集镇自筹50万元，将书屋建筑面积由260平方米扩建至600平方米，设立专门的电子阅览室、农民阅览室、学生阅览室、皖版图书室、名家名作展示室、书屋创建陈列馆等，健全和规范蒋集镇公共图书服务体系，打造全国一流农家书屋。

其实，早在2008年，中共中央政治局委员、国务院副总理回良玉就曾对金兴安兴办作家书屋（农家书屋）的善行作出重要批示，予以褒扬。

回良玉 1994 年至 1999 年在安徽省先后任省长、省委书记。那时，金兴安还在安徽新闻出版局、《安徽新闻出版报》等新闻单位工作，经常采访各方面领导，同回良玉也有过一些接触。

2002 年后，回良玉调到中央工作，仍旧关心着金兴安的文学创作和工作情况。

2005 年蒋集乡作家书屋办起来后，取得了很好的社会效果。2008 年春节前，兴安致信回良玉副总理，一为祝贺新春佳节，一为汇报自己近年来创办作家书屋的有关情况。

回副总理读到兴安的来信，在百忙中作出重要批示：

> 办好农家书屋意义重大。金兴安同志为农民群众办了一件好事和实事。
>
> 回良玉　三月十八日

国务院领导如此关心重视农家书屋，这在国家新闻出版总署和全国出版系统历史上还是第一次。4 月 8 日，设在国家新闻出版总署的全国农家书屋工程办公室向全国各地新闻出版局签发了第 11 期《简报》——"回良玉副总理就金兴安创办农家书屋作出重要批示"。

4 月 9 日，安徽省委宣传部领导亲切接见金兴安，转达了回副总理对他创办书屋一事的充分肯定和亲切问候。兴安简要地向相关领导汇报书屋情况。他说：书屋受到了地方政府和村民们广泛欢迎。免费开放 3 年来，已有 3 万多人次借阅各种图书和观看科技光盘，村民从养殖业、种植业图书及光盘中学到了科技知识，得到了实惠。蒋集乡中学教学质量和教学水平有了显著进步，2005、2006和2007年连续三年中考升学率节节攀升，已达到全县同类学校最好水平。2006年，中国作家协会中华文学基金会在此建立"育才图书室"，捐赠图书6000余册和电脑等用品。书屋还被共青团安徽省委授予"民族精神代代传·安徽省少先队教育基地"，被安徽省农家书屋领导小组授予"安徽省农家书屋示范书屋"。宣传部领导一边倾听一边频频点头，连连赞许道："办得好！办得好！你做了件了不起的事情。"

2015年年底，蒋集镇农家书屋扩建工程完成后，金兴安及时写信向回良玉同志作了汇报。

2016年元月，回良玉同志办公室专门复函，转告金兴安：回副总理看到农家书屋取得的新成就非常高兴，欣然应允为农家书屋题赠他新近出版的散文随笔集《七情集》一册，愿与乡亲们共同分享他对生活真谛的探索，对人文情理的哲思，以及对祖国大好河山的热爱赞美。在新年来临之际，转达了回副总理对金兴安和乡亲们的新年祝福以及对农家书屋的良好祝愿。

随信一起寄来的，还有一册《七情集》。在扉页上，回良玉亲笔题写了两行字：

德乃是为人处世之本，
情乃是安身立命之魂。

这，既是与读者共勉之语，亦可看作是写给金兴安互勉的话。

"中国好人"上榜

2008年5月起，由中央文明办主办、中国文明网承办的"我推荐我评议身边好人"活动，每个月评选和发布一期"中国好人榜"。截至2018年6月，共有11789人光荣上榜，超过40亿人次网民、观众参与推荐、评议、投票和现场交流互动。

"中国好人榜"活动设助人为乐、见义勇为、诚实守信、敬业奉献、孝老爱亲5个类别，每类原则上选出20人，每期共约100人入选。

群众推荐的"身边好人"候选人须具备如下条件：

1. 模范遵守公民道德规范，自觉践行社会主义核心价值体系。

2. 在助人为乐、见义勇为、诚实守信、敬业奉献、孝老爱亲方面有突出表现，事迹真实感人，身边群众认可度高。

3. 行为对促进社会公德、职业道德、家庭美德和个人品德建设，有榜样示范作用，具有可学性。

"中国好人榜"的评选程序特别严格。对群众发现举荐的"身边好人"，经深入核实、层层把关和逐级上报，由各省（区、市）文明办按照"事迹感人、社会反响大、示范引领作用明显"的标准，每月筛选15—30人作为"中国好人榜"候选人，推荐到中国文明网集中展示，接受投票评议。先由各省（区、市）文明办组织具有代表性的评议小组讨论产生"中国好人榜"建议名单。最后由主办方综合事迹感人程度、社会反响及网上评议投票情况，对建议名单进行审核，从中确定约 100 人入选每期的"中国好人榜"。

2014 年 8 月，安徽省文明办经过群众推荐、评议，推荐金兴安作为"中国好人榜"候选人，主要事迹是："十年坚守感恩家乡，捐建农家书屋免费为乡亲开放"。

关于金兴安的人物故事是这样介绍的：

为了感谢父老乡亲的养育之恩，2004 年 7 月，金兴安同志用自己多年积蓄和藏书在家乡创建了安徽省第一个农家书屋（作家书屋），免费开放。

金兴安，退休前系安徽出版集团编审、专家委员会副主任委员。在全国各地报刊上发表大量小说、散文、报告文学、儿童文学等不同体裁的文学作品。先后出版了《校园微型小说》《自鸣钟》《我曾飞过》《安徽大采风》《龙腾江淮》《火红的晚霞》《金兴安通讯作品一百篇》《我曾飞过》《原上草——我与安徽日报三十年》等 18 部约 400 万字。

2004 年，金兴安同志为感恩乡亲，报恩社会，将自己多年的积蓄和藏书全部捐出来，在家乡定远县蒋集镇创办了安徽省乃至全国第一家农家书屋（作家书屋）。10 年来，蒋集镇农家书屋累计有 11 万人次借阅各类出版物。书屋既丰富了农民的文化生活，向农民普及了农业技术知识和致富信息，又带动了当地乡风、民风的改观。蒋集镇中学几年来不断攀升的重点高中升学率也是最有力的证明，2005 年考入示范中学的人数仅 21 人，到 2013 年增长到 98 人，是 8 年前的 4.6 倍，总成绩已达到全县同类学校最好水平。几年来从蒋集镇中学走进清华大学、北京大学、中央财经大学、山东大学、华侨大学等一批名校学子，在当地传为佳话。

2010 年 6 月 18 日，中共中央宣传部向《人民日报》、新华社等 18 家中央主流媒体及其所属新闻网站发出通知，要求各新闻媒体宣传作家书屋和金兴安同志的事迹；7 月 5 日，中央电视台在晚上黄金段播出专题《身边的感动——金编审的作家书屋》，随后，《人民日报》、新华社、中央人民广播电台、《光明日报》、《经济日报》、《工人日报》、《农民日报》、《中国新闻出版报》、《文艺报》、《安徽日报》、安徽电视台等 20 多家中央和安徽省主流媒体均不惜版面发表大块文章和黄金段播放，对金兴安创办的农家书屋给予高度评价。

2011 年，金兴安同志被推选为"安徽省社会主义核心价值体系学与行"宣讲团成员。2013 年，蒋集镇农家书屋荣获"安徽省百佳农家书屋"荣誉称号。

2014 年 1 月 24 日，中共中央政治局委员、国务院副总理刘延东同志就金兴安创办的农家书屋作出重要批示，并给予充分肯定和高度评价。

目前，蒋集镇农家书屋占地 3 亩，呈四合院式，拥有 260 平方米的藏书馆和农民阅览室，馆内现存农业、教育、文学、历史、工具等各类图书 4 万多册，全天候向全乡干部、村民和中小学师生免费开放，受到乡亲们的普遍欢迎。乡亲们还编出了顺口溜："书屋建在家门口，一有空闲去遛遛。读读书、看看报，一分钱都不要。"

2014 年 9 月，金兴安与来自全国各地的其他 99 名好人一道，当选该月的"中国好人榜"。截至此时，全国共有 7030 人荣登"中国好人榜"。

网友们纷纷留言，对中国好人们给予高度评价，对好人存在的非凡价值进行阐发：

中国的好人，是中国的脊梁，是道德模范，是先进人物，是社会道德表率。

一个好人，他应该是最基层的楷模，他来自于群众，服务于群众，而且是能够用自己的精神力量去感染别人的。大力弘扬先进人物先进事迹，以高尚的精神塑造人，这是时代的需要。

做好事不难，难的是坚持一直做好事。愿我们每一个人都保持着一份真情，去帮忙比我们更需要帮助的人，让我们的爱心洒满这片神州大地。中国就是要把优良传统发扬光大，提高全民族的精神支柱，反对不良作风和习惯，以榜样的力量提高素质！

社会要进步，文明程度和道德水准必须跟上！在当下人们精神世界虚空的时候，我们需要精神的榜样。

好人，是时代的楷模，是我们的榜样！

……

这些来自网民的声音代表了全社会共同的心声，代表了人们呼唤好人、呼唤道德、崇尚良知的美好愿望。像金兴安这样当选的"中国好人"都是一些平凡人，而凡人善举所汇聚的文明力量，却已成为我们这个时代的精神坐标。

2015 年年初，2014 年度"心动安徽·最美人物"评选揭晓。

这项评选是由安徽省委宣传部、省文明办、安徽日报报业集团、安徽广播电视台联合开展的。有数十万张选票为这些"最美人物"点赞,无数的人向他们致敬。

金兴安荣获"心动安徽·最美人物"助人为乐类提名奖。和其他获奖者一样,他原本是一个平平凡凡的人,行走在街头巷尾,只是路人甲。但是他和层出不穷的"最美人物"一样,以凡人善举的感人故事让6900万安徽人为之动容,并且证明了"人皆可为尧舜"。

孩子们的最爱

2014 年至 2016 年，我一次次地走进安徽，走进安徽的"西伯利亚"定远县，当我走进处于江淮分水岭上、土地贫瘠的定远县蒋集镇时，却看到了一个令我相当感动的景象。

与比较落后的道路交通相比，与一栋栋并不起眼的临街店铺和民居相比，徽派建筑风格的蒋集镇农家书屋真的格外抢眼，格外引人。而蒋集中学的学生们排着 100 多人的长队等待借阅图书，图书管理员忙得满头汗水。每逢农历二、四、七、九日是镇上赶集的日子，农民阅览室里总是挤满了人。农民兄弟或在翻阅选择自己有用的图书，或在聚精会神地观看科学种田养殖的光盘，或凑在一起上网浏览新闻，观赏视频、电影。这里还设有专门的留守儿童之家和爱心角落，父母为了生计进城务工的孩子们在这里每人每周可以拨打 30 分钟的免费电话，向远方的父母倾诉思念之情，汇报学习情况。白墙上，贴满了孩子们写给在外奔波辛劳的父母的心里话，或倾诉衷肠，表达对父母的牵挂，或记录自己点点滴滴的进步。蒋集镇农家书屋，早已不仅是一个图书室或图书馆，它也是留守儿童之家，是农民学习知识和文化娱乐的乐园，既是学校的第二课堂，也是农家致富的加油站。一座小小的书屋，聚集起了极大的人气，俨然成为蒋集镇乃至定远县一张远近闻名的文化名片，为安徽省乃至全国农家书屋的管理与运营闯出了一条成功之路，树起了一座丰碑。

2015年4月，春天已经来到了校园，芳草茵茵，鸟语婉转，书声琅琅。我坐在蒋集中学教师办公室，倾听那些稚嫩的声音——讲述自己的阅读体会。

当我看完《震撼中学生的101个人物》这本书中海伦·凯勒的故事后，我懂得了——每个人的一生都不是一帆风顺的；每个人脚下的道路都不是平坦的，但只要我们不放弃，有持之以恒的毅力坚持下去，就一定会成功；不幸的命运有时会把一个人击倒，但不幸的命运对于那些敢于拼搏、持之以恒、不放弃的人来说，就是一块使自己走向成功之路的铺路石，一把打开成功之门的金钥匙。海伦·凯勒说过："只有相信自己，我们的人生才能放射出迷人的光彩。"

不见风雨，怎见彩虹？海伦·凯勒的种种精神品质，值得我们学习。如果不是海伦·凯勒身上的种种精神品质支撑着她，让她对生活充满了信心，对命运不屈抗争，又怎么能写出那么多优秀的文学作品，让我们一饱眼福呢？

海伦·凯勒就是我们的榜样！

——吴腾瑞，蒋集小学六年级男生，腰板挺直地坐在我的对面，五官端正，留着学生的标准短发，声音洪亮，一板一眼，像背书一样地讲述自己的读书心得。他从建在学校里的蒋集镇农家书屋借到了《震撼中学生的101个人物》这本书，读完后写下了这样的感受。这些从书里获取的感受或许会伴随和滋养这位充满自信的男孩一生。

腾瑞告诉我，他是西庄村的，父亲外出到江苏去打工，母亲在家种地。家里还有一个读九年级的姐姐。他会做家务，会炒菜。因为学校里建有农家书屋，西庄村也建起了农家书屋，有了这么多的便利，他一有空就会去书屋看书或借书。每天阅读不少于半小时，一学期下来能读完七八本书。像《鲁滨孙漂流记》《钢铁是怎样炼成的》他都是从农家书屋借阅的。他也用自己不多的零花钱买过高尔基的《童年》《在人间》和《我的大学》。进行课外阅读是学校的统一要求，每堂语文课开始时，老师都要提问一名学生，让他用三分钟时间谈谈自己最近读一本书的感受。

成功路上什么最重要

蒋集中学七年级　熊旋

《李白》是我读的一本名人传记。李白是唐代著名的大诗人，被后人誉为"诗仙"。李白的性格和他的诗一样既豪迈奔放，又清新飘逸。李白的人生之路虽然坎坷，遭到许多污蔑，却也有许多好友给予他帮助，给了他很大的鼓励。

李白在一次次跌倒后，又站了起来。他在人生的挫折中成长，又在许多人的关怀中成长。他有好友，也有仇敌。可是就算命运是这样的多舛，这样的凄凉，他却仍然坚持着他的梦，一心报效国家，为国家作一份贡献。李白的为官之路四处碰壁，最后还是因为朋友元丹丘在玉真公主面前提及，玉真公主又在皇帝面前推荐，才得以有了报国的机会，而后又因为贺知章的提携，做官之事才得以实现。

后来李白因帮助李王而被太子抓入牢里去了。太子一心想要杀掉李白，幸亏宰相崔涣劝阻，功勋显赫的郭子仪早年曾得到李白的救助，此时也尽力为李白申冤，说愿意以自己天下兵马副元帅的官职为李白抵罪，李白这才保住性命，被判终生流放夜郎。这次李白因朋友的帮助而免去一死。所以有一位真心的朋友，人生会特别的幸福。

在成功之路上什么最重要呢？

从李白的人生可以看出，第一是坚持不懈、勇往直前的精神。成功之路上有很多的"小山坡"，只有勇于探险、坚韧不拔的人才可以翻越崇山峻岭获得成功。第二是朋友。在成功之路上不光要有坚韧不拔的毅力，还要有朋友的提携和鼓励，在成功之路上给予你很大的支持和关怀，让你充满自信地走向成功，迎接成功。这便是成功的要略。

——熊旋，一个朴实的乡村女孩，穿着灰色圆领套头衫、牛仔裤，红色的运动鞋。梳着马尾辫，脸庞圆润，刘海儿遮住了前额，带着羞涩的微笑抬头看着我，用一口标准的普通话，娓娓讲述自己阅读图书的感受。她说，自己还从书屋借阅了《居里夫人传》《童年》等书。

我问她："读书有什么好处？"

她不假思索地回答："读书可以明志，使人更有自信。有更多的知识，在人生之路上就可以有更多的借鉴。"

——这是一个爱读书、会读书的孩子。生活对于她并不全是轻松和快乐。她家住蒋集镇蒋岗村，父母都在合肥打工，家里只有奶奶辅导她功课。她每天骑车 20 分钟才能到学校。回到家要做 1 小时作业，同时还要帮奶奶做家务和农活。但是，她那双明亮的双眼对未来充满了憧憬。那是图书和阅读为她打开的一个美丽新世界。

我问她："你长大了要干什么?"

她答道："我长大要当考古学家。因为我喜欢历史学。我们还有许多古代的帝王墓都没发掘。"

呵呵! 一位喜欢考古的女孩! 这个回答大大出乎我的预料。

想当年，我本科读的就是考古专业，后又改行去念文学。而在定远蒋集镇这样一个偏远的地方，一个喜欢读书、对未来充满向往的女孩，竟然说她长大了要当考古学家! 我想，这大概都是读书带给她的影响吧。诚如她自己所言：读书可以明志。这个有理想有志向的小女孩瞬间令我惊讶不已。

像熊旋和吴腾瑞这样热衷阅读的学生在蒋集中学比比皆是。因为农家书屋就建在学校里，所以几乎每一个孩子都能在书屋里找到自己感兴趣和喜欢的图书。加上老师和学校对于课外阅读的倡导与要求，在蒋集中学，自从 2005 年有书屋以来，课外阅读蔚然成风。

齐建恩是六年级的男生，留着超短头发，言语不多，父母都是农民。六年级语文老师孙云霞告诉我，他是班级的"历史学小博士"，阅读了大量历史书籍，历史知识相当丰富。建恩说，他喜欢读《恐龙大战》《漫游世界》《军事家的秘密》，他还读完了《白话二十五史》。

金颖是八年级的女生，来自金巷村。她话语流利，侃侃而谈："人们常说，时间就是金钱。在生活重压下人们只考虑金钱。但是米切尔在《毛毛》中却告诉我们，时间就是生命，生命就在我们手中。因此我们不能浪费时间，要像珍惜生命一样珍惜时间，利用有限的生命、有限的时间去做有意义的事情。"

蒋兴远，12岁，在读六年级。这个属猴的孩子相当文静，酷爱读书。他已经读完了四卷本的《十万个为什么》《小百科全书》《三十六计》《鲁滨孙漂流记》等书。他说："我印象最深的是《钢铁是怎样炼成的》这本书。保尔的人生感悟深深地触动了我。人最宝贵的是生命，而生命对于每个人都只有一次。我是多么的幸运，生活在幸福的新社会里，过着'衣来伸手饭来张口'的日子。这本书教会我要勇敢地去面对生活。与保尔遇到的困难相比，我在生活中遇到的种种困难微不足道。人生不会一帆风顺，保尔的故事会一直鞭策着我，鼓励着我。"

杨欲是九年级女生，戴着眼镜。她告诉我：妈妈贫血，胃不好，每天种地很辛苦。她每天晚上回家，用两小时做完作业，晚上11点才能上床睡觉。早上5点半就起床，给自己和也在上学的弟弟炒饭吃。她从《感悟生活》一书中感悟到：生活之路总是坎坷的，但是无论困难再大，生活再难，也要站起来面对生活。

孙云霞老师介绍说："因为有了农家书屋提供的极大便利，学校要求每位学生每天读书50分钟，每周写3—5篇日记，可以记述平时发生的事情，可以创作文学作品，也可以写读书感受。孩子们的想象力非常丰富，作文都写得很棒。班级每周都要进行评奖，对好作文、好句子给予鼓励，比如奖励一支笔、一个本子什么的。奖品不多，重在精神鼓励。老师还鼓励同学们上讲台讲。王思婷第一次上讲台紧张得都哭了，第二次就很自然了。"

我说："我在校园的公告栏里看到贴着很多学生的优秀作文，还看到九年级学生的语文成绩表，几乎都在130分以上。你们学校语文水平普遍这么高，这让我很吃惊。这与学生们课外阅读肯定有关系吧?"

"是。"孙老师回答，"学校倡导学生读短的文章。采用了北大附小推荐阅读书目，多读那些有益于身心健康的书。现在书屋的书越来越多，每周一到周五下午对全校师生开放。老师可以找到课外参考书，学生可以找到自己感兴趣的书，师生都蛮受益的。有的孩子特别喜欢读书。"

"我看到蒋集书屋最近好像正在扩建装修，那师生们还能借阅图书吗?"我问她。

孙老师肯定地回答:"从去年下半年开始，蒋集书屋开始暂时关门，进行改扩建。图书一直正常借阅，不受影响。学生们要看什么书，开出一个书单，交给老师统一去书屋借阅。而为了满足农民兄弟借阅需要，书屋管理老师采用'图书赶集'的方式，每逢赶集的日子，图书管理员就把农民可能需要的图书摆到街道上，像摆摊一样，农民可以随意翻找借阅图书。根据规划，新书屋将于下半年扩建完工，7、8月学校放暑假时进行重新布展。新学期一开始就可以重新开放了。"

孙老师戴着眼镜，长得瘦削而精干，说话干脆利落。她是淮南师范学院历史系毕业的。2006年来蒋集中学工作。

我由衷地对她说:"你的这些学生都特别好学，而且特别懂事。特别是那个叫蒋兴远的小男孩，小小年纪就懂得珍惜幸福生活，真好!"

"那是我儿子!"

"啊! 你儿子?!"我吃惊地张大了嘴。这时我感觉到，孙老师似乎有一点点的羞涩，又有一丝丝的自豪。

蒋集镇农家书屋（作家书屋）自 2005 年建成后，受益最大的确实是蒋集中学的学生。

来自戴岗村的齐飞同学家里比较贫困，买书对于他来说，只能是奢望。《钢铁是怎样炼成的》是他从书屋借到的第一本书。他特别激动地说："早就想看这本书了。因为家里穷，买不起，现在好了，想看什么书就借什么书。"

蒋集中学是偏远的农村学校。2005—2010 年在校生都超过了1300 名。长期以来，学生没有课外读物。一是，书对于这些乡村学子来说太贵了，买不起或者舍不得买；二是，蒋集本地根本就没有书店，要买书就得跑县城，来回一趟就是一百多公里。如今有了藏书数万册的书屋，不仅很好地满足了学生课外阅读的需要，也为教师查阅资料提供了极大的便利，教学质量和教学水平有了显著提高。

像齐飞一样从书屋找到自己喜欢的书的学生数不胜数。学校绝大多数同学没有自己的课外书，即便有，也只有两三本。

熊玉琴是一个爱读书的同学，她家里也只有两三本课外书。

安徽人民广播电台的记者问她："喜欢在作家书屋读书吗？"

熊玉琴回答："喜欢。借过《课外美文》《寓言》《黄冈作文》。"

记者问："借书方便吗？"

熊玉琴回答："方便。有卡。借的时候卡给老师，号抄上，就能拿书走了。"

记者问："在这儿可以看的书很多吧？"

熊玉琴回答："是。看的书多了，一下子开阔了视野，写作文水平也提高了，可以写的内容更丰富了。"

小书屋培养出了北大生

让蒋集人津津乐道的是，他们镇上的蒋集中学已有学生考取了北京大学。他就是北大 2012 级本科生薛飞。虽然他来自那个鲜为人知的偏僻小镇——安徽定远县蒋集镇，可谈起《纳兰词》《三国志》和《中国农业百科全书》，他居然都曾涉猎。这让室友们很是惊奇。而这些图书都是当年他从金兴安创办的蒋集作家书屋借阅的。

那时，只有三间房子的小小作家书屋建在蒋集中学一角，书屋里一多半是适合学生阅读的文学类读物和教学辅导图书。这座知识的港湾是薛飞中学时代最爱去的地方。徽式建筑的屋顶，北边有一个小池塘，周围满是竹子。屋内摆满书架，架子上摆满图书，门口那石凳、石桌承载了读书人多少时光。"每周五是借书还书的日子，一下课，大家都会争分夺秒地跑到书屋，去借自己想要的书。"读书的岁月在薛飞脑海中一直记忆犹新。正是在那里，他爱上了阅读，爱上了知识，最终走进了北大。

薛飞家住蒋集镇秦集村薛大户东队，离镇上还有十多里的路程，走到最近的秦集村水泥路就没有路了，离薛飞家的三里路全是田埂毛草路。这是一个相当偏僻的村庄。

薛飞长得高高瘦瘦的，戴副近视眼镜。

薛飞家里并不宽裕，只有三间破旧的瓦房。房子里最引人注目的是一面山墙上贴满了薛飞从小学到高中所获得的各种奖状，人称"奖状墙"。薛飞家里上有九十多岁的爷爷、奶奶，下有读书的弟弟。每年，兄弟俩的学费就要花去一万多元。还有爷爷、奶奶看病吃药也都需要花钱。全家六口人只有4亩8分地。好在村里许多人都进城打工去了，父亲帮别人代耕了十多亩田，每天都起早贪黑的，一年也能收下一万多斤水稻，吃饭不成问题，但要供两个孩子上学就有点吃力了。父母就决定再搞点副业，养几头猪和几十只鸡鸭，夏天下河捕鱼摸虾，冬天进城打点短工，就这样，生活总算能够马马虎虎地维持着。

上初中时，薛飞每天都要骑自行车赶十几里路去蒋集中学念书。要是遇到雨雪天，村里的田埂路不好骑车，父亲便帮着他将自行车扛到秦集村口的水泥路上。

在语文课上，老师提到了清朝著名词人纳兰容若，说他的词特别迷人。薛飞便起了阅读纳兰词的想法。正好作家书屋里就有一本安意如解读纳兰词的《当时只道是寻常》，薛飞便借了来。那是他借的第一本书。

拿到《当时只道是寻常》，他便似懂非懂地读起来。

在这本书中，安意如对纳兰词有十分详细的解析。慢慢地，薛飞对纳兰词也有了一些了解。那时他还不懂什么是好词，只是觉得纳兰容若的词很美，自己很喜欢吟诵。渐渐地，他就养成了早晨背古诗词的习惯。

从那时起，薛飞坚持每天早晨读半小时诗词。像《采桑子》《蝶恋花》中的词，他都能背诵如流。

偶然地，他也学会将自己背诵的诗词运用到作文中去。有一回，他引用了"唱罢秋坟愁未歇，春丛认取双栖蝶"来形容人们之间的感情。这篇作文受到了老师的大加赞赏，还被当作范文在班级上朗读。

这，一下子激发了薛飞读古诗词的热情和动力。

后来，他的阅读兴趣不再止于诗词，像文言文的《三国志》也成了他的阅读对象。也许是因为阅读了大量的文言文著作，每次语文考试，他的文言文考题总能得高分。

学数学，老师说得多做习题。薛飞专程跑到定远县新华书店，想买一些数学习题书，但最终因为书太贵、家里太穷而打消了买书的念头。

后来，在作家书屋里，他竟然发现了一本《经典数学题集》，这让他喜出望外。在做练习的过程中，他的数学成绩得到了巩固和提高。

不光是数学，书屋里的地理、历史等方面的读物也极大地拓展了他的视野，使他虽身处偏僻乡村，却照样可以在知识的海洋里遨游。

那时候，他的学习成绩很平常，并不拔尖。当他每周末从书屋借了《三国志》《经典数学题集》等图书带回家时，父亲薛自仁看到后，很不理解："学生不在课本上下功夫，你读这些书有什么用？"

薛飞恳切地回答："老爸，说不定这些书能帮我提高成绩呢！"

果不其然，到了期末考试，他的成绩一下子名列前茅。

不仅自己受益，薛飞家里的棉花种植也从书中得到了帮助。

那一年，父亲种的棉花苗刚出土后不久，就出现"枯苗"现象，却苦于找不到原因。询问别人都说没遇到过，这让父亲束手无策。

薛飞看在眼里，急在心里，突然想起在书屋里看到过一本叫

《中国农业百科全书》的书。他连忙跑到书屋去找这本书。经过认真"研读"，仔细比较，他终于找到了原因，帮助父亲及时调整了栽培方法。没想到还真管了用。

父亲感叹道："还是有知识好！"

从那以后，薛自仁也喜爱上了读书。在闲暇之余，也经常到书屋去看书，既丰富了文化生活，也学到了许多知识，特别是在种植、养殖技术方面有了明显的提高。通过阅读《中国农业百科全书》，他学到了各种病害的防治技术，许多疑难问题得以解决，增加了收入，得到了实惠。2013年，薛自仁还获得了定远县农委颁发的"信息农民"证书。

依靠顽强的毅力和刻苦的攻读，2012年，薛飞以优异的成绩圆了北大梦，乡亲们奔走相告，薛飞成为蒋集镇全镇人民的骄傲。

8月下旬，送来北大录取通知书那几天，薛飞的家里比过年还要热闹。亲戚朋友纷纷上门祝贺，大放鞭炮。定远县教育局、蒋集镇政府和蒋集中学都送来了慰问金。北京大学资助了薛飞去北京的火车票和奖学金。一时间，薛飞考取北大的消息在蒋集镇和定远县广为传颂，至今仍是当地人的一段佳话。

考上清华大学的才女

和薛飞一样，许多从蒋集中学走出来的学子们，也都念念不忘这座书屋当年曾给予自己的滋养，至今回忆起来，仍倍觉温馨、亲切和感恩。

我与书屋的情怀

中央财经大学　谢亚男

离开故乡小镇在外求学已七年之久，每次回去乘客车必经我的母校，而母校里有我少年时期启蒙读书的书屋。作为一个文科生，首都的四年大学生活，读书在很大程度上是我的某种精神寄托，车水马龙的繁华都市将大学生活变得更富有可选择性，而于我而言，闲暇时光里一本好书的陪伴所带来的喜悦和收获弥足珍贵。

既是说到读书便溯及习惯之养成，豆蔻年华尚未涉世的少年若能于彼时勤于读书，无论诗、史、文、经皆可对日后脾性、目光有极大影响，少年读书缘由尚未经历生活琐碎大多不求甚解，而素养积淀往往潜移默化。而七年前从母校初建的作家书屋里养成的读书习惯也一直随我至今。

　　小镇的家庭多数不算富裕，忙于生计的父母对子女教育并不重视，读书则更甚之。与大多数同龄孩子比较，我算比较幸运，生于教师家庭，父母虽不算知识分子却也是有文化，家有长兄爱好读书写字。自我记事以来，父母灯下读报，哥哥看书临帖便是家中常态，因此儿时我便不排斥静读。长至十来岁升入初中，恰逢金兴安先生为回报桑梓在母校建立"作家书屋"，我极其有幸在书屋奠基仪式上作为学生代表讲话，仪式上社会各界人士捐书献字。年少时并不理解书屋建设的种种困难，只悠悠高兴今后可以读更多的书。今日想来但觉光阴荏苒，近十年间，书屋送走一届又一届读书的孩子，而不变的是这些年金老先生对故乡少年殷切的希望，是坐落在母校一角的书屋绿叶对根的缠绵情谊。

　　记忆中书屋建成之时藏书并不多，但对十几岁的孩子来说已是一笔莫大的财富。纯净无华的年纪读不懂美好的意象，读不懂诗人的情怀，却可以知道外面的世界纷繁多彩，明白未来不能停留在彼处。后天的启蒙在此时显得尤为重要，倘若将一个流淌贵族血液的人放逐在文明不可触及的市井，难免变得俗不可耐，而将一个资质平平的孩子搁置在庙宇山林，亦可以得到净化。故乡潦倒的文化荒原迎来这些年第一个书屋的建成时，我极其有幸地成为荒漠清泉涤荡尽灵魂尘土的少年，得以触及文化的根骨和陪伴一生的梦想。于我而言，少年时代在书屋里读书的日子恰如一个普普通通的孩子抛却地域与出身的种种局限获得一个自我升华与积淀的机会，于是相信未来是在遥远处绵绵不绝的精彩。

　　少年时从不懂得丑陋的背叛者如何救赎内心救赎爱，恰如我并不懂得《追风筝的人》，但是爱与欺骗、美与毁灭、不可避免的苦难与千千万万遍的追悔在我年少的记忆里留下的影子映照了我这些年对真情的理解，于是我真诚地对待自己，对待梦想，对待尘世间的陌生人。《堂吉诃德》理想主义与彻头彻尾的英雄主义的失败同样在儿时教会我万人揶揄嘲弄的骑士精神和追求造就的一种人生，即便是在多年后沦为一种不愿开口的笑话，但谁又能否认谁的人生不曾坚持过不曾被周遭诋毁过呢？

七年前朦朦胧胧的记忆被书屋悠悠古韵填满，未曾踏出家门的孩子在书中慢慢知道远方有黄沙漫漫的大漠、一望无际的草原、小桥流水的江南，未曾远游的孩子也在少年时立下志向往远方走，去看高山，去看河流，去看每一处未曾去过的地方。而今数十年悄然走远，财大的四年光阴已将诉告别，梦想没有走远，未来我将在静谧安详的清华园里继续求学，等待春暖花开。

回首过去仍觉温暖，故我今我同为一人，并不使我感到羞愧，年少的梦想还在，少年的情怀还在。至今仍记得曾在书屋里记住的一句话，美是邂逅所得，是亲近所得，在我烦乱时，照见我心。忽觉理解当年金兴安先生为何不顾艰难在故乡建起书屋，邂逅美是一种幸运，为少年创造邂逅美的机会是一种情怀。

若有天堂，那必是图书馆的模样。何其有幸，我曾在故乡漫山遍野的春天里触摸过天堂……

（刊于《滁州日报》2013年5月6日）

——这是从蒋集中学走出来的清华大学研究生谢亚男2013年在中央财经大学就读即将毕业时写下的一篇回忆文章。那句"若有天堂，那必是图书馆的模样"，也正是她从借阅的一本书里读到的阿根廷著名作家博尔赫斯的一句名言化用的。

有如此感慨，必定对书屋有着非同寻常的感情。谢亚男所说的"图书馆"，正是安徽出版集团退休编审、作家金兴安历经多年，倾尽积蓄和大量心血，亲手打造的农家书屋。这座目前已拥有6万册藏书的书屋，在发达地区也许根本不值一提，然而在定远蒋集这样一个地处穷乡僻壤的小镇，能有如此一座书屋简直是如获至宝。况且这还是一座免费的图书馆，对于那里的农家子弟而言，这样一座图书的圣殿，实不啻为天堂。在蒋集中学读初中的时间里，勤奋好学的谢亚男一直被称为"蒋集乡作家书屋"的"常客"。每天课余时间，她基本上都是在作家书屋度过的。在她的记忆中，书屋2005年建成，起初藏书并不多。但是那成千上万册图书对于一个十几岁的孩子而言，堪称是一座知识的宝库，智慧的海洋。当她遨游其中，这个未曾踏出家门的孩子从书里渐渐知道，远方有黄沙漫漫的大漠、一望无际的草原、小桥流水的江南。

谢亚男的父亲蒋华玉是一名即将退休的小学教师。他告诉我，他有两个孩子，老大是个儿子，考取了安徽大学，已经毕业。亚男是老二，2013年考上清华大学公共管理学院研究生。

亚男1992年9月5日出生。2002年上初中，初中读了四年。在金老师的鼓励下，初中时她读了几百本书。2009年，谢亚男以滁州市文科第二名595分的优异成绩考取中央财经大学。2013年她放弃保送本校研究生的机会，考取清华大学。后来，她还在深圳的研究院学习，经常赴东南亚进行国际交流。

哺育了一茬又一茬学子

后来考入山东大学热能与动力工程专业的薛洪涛，至今记得2004年那个艳阳高照的上午。他和初中同学们搬着小板凳，坐在蒋集中学教学楼前的小广场上，书屋创始人金兴安和学校老师们宣布作家书屋奠基的消息。

在那个没有网络的时代，能够看看课外书是多么快乐的事情。当小洪涛第一次走进作家书屋的时候，左看看，右看看，感觉很多书都很有意思，不知道该借什么书。最后，他随手拿了一本《幻方》。这本书他看了足足一个月。他只能看懂一些最基本的东西，像九宫格、分西瓜、换酒杯等，却不懂其中的原理。但是，这对于当时的一名初中生来说，等于有了一次数学思维的变革。从固有的思维变成灵活的思维。这种灵活的思维一直影响着他，从高中到大学，从大学到未来。

洪涛家离学校较远，中午无法回家。夏天的中午非常炎热，吃过午饭同学们陆续回到了教室。有的在睡觉，有的在看书。这个时期，洪涛读了很多文学书。

他印象深刻的是一本叫《自鸣钟》的书。那是书屋创办者金兴安写的一本小说、散文集。洪涛读过《自鸣钟》一文后，感触很深。

金兴安在文章里写到，自己小时候家里没有钱买闹钟，每天只能靠自家的公鸡打鸣来作为起床的闹钟。这有点类似"闻鸡起舞"的味道。洪涛想，金老师小时候的生活真是艰苦啊！不像我们现在，别说是一只闹钟了，各种高级电子产品都有了。相比于金老师生活的那个年代，我们的物质条件已经好了很多，自己还有什么理由不好好学习呢？

从那时起，洪涛开始发奋读书，终于考上了定远县最好的高中。

在县城高中，有许多在蒋集农村根本见不到的事物及诱惑。在这里，洪涛开始迷上上网打游戏。以至于第一年高考，他落榜了。

暑假回到家里，洪涛都不敢看父亲，尽量避开他。

有一次，洪涛在翻照片时，突然，有一张卡片掉了下来。

那是蒋集乡作家书屋的学生免费借阅卡。

看到这张借阅卡，过去的回忆便一起回来了。洪涛想起了自己读过的《自鸣钟》的故事，想起了金兴安当年创办书屋的一片苦心和殷切期望。他暗下决心：人家金老师少年时代那么艰苦还做出了那么大成就，自己再也不能虚度年华了！一定要珍惜时间，珍惜青春！

在高三复读的那一年里，他时时这样提醒自己，也这样去做了。

一年后，他考上了山东大学。

那年春节回家过年，路过初中母校蒋集中学的时候，当作家书屋那几间白墙灰瓦的房子出现在自己眼前的时候，薛洪涛双眼湿润了。

那是曾经带给自己青春梦想与激励的地方，那是他扬帆远行出发的码头。今生今世，他都永远无法忘记它……

和薛洪涛一样，对那个作家书屋奠基仪式念念不忘的人当中，有一位如今正在华侨大学读书的女生黄程程。

2004年9月18日，蒋集乡作家书屋奠基时，她被老师指定为蒋集乡小学生代表在仪式上发言。主席台上，一位老师一直用手帮娇小的她扶着话筒。那张照片后来被登在纪念作家书屋五周年的专刊《五年，我们一起走过》上。每当看到这张照片，黄程程都会禁不住地感到自豪、感动和温暖。

她永远都会记得那一天的场面，记得金兴安老师祥和的面容。

那一天，来了很多领导和知名作家。老师们告诉黄程程他们，金兴安作家将自己辛辛苦苦挣得的稿费和积蓄无私地捐出来创办书屋。黄程程对金老师的崇敬和钦佩之感油然而生。

那天回到家里，黄程程显得特别激动。她在心里暗暗地告诉自己，一定要考上重点中学！一定要考上理想大学！

不久后，她果然如愿以偿。

记得怀着好奇的心情第一次走进书屋，程程一眼就看见整整齐齐陈列在书架上的种种图书。当她翻开一本本书，一页页、一行行的字映入眼帘时，她甚至觉得整个世界仿佛都呈现在了自己的眼前。她从小生长在信息、交通闭塞的乡村，对外面世界的了解微乎其微。透过图书，外面的世界第一次如此透彻地、全面地震撼到了程程的心灵。

高尔基说："当书本给我讲到闻所未闻、见所未见的人物、感情、思想和态度时，似乎是每一本书都在我面前打开了一扇窗户，让我看到一个不可思议的新世界。"

而对于黄程程来说，作家书屋在为她打开一扇扇窗户的同时，更像是一层层阶梯，指引她向知识的天堂不断攀爬。

2007年年底，当安徽省农家书屋工程给蒋集镇作家书屋授牌时，程程再次作为中学生代表，在仪式上发了言。

读初中的那三年时光，她一直喜欢这里，喜欢沉浸在书屋的阳光里，沉浸在阅读带来的沉醉与惊喜中。在这里，她和同学们一道去追寻霍金、鲁迅、巴金、莎士比亚的足迹，聆听著名作家鲁彦周、季宇、许辉等人的讲座……他们忘不了每次见到金兴安作家那慈祥的目光。

她时常对在蒋集村小黄队务农的父亲黄保勤说：贫者因书而富，富者因书而贵。

2012年，程程考上了华侨大学。每一次走进大学那座更加壮观的图书馆时，翻开每一本书，她都会想起昔日坐在小镇上那间并不宽敞的书屋里静静地看书的时光。它是阶梯，自己沿着它一直不停地攀登。等到多年之后，蓦然回首，它依旧矗立在那里，像一座精神的丰碑。

上大学后，程程仍旧常去图书馆，也经常写文章，给报刊投稿。

她的父亲深有感触地说："吃水不忘挖井人。感谢金兴安老师对家乡对书屋的无私奉献，也感谢蒋集中学给了孩子们这样一片广阔的天空。我相信，在书屋的帮助下，我们这个地方会出现更多的大学生，会增加更有出息的人才。"

无论多少年后，无论飘落到地球的哪一个角落，黄程程觉得，自己和当年的同学们每当想起让自己受益终生的作家书屋来，温暖和力量就会萦绕在心头。

曾任蒋集中学教师、蒋集镇作家书屋8年义务管理员的蒋华进告诉我："书屋创办以后，中小学生看书机会就多了，看课外书增加了他们的知识。在学校方面，知识面丰富了，对学习的兴趣也提高了。尤其表现在作文上面，有点让我惊讶。我们看学生作文的时候觉得水平提高真的很快，眼界很广。"

书屋建成 10 多年来，藏书丰富，学校师生借书很方便。蒋集中学校长袁野介绍说，因为有了书屋，蒋集中学的教学质量迅速攀升，语文老师在全县都数得上。尤其是文科很强，中考成绩好，因此吸引了附近几个乡镇的学子纷纷前来求学。高峰时蒋集中学有 1300 多名学生。考虑到蒋集地处定远县西南，属于边远地区，这样的辐射力和影响力是相当惊人的。

最近这几年，学生数量逐年下降。一个原因是学生逐步向城市集中。城市里的学校享受优质教学资源，与农村中学不在同一层次上。另一个原因是父母外出打工，就把孩子带到了打工的地方上学。

"那么，咱们学校怎么关爱那些留守儿童呢？有辍学的孩子吗？"我提出了自己最关心的一个问题。

"现在农村因家贫辍学的孩子几乎没有了。"袁校长稍稍停顿了一下，接着说，"留守儿童——就是父母双方都不在孩子身边的，占全校学生的十分之一。书屋为他们免费提供亲情电话，孩子每周都可以跟在外打工的父母通半个小时电话。留守儿童性格方面往往存在着逆反性和随意性的特点。学校针对留守儿童的实际，加强了管理，建立了班主任与孩子父母及时沟通的机制。对那些贫困学生，学校采取政策倾斜，有 100 多名学生在学校寄宿。平时，我们特别关注学生的心理健康，注意因材施教，在开足国家义务教育要求的全部文化课程外，还积极培育孩子们的兴趣爱好。通过心理健康课，让懂事的孩子把不懂事的孩子同化过来，改变他们的行为习惯，养成好习惯，这是一辈子受益的事情。"

读书看报不要钱

蒋集书屋自 2004 年动议，2005 年 10 月建成，开始时命名为"蒋集乡作家书屋"。2007 年在全国推进农家书屋建设进程中，该书屋被纳入安徽省首批农家书屋工程统一管理，因此堪称全国第一个专门面向农村和广大农民的农家书屋。

2015 年春天我在蒋集镇采访时，蒋集中学校长袁野不无感慨地说道："凤阳的小岗村掀开了中国农村改革的第一页。作家书屋犹如小岗村。小岗村解决 9 亿农民吃饱饭问题，作家书屋解决农民买书难、读书难、接受文化服务需求的问题。一个是物质的，一个是精神的。"

这是一位平易近人的校长，晒黑了的脸庞，眼镜后面的双眼炯炯有神，似乎能一眼看穿你，说话声音洪亮，底气十足，带着明显的地方口音，2012 年年底到蒋集中学任校长。他动情地说："书屋让孩子们有了吸取知识的原动力，这一切都要感谢金老的无私奉献，感谢他投入了大量心血。周围农户特别是养殖户遇到问题就来翻书，将图书无形的内容化为有形的力量，起到了帮助农民致富的作用。"

从蒋集书屋受益的不仅是学生，还有众多渴望科技致富的农民。

为了方便广大农民借阅，便于其记住自己的免费借书卡号，金兴安想出了一个根据蒋集镇当地电话号码编码的方法。他特意以当地电话号码的前四位数"4575"作为固定的开头数字开始编号。这样，每个农民的借阅卡号往往就是他自家的电话号码或者其亲戚、邻居的号码，既有趣，又好记。每逢农历每旬的二、四、七、九日赶集的日子，每个农民都可以直接到农民阅览室阅读报刊，观看光盘，并且凭借这个免费借书卡号借阅图书，甚是便利。

2005年10月28日开馆那天，乡亲们成群结队来到书屋，用粗糙的双手捧起书本，眼神里流露出对知识的渴望，深深打动了金兴安。

金兴安出资兴建的农民阅览室里有一台电视机和两台电脑，不识字的农民们，可以在那里观看科技光盘或上网查阅相关资料。

金其如长着方形大脸，身材结实，戴副眼镜。同金兴安一样，他也是金巷村的孤儿，父亲1960年时饿死，母亲改嫁。生产队的人给他粮食吃，大家一起养活了他。那时金兴安住在生产队烤烟用的烟炕房，经常到他家里来，金其如就给他搞点吃的。长大后金其如去参了军，当了5年工兵。

转业回家后，金其如成了村里的养猪专业户。10年前，因为养猪没有经验，母猪在产崽时总会有死胎，金其如百思不得其解。2005年后，作家书屋办在家门口，有事没事他总上书屋转悠，找几本书回家看看。其中有一本《现代养猪技术问答》，从这本书上他了解到母猪产前要限量喂养。他照此办理，从此母猪产崽再未发生过死胎现象。他还照着科学养猪书籍上教的，自己做猪饲料的配方，实行定时、按需喂养，结果猪的长势良好。他养的猪也从十几头发展到了 400 多头。他成了全镇闻名的养猪大户。10 年下来，挣了近百万元。2010 年，中央电视台还专门报道了他养猪的故事。

"这几年，大型养猪场越来越多，人家动辄饲养上万头猪。他一头猪只要挣 100 元，总数就是一笔不小的数目。我们小养猪场干不过它，挣钱越来越难。但是，我还要继续发展。怎么发展呢？我从报刊上看到，现在宠物市场前景广阔。下一步我准备搞袖珍宠物猪和定远'丑八怪'瘦肉猪的养殖。"

"什么是定远'丑八怪'？"我好奇地问。

"就是定远汗毛猪、定远土猪，因为长得丑，所以叫'丑八怪'。这种猪瘦肉多，好吃，价格比普通猪要贵三分之一。"金其如回答。

金其如 62 岁，当了近 30 年的村支书，儿子现在也是村干部。按说他也已到了含饴弄孙享清福的年纪，但他却依旧雄心不减，心中早有了一幅未来发展的蓝图。

"书屋给我带来了财富，开阔了致富的思路。我还要好好再干它 10 年！"他的话里充满了豪气。

如今，书屋早已成为蒋集人读书学习、了解信息的文化生活乐园。金其如还为此编了一段顺口溜：

> 书屋建在家门口，
> 一有空闲去遛遛。
> 读读书、看看报，
> 一分钱都不要。

如今已是当地农民致富带头人的熊传运种植着 300 多亩葡萄，

2014 年进入丰产期的有 50 亩，每亩纯收入超过 1 万元。

"是金老师带我走上了致富路。"熊传运说。

熊传运是西庄村人。方形的脸膛黝黑发亮，留着寸头，目光坚毅，语气自信，显得气场十足。他告诉我，他高中毕业，2004年自己投资 3 万元，在家挖塘养鱼，由于缺乏技术和经验，死鱼经常发生。蒋集作家书屋开馆后，熊传运借来《养鱼技术 300 问》，自学养鱼技术。一个星期后，多年来频繁死鱼的难题基本得到解决。

近年来，为了配合当地经济发展战略调整，熊传运从养鱼转向葡萄种植，并且成立了专门合作社。要请专家上门来指导很难，这下书屋可帮了熊传运的大忙，他有关葡萄种植的技术大都是从书屋学来的。

"2013 年起，镇上对产业发展进行结构调整，将葡萄种植业列为六大产业之一。我计划种植葡萄 500 亩。我们种的是有机绿色葡萄，全部是农家肥，无公害。加之蒋集土质好，盛产期亩产 2000多斤，1 斤可以卖到 10 元钱，每亩净利润可达 1 万元。"

"种粮一亩一般能有多少收入？"我问。

"种粮一亩不到 1000 元的利润。我们种有机葡萄，要雇几十个人手。一人一天 70 元。每亩投入 8000 到 1 万元。今后主要是控制葡萄产量，提高质量。下一步我们计划搞联网销售，为葡萄打开广阔市场。"熊传运雄心勃勃地说。

现在，西庄村已改为社区。社区支部旁边也建起了西庄农家书屋。已是西庄社区支部书记的熊传运要求社区干部都要看书，每次下乡服务时都要有针对性地带书下去，帮助和培养农民更好地读书。

　　"作家书屋让粮食增产又增收，带我走上了科技致富的道路。"蒋集镇西庄村的种田能手熊成爱高兴地告诉我。以前种田靠天收，每亩小麦只能收七八百斤，作家书屋开馆后，熊成爱经常从书屋里借阅一些科学种田的书籍，按照书上的指导科学种田，现在亩产量达到了 1200 斤。

移不走的文化站

"以前不懂科学是瞎干，现在不懂科学就来找书看。"来自蒋集社区金巷村的金家恒深有感触地说。

金家恒 1936 年出生，是金兴安的长辈。这位 78 岁的老人戴着一顶有檐瓜皮小帽，穿件藏蓝色中山装，脸上是太阳晒出的红润色，满口白牙，能说会道。1958 年入党，是一位有着 57 年党龄的老党员。他告诉我，过去自己不知道怎样选种施肥、除虫打药，是作家书屋里的农技书籍，让他懂得科学种田的道理，他家种的稻子和麦子，年年都有好收成。他曾经当过村干部和蒋集高级社办公室主任，从小看着孤儿金兴安长大，也给过他很多关怀爱护。

金家恒说，自己最爱看人物传记。他一五一十如数家珍、如说快板一样地讲述起习近平总书记的生平：

"习近平 1953 年 6 月生，属蛇。陕西富平人。他的祖上是江西人，15 岁下乡到延安当知青，20 岁担任延川县梁家河大队党支书。严冬腊月，冰封雪冻的，他卷起裤腿，率先下河修渠筑坝。农民群众拥戴他，推荐他到清华读书。他读的是化工专业。毕业后到中央军委工作，当的是耿飚的秘书。以后，又到河北正定当县委书记……

"习近平妻子叫彭丽媛，比他小9岁，是一位著名歌手。那时习近平是厦门副市长。和彭丽媛首次见面不到40分钟，习近平就认定对方是自己的妻子了。他们1987年结的婚。生有一个女儿，叫习明泽……"

看得出来，这位不会上网的老党员对党的总书记的家世了如指掌，显然是读了很多书，看了很多报。

"以前想看书，买书买不起。现在可好，书屋办在家门口，提供了极大的便利。"他不无感慨地说。

金家恒帮我分析了一下农村现状和人口组成情况。他说，蒋集镇除去外出打工的两万人左右，留在村子里70岁以上老人有五千多，中年人有五千多。蒋集书屋的读者有上至80多岁的耄耋老人，下至六七岁的黄髫小儿。其中，老年人爱看历史、人物传记和健康养生书籍。青年人喜欢看发家致富的书。学生需要课外书、文化书和工具书。书屋建成对蒋集镇的经济发展推动很大。

他像念顺口溜一样滔滔道来：

"书屋办起后，蒋集真是大变样。一是道路修得好。原先泥土路，一到下雨就不堪，现在镇政府修好路，泥土路变成水泥路，道路由窄拓宽，又是双车道，方便行车与走路。二是路灯亮得好。蒋集道路村村通，危桥也修好，路灯村村亮，灯杆高又大，一到晚上就亮起，夜里走路看得清。三是环境卫生搞得好，垃圾桶遍布各村，保洁员打扫卫生，环境面貌焕然新，人人看着心情好。四是科学种田搞得好，以前亩产三五百，如今亩产一千多，七八亩田万斤粮。五是流转土地搞得好，闲田有人种，土地荒不了。农民生活实现大翻身，以前住草房，如今住楼房。"

金家恒家早就在村里盖起了三层小洋楼。他52岁的儿子在合肥承包工程，也早在城里买了楼房。一家人日子过得红红火火。

2014 年 11 月 7 日，我第一次来到蒋集镇。走进简朴而略显寒碜的镇政府办公楼，一种亲切的乡镇气息扑面而来。我们是专程来采访镇领导的。

在三楼大会议室里，映入眼帘的是墙壁上的一些领导题词。其中，安徽省人大常委会原副主任郑锐先生的几幅题词最为显眼。已年逾九旬的郑老当年曾在定远、凤阳这些地方领导游击战，打鬼子，对这片革命老区怀有深厚而特别的感情。

郑老的题词有一幅写着：

读书创造人生，知识改变命运

——这，大概是为蒋集书屋题写的，也是勉励镇领导的吧。

另一幅写着：

融入合肥经济圈，打造合肥后花园

定远水土保持良好，生态繁茂，被誉为合肥"后花园"。这，大概是为蒋集鼓劲的，希望经济还比较落后的蒋集镇能够借助定远县融入合肥经济圈的大好时机，实现绿水青山式的跨越式发展。

李文杰镇长看起来像个有点腼腆的大小伙子，有时会不自觉地拿手去摸摸头发，或是把一只手放到后脑勺上。见到我这个作家似乎还有点紧张，喜欢笑，笑的时候便露出了一对雪白的门牙。

他到蒋集任职已经九个年头了。蒋集经济社会发展一本账就装在他的脑子里，不用本子，他都能脱口道出：

　　"蒋集地处江淮（长江和淮河——笔者注）分水岭，处在定远和肥东、长丰三县交界，靠近合肥，是一个典型的农业乡镇。缺水，比较贫穷。现有人口3.5万人，土地6万亩，无资源优势。我是作家书屋建成后来蒋集镇的。金老退休了仍不忘家乡，为蒋集书屋付出了大量的心血。从建设到发挥作用，他时刻都关心着。金老从小就是个孤儿，是吃百家饭长大的。他自己发展好了，看到家乡农民想看书都看不到，就把自己的藏书都捐给家乡，用自己的积蓄盖起了书屋。

　　"一个地方的发展，文化很关键。一个地方没有文化做底子，发展不会长久。文化对发展的贡献是润物细无声，是持续的，一时看不出来，多年后才看得出来。过去我们蒋集有'四多'：上访的多，喝酒打架的多，打牌赌钱的多，算命看风水的多。现在，前面的'四多'基本上没有了，我们又有了新'四多'：读书看报的多，发家致富的多，科学种田的多，考上大学的多。镇上平均每年考上全国重点大学的有十多人，也有考上清华和北大的，考上一般本科院校的孩子几乎村村都有。党委和政府一抓发展，二抓维稳。蒋集书屋在发展维稳中起到了很大作用。最近两年蒋集镇在进行产业结构调整，搞'六个一'：一千亩葡萄基地、一千亩油桃基地、一千亩草莓基地、一千亩大棚蔬菜基地、一千亩苗木基地、一千万只林下养鸡基地。

　　"过去农民主要种植水稻和小麦，一年两季靠天收。'六个一'产业从无到有，我们还要靠文化，靠读书。蒋集书屋建设得到了安徽出版集团大力支持。这一次改扩建，需要100多万元，省委宣传部拨了50万元，县里资助一点，社会赞助一点，我们自筹一点，几个'一点'就干起来了！"

"蒋集镇财政收入如何?"我打断李镇长的话问。

"目前蒋集财政收入每年只有 100 多万元。我们压缩其他方面的开支,也要把书屋扩建好。现在扩建已有 50 多万元的投入。蒋集镇有三分之一的人外出打工经营企业,单是在合肥就有 1 万多人在打工、经商、办厂。"

"对于书屋扩建,镇上有什么安排?"

"为了扩大书屋,我们让原先位于书屋东面的蒋集村支部挪了个地方,镇上给他们出资重盖一个。把村支部的两层楼房进行重新装修,计划在书屋搞起电子阅览室,配套分步实施。我们将来再弄个小剧场,让农村文化都进去,平时可以唱唱小戏、庐剧什么的,老百姓晚上都可以来看。文化对我们的发展太重要了,这些年我们的体会特别深。书屋背靠学校,面向社会。老百姓吃好了喝好了,都来看书看戏,找麻烦事的少了,上访的没有了。书屋的事我们镇政府会持续地一届一届地干下去,持之以恒。黄梅戏、大包干都是在我们安徽发源,农家书屋也是在安徽首发。这是一块金字招牌,我们有信心把它擦得更亮。金老师建书屋回报家乡,我们要把书屋当作事业来干。现在蒋集镇已建起 10 个村级农家书屋。镇上的书屋藏书有 4 万多册,每个村级书屋只有 1000 多册,下一步我们要让这些图书在全镇内流通起来,实现资源共享。每个农家书屋都要配备专职的图书管理员,管理员要爱惜书、爱读书。我们要给他们开工资。"

蒋集镇党委宣传委员刘礼峰补充说:"农家书屋的建设,提高了蒋集的美誉度和知名度,给蒋集百姓带来了实实在在的好处。很多企业知道蒋集有这样一家书屋,都愿意来投资。像上海的一位老板就在我们蒋集投资搞风景林苗木培植。过去蒋集人打架闹事,上访不断，现在通过读书，提高了素质，学技术发家致富。在家留守妇女也纷纷来学本领。2013 年蒋集信访工作被评为滁州市第三名，受到了市里的表彰。今后我们要让图书走进农家、走进群众身边。一是做好送书下乡，一是采购好农民真正需要的图书。书屋建好难，维护好、发挥作用更难。"

文化站站长刘洪深有感触地说："凤阳小岗村解决了农民温饱，蒋集书屋解决农民读书难。农家书屋是'文化农村'的重要内容。图书是精神食粮，农民在书屋学科技，学法懂法，提高素质。蒋集中学考上重点中学的学生逐年上升。2007 年蒋集镇被列入安徽省农家书屋示范镇。在图书管理、分类编码方面都有专人负责。还安排专人给农民送书上门。农民可以像在饭馆点菜一样选择自己想看的图书。书屋暂没有的书也可以点，可以去采购。农家书屋的服务也被列入我们干部年终考核的内容，在 100 分中占 5 分。蒋集书屋的选址背靠学校，安排专人管理。以往村书屋管理员一年只有 200 元补助，现在我们搞试点，每月就有 400 元。村干部一个月工资才 1000 元。对于管理员，我们制定了《考核办法》，实行推荐、考核、竞聘上岗。要推选那些热爱图书又有奉献精神的人来管理。很多都是由退休的村干部或退休教师担任。对于每村书屋每年都要进行绩效考核。比如要求书屋每周二、四下午和周六、日全天开放。管理员要'请进来、走出去'，请农民兄弟来书屋看书读报，主动送书上门，了解农民需求，扩大读者群，充分发挥书屋的作用。"

作家书屋不仅给学生们带来了一个海量的知识图书馆，也给村民们带来了一个移不走的文化站。书屋建成以来，改变最多的是蒋集地区农民的精神生活。镇长李文杰说："书屋没办之前，我们镇近四万人，没有一家书店，更别讲娱乐场所了。农闲的时候，村民们要不就是打麻将，赌钱，赌钱不好还引起治安纠纷。书屋开办以后，我们十天逢四个集，逢集期间书屋向农民开放，免费给农民借阅图书，选择自己需要的书带回去，下次赶集再还回来，把知识运用于生产当中。农闲时候看书，一是增长知识，二是陶冶情操，三是减少了社会矛盾。像赌博、封建迷信明显减少，村风文明有了很大改观。"

有爱大声说出来

安徽省人大常委会原副主任朱维芳是蒋集书屋的热情支持者。她与金兴安相识多年，最初读到他的《自鸣钟》作品，感觉很朴实。2004年金兴安开始在老家建书屋，拿出积蓄和藏书回报乡亲。朱维芳渐渐了解到金兴安的身世，知道他是个孤儿，采取建书屋的方式回报帮助过他的乡亲，更是感觉他本质好、纯朴。

2015年4月24日下午，我坐在朱维芳的办公室，听她对我侃侃而谈：

兴安以独特的方式回报家乡，与他的经历分不开。他的童年很不幸，他的成长得助于读书。小时候他的身边没人关心冷暖，生活很艰难，苦难塑造了他，他把苦难作为财富。因此他了解社会上有很多的青少年同他当年的处境相似，渴望读书。兴安知道给人什么。他通过自己行动再去改变其他的人，以小见大，很了不起。他的思想很有远见，精神很伟大。做一件事，贵在坚持。兴安十多年来不断地为书屋操劳，奔波。他腰不好，但却长期坚持，是发自肺腑的甘愿付出。他是平凡的人做了一件不平凡的事。人难得一辈子做好事。兴安建书屋这件事的内涵和精神力量要放大，要把正能量辐射出去。

去年开始，政府工作报告中提到全民阅读。金兴安个人得益于知识，全民和百姓也应如此。俄罗斯、以色列、英国都在倡导全民阅读。在国外，我们看到外国人总是在安静地阅读。而我们有些中国人却很吵闹，餐桌上乱糟糟的。这就是全民阅读带来的文明素质的差异。文化改变人生。全民阅读不仅对于蒋集镇、定远县意义重大，放大到全国亦是如此。不阅读，我们将远远落后于其他国家。知识能改变一个人、一个民族、一个国家。李克强总理的老家就在定远县吴圩镇。在今年的"两会"记者招待会上，他说他特别重视全民阅读，今年的政府工作报告又把全民阅读写进去，明年还要写上去。

朱维芳是上海知青。在上海生活了18年，然后来到安徽插队，安徽人民把她当作自己的女儿。后来她考上了大学，毕业后当过教师，一步步走上领导岗位，经历了风风雨雨。20多年前，合肥人民推选她为省会城市的副市长。她始终不忘安徽这个第二故乡对自己的培养，立志为人民服务，做好自己的工作。后来她又当上了省人大常委会副主任，从上海知青成长为一名副省级高级干部。她始终不忘初心，牢记使命，不愧对自己和组织。

在采访过程中，她一再谦虚地说，她要向金兴安学习。感恩是人的本分。金兴安建书屋，只是一种感恩的回报，蒋集镇乡亲们发自内心地感激他。有一次，她看到金兴安弯着腰直不起身还在现场忙碌："他对书屋点点滴滴都是自己亲自做，所以在兴安的日历上没有节假日，没有星期天，我们要向兴安致敬。"

第二天，我们驱车赶往滁州采访了市文广新局副局长韦荣。

韦局长身材高挑，声音洪亮，举手投足间尽显爽快干练。提起定远县蒋集镇农家书屋的建设和影响，韦局长如数家珍，赞不绝口："蒋集镇农家书屋是 2004 年创办的，是我们滁州市、安徽省乃至全国最早的一家，经过十几年的发展和坚守，'硬件'和'软件'日趋完善，成效显著，影响广泛。农民通过读书和看农业科技光盘，提高了养殖业、种植业的生产技术，增加了收入，得到了实惠。中小学生通过课外阅读，增长了知识，开阔了眼界，一批学子走进了清华、北大，在当地被传为佳话。为了在全市复制和推广蒋集镇农家书屋的成功经验，今年元月 21 日，滁州市农家书屋的推进工作现场会就在蒋集镇农家书屋召开。参加会议的各县（市区）文广新局的领导和专管人员现场观摩和学习了蒋集镇农家书屋的运转模式。从图书的内容到分类，从上架到借阅等，与会人员与图书管理员进行了交流。大家一致认为蒋集镇农家书屋运转有序，管理到位，学有样板，追有目标。"在谈到蒋集镇农家书屋创始人金兴安时，韦局长连声说："这位老人家真了不起！我是在 2013 年 5 月 23 日参加蒋集镇农家书屋创建 10 周年座谈会上认识金老的。看到他满头白发，步履蹒跚，不禁心头一热。已是年近 70 的老人了，本该享受儿孙绕膝的天伦之乐，过悠闲的退休生活，可他自创办书屋以来从没有停下脚步，为了书屋的发展和完善、管理和运作，他寒冬酷暑，四处奔波，不懈努力，发挥余热，十几年如一日，硬是把蒋集镇农家书屋打造成全国一流的农家书屋，成了我们的标杆。"韦局长说到这里发出由衷地感慨："我认为金老身上有一种大爱的精神在闪耀着光芒。有种爱是默默奉献不为人知的，因为大爱无声；有种爱要大声说出来，所以掷地有声。他，有爱大声说出来，正如一首歌中所唱：'我们要在爱心中大声地歌唱，再把爱的幸福带进每个人的身上。'他，有爱大声说出来，传递着爱的正能量，爱是奉献，爱是坚守，爱是传递，它感召和引领人们向爱出发。"

第二章

自学成才难　苦心天不负

吃百家饭穿百家衣

『门歌』与『饭干』

『老师就是一道人梯』

『废炉烧新饭，苦在乐里面』

风雨同舟渡，甘苦两心知

拼命找书读

后来才知道自己写的是儿童文学

一炮打响的第一篇通讯报道

『抓住今天』

采访三个月写的书稿丢了

自学也能成才

省鸟灰喜鹊飞去哪里了

一座位处偏僻乡村的书屋，竟引起两任国务院副总理的关注和赞赏，受到成千上万农民兄弟和学校师生的普遍欢迎，赢得了巨大的社会声誉。这一切成就的取得，都与它的创建者金兴安分不开。

那么，金兴安，究竟是怎样一个人呢？他又有着怎样的人生经历？他为什么要十几年如一日执着地做好蒋集书屋这一件事呢？

2014年11月以来，我与金兴安先后进行了数十次的交谈，又采访了他身边许多的亲友和同事，终于渐渐还原了这位"中国好人"的成长之道。

吃百家饭穿百家衣

1948年10月，金兴安出生于定远县蒋集镇金巷村。当时蒋集镇还叫高级社，金巷村还叫生产合作社。

定远县位于江淮分水岭的脊背上，属典型的丘陵地形。当地人说，雨水沿着分水岭两侧都流走了，定远蓄不住水，因此常年干旱，土地贫瘠，是历史上有名的"旱瘦荒"地区。但是，定远历史悠久，人文荟萃。秦汉时境内曾置阴陵、东城二县和曲阳侯国，南北朝梁武帝普通五年（524年），置定远县。千百年来，定远涌现出一批又一批叱咤风云人物。

如东吴名将鲁肃、南宋名相董槐、明朝抗倭英雄戚继光等。定远文墨曾誉满天下，素有"寿（县）字、怀（远）画、定（远）文章"之美誉。老一辈无产阶级革命家刘少奇、罗炳辉、张云逸、谭震林、徐海东等，都曾在这里战斗和生活过。蒋集东接定远，西邻长丰，南依肥东，北连定远吴圩镇。蒋集人津津乐道的除了蒋集书屋外，还有他们镇北面紧挨着的李克强总理的家乡——原先的九梓乡，如今已并入吴圩镇。

定远是安徽的贫困县，蒋集则是有名的贫困乡镇。即便是今天，蒋集镇农民每年人均纯收入也只有8000元左右，蒋集依旧是一个欠发达地区。

在兴安出生和成长的那个年代，蒋集非常落后。如果说定远县是安徽省的"西伯利亚"，那么蒋集则是定远县的"大西南"。

根据金巷村老人和金兴安本人的回忆，兴安的父亲名叫金家德，1922年出生，在家里排行老四，是一位老干部，1939年前参加革命，在当地加入游击队，活动于附近的张桥、吴圩等地，打日本鬼子，破坏敌寇修的公路，反击敌寇的"大扫荡"。1939年加入中国共产党。那时，金家德和做地下工作的代玉良以朋友相处，住在金开义家里。夏天做点小生意，冬天白天睡觉，晚上就以打黄鼠狼为名，在周围秘密开会发动群众，开展地下活动，专门为当地的新四军做联络工作，有什么情况都及时向上级汇报。解放后，金家德在群众大会上回顾当年从事地下工作的情景，总结了几句话：河弯、塘边、小树林夜宿，等于是家；田埂当作板凳；墙角院落是会议室；秋天的红薯沟垄是睡觉的床，红薯藤盖在身上就是被子；夏天的高粱和玉米地就是藏身之所，也等于是家。

有一次，金家德和代玉良被人举报，说他俩是新四军的探子，结果被驻扎在谢家圩的伪军抓走。

两人被关了三天三夜。敌人用绳子套在金家德的大拇指上，把他吊起来拷打，追问他：新四军、共产党有多少人？都藏在哪里？金家德脸都被打肿了，仍只有一个回答：自己是老百姓，不知道新四军在哪里。死也不承认自己是新四军的探子。

金家德全家想方设法救人。他们一共兄弟四人，最后只能让家德的二哥金家俊去替换并送了银圆，把家德和代玉良"更保"（更换人质担保——笔者注）释放回来。

回家后，乡亲们都来看望他们。大家看到家德的两个大拇指肿得像小馒头。

新中国成立后，金家德任蒋集高级社治安主任。他很会讲话，讲话很有鼓动性。

兴安至今仍能记得自己4岁时，蒋集高级社开成立大会，他坐在会场里听父亲讲话，看他大力挥动着手臂，声音洪亮地慷慨陈词："乡亲们，我们现在是新社会了！我们就是新社会的主人！现在我们要成立高级合作社，大家都要踊跃加入啊！"社员们都使劲地给他鼓掌。父亲还一把抱起小兴安，将他抱到主席台上。所谓的主席台，其实就是几块放下来的门板临时搭建的。小兴安奶声奶气地说："社会主义好，共产党领导好，高级合作社好。"

兴安的外祖父是当地有名的山人，就是今天所谓的风水先生，研究《易经》，擅长书法和绘画。他是民间纸扎艺人，擅长用彩纸手工轧制房、车、动物等，作为丧葬用品。他用秸秆和细铁丝按缩小比例扎出瓦房、草房、生产工具及马、牛、羊、猪的形状，再用彩纸画图，糊在上面，每一件纸扎都活灵活现的。各家盖房都要请他去勘定大门的朝向，娶媳妇或是出殡办丧事，都要请他选吉日。因此，当地人都很敬重他。兴安小时候，经常随母亲去外公家玩，受外公影响，他从小就爱画画，而且还画得像模像样的。

母亲蒋学英是家里的独生女，外祖父视若掌上明珠。母亲从小就教兴安背《三字经》，给他讲做人的道理。后来，有一位算命先生说兴安的命相硬，怕会妨到母亲——意思是可能会克母，叫小兴安不能叫母亲"妈妈"，而要改口叫"老婶"。于是，兴安便一直称母亲为"老婶"。

1957年，小兴安开始上学，起初是在村办王庄初级小学上。

王庄初小只设一至四年级，办的是混合班，一、二年级编为一个班，三、四年级编为一个班。老师在这个班讲完课再去另一个班讲。

父母对小兴安要求很严格。白天兴安在黑板上做作业，晚上，家里点上小煤油灯，在灯下温习功课。父亲读过私塾，可以辅导他语文和算术。兴安学习好，入学后便加入了少先队。

1958年起，全国各地纷纷将高级社提升为"人民公社"。蒋集高级社也改组成了蒋集人民公社。蒋集也和全国各地一样，办起了大食堂。开始时，还能吃饱饭，渐渐地，就只能喝稀的了，根本填不饱肚子。兴安家里一直很穷，几乎可用家徒四壁、一贫如洗来形容。

1959年，大饥荒来了。村子里不断地有人饿死。

"太惨了！印象太深刻了！就在眼前，就像昨天发生的事情，怎能忘掉呢?!"每次提起当年的饥荒，金兴安都唏嘘不已，眼眶里噙着泪水。

那时，乡亲们都饿得受不了。

野菜挖光吃了，树皮扒下来煮了吃，水面上的浮萍捞起来煮了吃。只要能吃的都吃光了，就连家里的枕头，里面装的稻壳都有十几年了，也全都倒出来，先炒了，再用舂臼砸碎了煮来吃……吃下去的东西都解不出便来。

小兴安和家人一样，饿得只剩皮包骨头。他的弟弟、妹妹相继夭折。兴安至今还能记得那幅情景：最小的妹妹还抱在母亲的怀里，但是已经死了。

据《定远县志》记载："1960年春，粮食奇缺，农民挖野菜吃，身体浮肿，出现非正常死亡现象。2月，县粮食局30多人，前往淮北调运口粮1378万斤，急解定远饥荒。"

1960 年 4 月，春寒料峭，蒋集的大地尚未从严冬之中苏醒过来。兴安的父亲饿死了。这位参加革命 20 多年的年轻的"老干部"生生地把自己饿死了，去世时才 39 岁！

饥馑还在继续蔓延。

6 月，就在麦子快要成熟的时候，有一天晚上，在从地里干完农活回家的路上，乘着月色，兴安的母亲看到田埂边种的菜瓜结了一个小小的白瓜。她满心欢喜地摘下这个还没有拳头大的菜瓜，兴冲冲地回家，想把这个菜瓜留给儿子小兴安第二天做口粮。

就在这一天的夜里，饿得两眼直冒金星的母亲实在忍不住，怎么也睡不着。她便坐了起来，喝了一瓢冷水。然而，肚子依旧是饿，绞着痛。这位年轻的母亲，一次次地端详着熟睡中的儿子。在睡梦中，孩子的嘴角还会不自觉地蠕动，仿佛在舔舐着什么。

长夜漫漫，何时是个头？饥肠辘辘，何时能吃到一口饭？

饥饿的母亲又从床上坐了起来。

她肯定想到了晚上从地里摘回来的那个小白瓜。或许，吃了这个小白瓜，肚子就不会那么饿了？或许，咬上一小口，疼痛也能缓解一点点？

母亲拿起了小白瓜。她又望了望睡在破棉絮中的儿子，于是又放了下来。

饿！饿！还是饿！！

要是能吃到东西，该有多好！

要是能像解放初期那样，吃顿饱饭，尽管是红薯配南瓜，该有多好！

然而，饱，对于这位可怜的母亲显然是一个遥不可及的美梦。眼下，连一口吃的都没有啊！只有这唯一的泛着绿色的还未成熟的小白瓜。

母亲拿着小白瓜，肯定一直都犹豫着：要不就咬一口？我就吃一小口？

天哪！只够几口的小白瓜，我怎能自己吃掉呢？那明天儿子吃什么呢？

母亲又把小白瓜放下了。

几回回，她都拿起了小白瓜，又都放下了它。

夜，黑沉沉的。连狗都没有力气吠叫。四周寂静无声，地里的昆虫早被饥饿难耐的人们吃得一干二净。

哪里去找吃的东西呢？地里的麦子还青着呢。

没有了，什么吃的都没有了。只有眼前这个小小的、小小的小白瓜！

在人极度饥渴的时候，一滴水、一颗粮或许就可以救活一个人。然而，现在，母亲两手空空，只有这个不够咬几口的小白瓜！

饿！实在是饿！

在那一瞬间，母亲觉得自己就要饿死过去了。饥饿已把她的精力、她的气血一点一点地，如抽丝剥茧一般地抽走。她的灵魂在漂浮，她的意识陷入了迷糊。

恍恍惚惚之中，她拿起了小白瓜……

第二天早上，被饥饿催醒的小兴安一骨碌爬起来。

他一眼看到了母亲。

——她正安详地躺在破旧的床上，双手耷拉着。枕头边有一个白绿的小白瓜，瓜上还留着母亲的牙印。

"老婶，哇！还有小白瓜！我要吃小白瓜！"小兴安惊喜地叫喊起来。

然而，奇怪的是，母亲却没有答应。

小兴安察觉到了异样，抓住母亲的肩膀，使劲摇晃。

但是，母亲就像熟睡着了一样，没有丝毫反应。

小兴安更加使劲地摇晃母亲，大声叫喊着："老婶！老婶！你醒醒啊！你醒醒啊！"

母亲还是没有反应。

见过不少死人的小兴安突然间似乎明白了。他的老婶走了！那个疼他爱他的娘，那个他在这世上唯一剩下的至亲，她，她死了！

"哇！——哇！——"小兴安号啕大哭。

"老婶啊，你不能死！老婶啊，你不能死！"

他一边哭，一边叫唤。仿佛他哭叫得越大声，母亲便越有可能复活过来。

兴安的二叔来了，帮着草草地埋葬了母亲，在地里堆了一个小土堆。

多年以后，兴安还能根据记忆找到母亲的坟，村里上了年纪的老人也能记得坟墓的位置。然而，父亲金家德的墓却是无论如何也找不到了。

——半个多世纪过去了，2016 年，当金兴安坐在我的面前，回忆起母亲临终的情景，他依然清晰地记得当时的那些画面，记得母亲留在小白瓜上那浅浅的牙印……

兴安家里已经没有一点儿吃的了。今天，东邻大婶将小兴安接回去吃碗粥；明天，西边大叔接回家去吃口菜。乡亲们也都挣扎在饥饿线上，但是，只要家里还有一口吃的，大家都会叫上小兴安吃一口。

起初，小兴安还住在自己家里，但是，家里的房子被雨浇倒了一半。一床烂被子只剩下一堆黑乎乎、硬邦邦的棉絮。好在天气开始热起来了。夜里随便躺在哪里都能将就睡一宿。

饿肚子的感觉实在难受。每个还活着的人身体都很虚弱，连生气、说话的气力都没有。多数人出现浮肿症状，脸上、腿上看起来胖乎乎的，亮晶晶的，但是轻轻一摁就是一个坑，老半天都不会恢复。

小兴安每天都是有一顿没一顿的，吃了上顿，不知道下顿在哪里。只要遇上哪家在吃饭，人家就会叫他进去吃一点。如果哪一家来了客人，磨了一点儿面，或是煮个小鱼、炒个鸡蛋什么的，也都会叫上小兴安一块儿吃。从那时起，他就落下了一个外号"小遇吃"，就是遇上哪家在吃饭，就有他一口吃的。至今，金巷村上了岁数的老人都还记得金兴安的这个外号。

金巷生产队多数人家姓金，大家都是本家，多少都沾亲带故的。看着兴安这孩子长得又瘦又小，村民们动了恻隐之心，都把他当作自家孩子一样看待。

兴安也很懂事，特别招人喜欢。尽管经常饿肚子，甚至饿得两眼冒花，他就喝口凉水挨着、忍着，从来不去偷别人的东西。即便是在地里看到成熟的红薯、玉米什么的，饿得肚子绞着痛，他也从不去偷一个。

父母双双去世后，开始时，兴安和乡亲们还吃大食堂，喝点稀汤寡水勉强充饥。

没过多久，食堂停办了。兴安彻底没饭吃了。他背着破旧的棉被四处流浪。

1960年上半年，大队部一共收养了4个孤儿，包括金兴安。这些孤儿就住在大队部里。在墙角处摊上稻草，将破被子放在上面便是睡觉的床了。后来，有两个孤儿长大后都去参军了。

　　随着各地陆续反映饥荒和大量饿死人的情况，一些孤儿也在社会上到处乞讨、求助，上级领导发现了饥荒带来的遗孤问题。于是，1960年下半年，安徽省政府出台了一份文件，要求各地市、县、公社和有关单位设立专门机构，收养社会上的孤儿。遵照省里的这个指示，定远县机关和各公社都收养了孤儿。蒋集公社收养了3个孤儿，在公社吃食堂。兴安是其中一位。从此，吃饭问题算是解决了。而上学的各种费用全免，这使得兴安能够继续自己的学业。

　　根据兴安小学同学熊成爱回忆：1960年下半年，金兴安和他同在熊岗小学（蒋集小学前身——笔者注）读书，两人分在一个班，先后读完了小学四、五、六年级。

　　熊成爱1945年出生，比兴安大3岁，因为年纪最大，被老师安排担任班长。他的家就在学校边上。平时兴安也常去成爱的家里吃饭。

　　兴安从小就重情义。每次在公社食堂吃饭，他总要留下一个半个杂面馍馍或是一块锅巴，带给成爱吃。

　　"兴安照顾我，把省下来的半个馍都带给我吃。"成爱说。

　　其实，那个年代，吃顿馍对于兴安也是稀罕的美事，一个月也难得吃上两三回馍馍。公社食堂更多的时候都是玉米面窝窝或是菜糠饼子。

　　熊成爱有兄弟姐妹6个，家庭困难。他念小学时父亲原本是生产队队长。说是发什么费用，不知怎么的少了6元钱，别人就赖到他头上，说是被他贪污了。于是，他便被送去劳教。

　　父亲劳教的地方在定远县城，距离蒋集有70里路。因为父亲不是政治犯，劳教队穆队长特别照顾他，让他看管菜地。父亲就在菜地的边边角角种点蔬菜或是粮食，每次小成爱来看望父亲的时候，就让他带点回家，救济家里度荒。小成爱每次去劳教队，都要走一天，到了县城歇一天，再带上父亲交给的蔬菜、粮食，慢慢地走回家。这些菜粮帮了家里的大忙，使得即便是在闹饥荒最严重的1960年，熊成爱一家人也能平安地挨过，6个兄弟姐妹无一夭折。真可谓是，塞翁失马焉知非福啊！

1961年，成爱的一个姐姐招工到合肥去当工人。夜幕降临的时候，整个村庄一片漆黑，只有西南方向的天空，映射出远处的灯火。那便是大城市合肥。小成爱和小兴安每晚都要眺望着西南方向的灯火。那里是天堂，是他们向往的地方。两颗幼小的心灵在蠢蠢欲动：啥时能去合肥玩玩呢？

于是，在那一年放寒假时，成爱也没有告诉母亲和家里的其他人，同兴安两个人便私自"离家出走"，在连江车站扒上了一辆开往南方去的货车。

凭着感觉，两个小人儿居然来到了合肥，而且，竟然还摸索着找到了成爱姐姐所在的工厂。

当姐姐看到瘦小的弟弟和兴安时，既惊奇，又无比的怜惜。她一把抱起弟弟："你们怎么来了？怎么来的?!"

然后，便是热情的招待。姐姐恨不得把所有吃的都找出来款待这两个小家伙。她带着他们去食堂吃饭，让他们吃得饱饱的。两个人都住在姐姐宿舍。

过了几天神仙般自在的日子后，两个小孩返回了蒋集。姐姐又给他们带了不少吃的东西。

50多年过去了，兴安依旧记得这一切。那些温馨的、甜蜜的回忆历久而弥新。

他说:"他姐姐对我们真好!我一直想着再去看望她。"

在艰难岁月,兴安和成爱结下了深厚的友谊。成爱说:"兴安从小钢笔字写得好,书读得好。他是孤儿,如果有人欺负他,我就站出来保护他。"

兴安住在公社吃食堂的一年多时间里,除了上学读书,他还兼着给公社领导当勤杂员,帮着往各个大队送信、送会议通知或文件什么的。因此,从那时起,他就对蒋集及周边的地理情况相当熟悉。

1961 年 7 月,根据中共中央和安徽省委有关规定,加强人民公社"三级所有、队为基础"的体制建设,彻底纠正"一平二调"的错误,县、公社、大队逐级开会总结"共产风"造成的危害,宣布解散农村公共食堂,允许社员经营少量自留地和家庭副业。因为搞了这些"救命田",农村生产才开始逐渐恢复,饥荒才得到缓解。

兴安没地方住,他就把生产队的大猪圈打扫干净,用土坯搭个床,铺上稻草,放一床破被絮,猪圈就成了他的家。猪圈又矮又小,靠北墙仅有一个碗口大的窗口,即使是白天,屋里也是阴阴黑黑的。破烂不堪的大猪圈离村子最近的一家也有好几百米,但他一点儿也不觉得孤苦。常挂在他嘴边的话就是"我能活着就是幸运的了"。就在那忍饥挨饿的日子里,他也没有忘记学习识字,没有忘记画画。他无钱买纸买笔,就把白天捡来的"大铁桥""丰收"等香烟纸盒拆开抹平,认真地在上面又写又画。

夏天里,他整天光着头,赤着脚,仅有一件满是补丁的短裤。生产队安排他把全村每家的猪集中起来放养。每天他就把几十头猪赶到荒滩或池塘边散放。为了洗短裤,他只能光着屁股蹲在水里,直到短裤晒干后才能上岸。有时为了撵赶跑散的猪群，短裤没晒干就穿上了。中午收工比较晚，烈日当头，他既无草帽又无汗衫，只能光着头露着背任凭暴晒。几天下来，他的脊背起了许多大大小小的水泡。他强忍着疼痛，每天照样乐呵呵地赶着猪群。

当他背上水泡消失后留下的只是一块块花白的伤痕。一位名叫"老保管"的兄长心疼地说："小老弟呀，看来你真的不死也得脱层皮呀！"

夏去秋来，小学又开始上课了。几间茅草屋顶的破败教室里传出了琅琅的读书声。无处可去的小兴安便伏在土墙外跟着朗读，用草棍在泥地上写写、画画。

有一次，定远县领导到蒋集公社召开现场汇报会。领导看到小学外面有个孩子在地上写写画画，便问校长，那个孩子为啥不去念书。

校长告诉县领导："这孩子叫金兴安，是个孤儿。他的父亲金家德是地方老革命，1960年饿死了。"

县领导闻听此言，"腾"地站了起来，一拍桌子："革命者后代沦为孤儿，我们政府应该抚养他！"

从此，小兴安的命运改变了。

"门歌"与"饭干"

1963 年下半年，金兴安在定远县教育局的关照下，上了吴圩初中，就读初一。

那时候，老百姓都很穷。干旱贫瘠的土地孕育不出多少救命的粮食。最好的年头小麦亩产 200 斤，一般亩产只有 100 斤左右。有一年 6 月，麦子成熟时，遇上连续阴雨 8 天，降雨 300 多毫米，小麦发芽霉烂。金巷生产队都没有"分红"（根据各家各户的工分来分配新收获的粮食——笔者注）。每家只是用一只瓢量一点麦芽子，只有 7 斤多一点，两三天就吃完了。而要等到下一季的粮食收成还要熬几个月。

1962 年后，各家在自留地上种点南瓜什么的，充饥填肚子，已经没有饿死人的现象了，但是，日子依旧过得很艰难。在农闲季节，金巷村有一半人家都要外出讨饭，唱着当地特有的乞讨歌——"门歌"。

当过 30 年村支书、如今已退休的金其如回忆：

1960—1975 年，他曾外出讨饭 15 年。最远的到过合肥，定远的吴圩、永康，肥东和长丰等地。当年他们讨饭都是结伴而行。同行者一般为两男两女：一个拉二胡，一个吹笛子，两女唱门歌。所谓门歌，就是乞讨时站在人家门口唱的歌。门歌包括了类似《东方红》这样大家耳熟能详的歌曲，也包括结合当时的国家形势随口编的歌。乞讨者后面常常跟着一群小孩看热闹。有的孩子听他们每次唱的歌都一样，就问：怎么都唱一样的歌？他们便回答：这首歌你家听到了，这一家人还没听到呢！

遇上吃饭时分，好心人就会给口饭吃。那时，家家户户都很困难，每家给的饭都非常有限，有时要讨够20至30家才能吃饱。只有在过年时才能要到饭。人家给点钱，大都是1分钱、2分钱，给5分钱的很少。1974年到吴圩乞讨，15天时间一共讨到了3元。

当了30多年村干部的金家恒老人为我们吟唱了几首当年要饭时唱的门歌。

到人家门口见风采柳随机编唱：

> 你家门口一棵枣，
> 歪歪扭扭长得好。
> 今年开花结枣子，
> 明年开花结毛桃，
> 后年开花结元宝。

见到开店铺做生意的就唱：

> 久闻久闻真久闻，
> 同志都是好玩人。
> 宝盒子像摇钱树，
> 兜兜就像聚宝盆，

里装金来外装银。
请东家四门多帮衬！

见到卖肉的就唱：

七步走来八步颠，
要买鲜肉到这边。
老师傅来人真好，
手拿一把金刚刀。
金刚刀，七寸长，
又杀猪来又杀羊。
杀出猪来都成对，
杀出羊来都成双，
猪羊打扮得真漂亮，
切出肉来匀又匀，
切出肉来长又长。
能卖五湖四海洋，
每天都卖几大筐，
票子盛满箱，
传名到家乡。
老板生意做得好，
到头赚个大元宝。
请老板多多少少帮好好！
请老板多多少少帮帮忙！

那时，定远人乞讨一般都是去南方的巢湖、合肥和江苏等地，一路走着，一路唱着门歌，一路乞讨，只要能讨到饭就行。

60 年代初期，金巷生产队有三分之一的人外出讨饭。那时劳动力一天挣的工分只折合 8 分钱，一年口粮只有 180 斤，正好缺半年粮，不外出讨饭就有可能饿死。乡亲们一般是半年在家从事生产劳动，冬季农闲时节和春节时出去要饭。讨来的米饭有时自己吃不掉，乞讨的人便把它放在太阳底下晒干了再带回家去，称为"饭干"。那个年代，小兴安看到过年前家家户户的院子里都在晒"饭干"，村子里始终飘散着一股浓烈刺鼻的饭馊味。吃的时候，再把"饭干"加上水煮成稀粥喝。

金家恒说，直到 1979 年包产到户以后，农民才真正有了饭吃，从此再也不用外出讨饭了！

"老师就是一道人梯"

当金兴安在吴圩初中读初一时，遇到的第一位班主任老师叫傅家成。他也是刚刚调来吴圩初中任教的老师。

傅老师1962年从合肥师范学院中文系毕业，分配到定远中学高中部。第二年，学校动员教师到基层任教。他便自告奋勇地来到吴圩初中。

那是一个严冬的早晨，滴水成冰。傅老师去男生宿舍检查学生早操情况。

别的同学都起床了，纷纷忙着刷牙、洗脸，整理被子。傅老师却发现，宿舍土墙拐角的土炕上，还蜷缩着一个瘦小的身躯。

"嗨！同学！你怎么还在睡觉？为什么不起床上操?!"傅老师大声问道。

听到老师的催促声，那个瘦小的身躯慌忙披衣下床。

一个正在刷牙的同学转过头，对傅老师说："老师，他叫金兴安。他的被子太小太旧，他一夜都没睡好。等我们起床后才给他加了一床被子，让他暖一暖，再睡一会儿。"

傅老师走到土炕前。他这才注意到金兴安睡的被褥又脏又破。他用手摸了一下，破被褥硬邦邦的，被褥下只垫了一把稻草。尽管人才刚刚离开，却没有一丝暖意。他原本打算好好批评兴安一顿，一下子却语塞了。

上完早操，傅老师向别的同学打听金兴安家里的情况。

有了解他的同学告诉傅老师：他是个孤儿，父亲早在1939年前就加入了中国共产党，曾为抗日战争和解放战争立过功，还当过基层干部，但却没能熬过被老百姓称为"五风"（1958年在"大跃进"、大炼钢铁、大办农田水利建设和人民公社化运动中，所泛起的"官僚主义、强迫命令、瞎指挥、浮夸风、共产风"等五股风。这五股狂风给国家带来了很大困难，给人民带来了很大灾难——笔者注）带来的灾年。

从此，在傅家成老师的《班主任工作记事本》里多了一行字：

金兴安，革命后代，孤儿。

星期天放假的时候，傅老师特意到金巷村去家访。他要亲自去金兴安住的地方看看。

到了金巷村路口，跟人打听。乡亲们热情地接待了傅老师。周围的老人都围过来，对傅老师说："老师您真好，还来看望一个小孤儿。"

傅老师随着乡亲们来到兴安住的生产队烟炕房。屋子里什么都没有。

他的心里五味杂陈：这个小小的孩子，他的日子是怎么一天天过来的？

傅老师出生于肥东县一个地主家庭，因为成分高，常受人歧视。但他的学习成绩很好。后来，他考上了蚌埠三中，又从蚌埠考上了合肥师范学院。他觉得，如今自己当了教师，他应该关心孤儿学生金兴安，何况他还是革命后代呢！

随后，发生了一件事，让傅老师更加坚定了自己的想法。

一天，定远县民政科寄来了20元钱的汇款单，让学校转交给金兴安同学。

傅老师高兴地将兴安叫到自己的办公室，把汇款单递给他。

兴安接过汇款单一看，说："老师，这个钱我不能要。"说着，就把汇款单往傅老师的办公桌上一放，转身便走。

"嗨，你回来！这是县民政科寄给你的钱，为什么不能要？"傅老师在背后大声喊道。

"那不是我的钱，我不能要！"兴安回答，头也不回地走了。

傅老师感到莫名其妙。

这，究竟是怎么回事？县民政科为什么要给兴安寄钱呢？寄给他钱他又为什么不要呢？

要知道，20元在当时可是一大笔钱呢！傅老师大学毕业，一个月工资才42.5元呢！

他决定弄清楚事情的来龙去脉。于是，他拨通了县民政科的电话。

接电话的人告诉他，金兴安同学假期来民政科时，意外地从墙壁缝隙的老鼠洞里掏出了20元钱，当即交了公。民政科的同志认为这个孩子诚实可爱，生活又特别困难，加上这20元钱也找不到失主，只好寄给他。

听到这些，傅老师的眼眶湿润了，拿着电话筒的手都颤抖起来。

这是多好的一个学生啊！他太需要钱了！但是他却如此的拾金

不昧，坚决不肯接受不义之财，哪怕是无主财物！

一颗金子般纯真无邪的童心在傅老师的眼前亮了起来。

这是一个有骨气的孩子，也是一个有出息的孩子，自己一定要尽力照顾他培养他。

原来，每到寒暑假，小兴安就会到县民政科去寻求救助。民政科接待的地方是个土墙草房，只接待军烈属、退伍军人和孤儿。每次接待，都是吃食堂。金兴安清晰地记得，每顿饭食堂都会给两个大馍、一点豆芽菜、一个咸鸭蛋。一般就让住两三天，然后再给个两三元钱让自己坐车回去。接待地方的土墙上有很多老鼠洞，那一次，小兴安在玩耍时，居然发现墙壁上的洞里有 20 元钱！

从此，傅老师对兴安更加喜欢以至于偏爱。兴安缺学习用具，傅老师帮他买。兴安的饭菜票不够了，傅老师就支援他。他认为兴安品质好，因此特别看重他，生活上处处照顾着他。他还特别允许兴安平时在他不在时可以住在他的宿舍。

渐渐地，傅老师发现，兴安不仅喜欢画画，还爱好文学。他每次到傅老师的房间时，目光总是贪婪地盯着书架。

傅老师鼓励他："这些书，如果喜欢，你可以随便拿去看。"

有了老师的这句话，兴安读书的热情一下子便被激发出来。要知道，他从小长到现在，还没见过这么多的书，更没读过什么文学作品。

这些文学作品，为这个生活艰难的孤儿打开了一座美好的新世界。

或许是因为自己的苦难身世，金兴安对高尔基的作品《童年》《在人间》《我的大学》情有独钟，爱不释手。

一个星期天的晚上，傅老师和同学们都去看电影，兴安却不去，坚持要留在傅老师房间，边看门边看书。

那天夜里，由于放映机发生故障，师生们看完电影回学校时已是凌晨两点。但是，当傅老师一踏进校门，远远地就望见自己房间的灯光仍旧亮着。他推门走进房间，正在读书的兴安竟然没有察觉。

他实在是太专心致志了！

傅老师心疼地责备他："你为什么还不休息呢？"

兴安笑了笑，指着打开的《在人间》说："傅老师，您看，高尔基深夜还在一个圣像作坊里拼命干活哩！"

傅老师被他说得啼笑皆非。他知道，兴安干任何事情都有一股不可阻挡的倔强劲，劝也没用，只好改口说："好，好，你看书，我睡觉了！"

那天夜里，兴安一直读到东方发白天都快亮了才休息。

可能是因为较多的课外阅读的缘故，兴安作文一直很好，常常被傅老师当范文在课上讲评。在学校举办的"歌颂焦裕禄"诗歌朗诵会上，同班同学董然中朗诵了由金兴安创作的叙事诗《焦裕禄之歌》，声情并茂，在全校引起轰动。由此，傅老师发现了兴安身上具备文学创作的天赋，感受到了他弱小的躯体内蕴含着热爱生活的无限激情。

兴安擅长画画，读初一时，傅老师便安排他编写班级的黑板报。

有的同学问傅老师说："您为什么对他那么好？"

傅老师正色地回答："他是个孤儿！你们回家了都有父母疼，而他却没有！他会写会画，将来前途无限！"

事实证明，傅老师没有看错。兴安编写的黑板报图文并茂，新颖别致，看到的人都叫好。

到了寒暑假时，金兴安无家可回，兴安就留下来护校，或者上同学家里去住几天。平时，只要傅老师在学校，他就让兴安到自己的宿舍去。兴安总是取下书架上的书，如饥似渴地阅读。

傅老师特别喜爱文学。早在大学时期，就在报刊上发表过诗歌等作品。看到老师那些变成铅字的诗歌作品，金兴安非常羡慕和佩服。他暗下决心，要向傅老师学习，将来也要让自己的作品变成铅字。

"文化大革命"开始了。

吴圩这所偏僻的农村中学也在劫难逃。

傅老师因为在报纸上发表过作品，被打成了资产阶级反动权威。他平时对学生要求很严，在学生当中很有威信。他让学生背书，背得不行的就给打个 59 分。因此，有的学生就说他太缺德。红卫兵让他写检查，罚他打扫学校厕所，抄走了他的书。

一天深夜，外面下着小雨。傅老师忽然听到有人敲门。

"谁?"他如惊弓之鸟一般边穿衣服边问。

"傅老师，是我。"

原来是兴安。

傅老师赶紧打开门。浑身淋湿的兴安一下子扑进老师的怀里，急切地说："不好了! 我听说明天工作组就要开您的批斗会。"

傅老师惊呆了。不知是天冷冻的还是因为过分害怕，他连话都说不出来。过了半天才断断续续地说："既然要斗，就让他们斗吧! 反正我不是坏人!"

"不能无辜地让他们批斗! 今晚我就送您走!"兴安比老师还着急。

"天哪！这么晚了，半夜三更的，我能到哪里去？"傅老师有点六神无主。

"到北京去！红卫兵都上北京去，您也去北京，到毛主席身边去！"兴安似乎特别有主见。

说完，他就帮着傅老师收拾行李。

傅老师看着他又瘦又黄的脸颊和矮小的身材，心里涌起了一股暖流。这哪是一个孩子在帮助老师？这简直就是一个成熟的大人在帮助朋友或亲人！

冒着霏霏细雨，兴安把老师送往 50 里外的朱巷火车站。

两人在泥泞的茅草小路上艰难地跋涉，每走一步都要滑一下，甚至跌一跤。直到天亮了，二人才赶到朱巷火车站。

傅老师坐上了驶往北京的列车。他望着车窗外站在细雨中的瘦小的孩子，蓬乱的头发还在滴着雨水，浑身衣服全都湿透了……

瞬间，泪水模糊了傅老师的双眼。

傅老师在北京待了一个月，躲过了批斗的风头。兴安又托人带信告诉傅老师学校的情况，怕造反派又找他麻烦……

学校停课了。兴安算是初中毕业，离开了学校。由定远县政府办公室王主任推荐，金兴安进入定远县人民印刷厂打工——学排版，月工资 24 元。

县印刷厂主要印刷《毛主席语录》和县里各单位的票据、领导讲话等各种文件。

那时的排版用的是铅字。金兴安干的活就是检字或排字。常用字一共有 24 盘，要求准确迅速地从铅字盘里找到需要的字丁。字丁的字都是反着刻的，需要熟练记忆和背诵。

兴安脑瓜很灵，24 盘很快就都背得滚瓜烂熟，找字找得特别快，一小时能排 1500 字。这已经达到了一个熟练排字工人的水平。遇到生僻字，就先把排版版面上那个字丁倒过来，等整盘都排完了，再回过头来找这个生僻字。如果字盘里确定没有这个字，那么就要去找一块木头到刻字社现刻。

金兴安在县印刷厂的工作是临时的。平时他的生活很没有规律，经常饱一顿饥一顿，因此身体的抵抗力很弱。

1968 年下半年，全国掀起了知识青年到农村去、接受贫下中农再教育的热潮。1966—1968 年毕业的初、高中学生（俗称"老三届"）一律下放到农村。

金兴安于是回到金巷，住在生产队废弃多年的大猪圈里。这间猪圈泥土墙壁，稻草屋顶，四面透风，孤零零地矗立在田野上，离村庄还有好几百米路程。到了冬天，屋内屋外一个温度，没有水吃，兴安便用雪地上的积雪化水吃，卫生上根本没法讲究。

有一天，他的肚子突然痛了起来，而且越痛越厉害。屋外正下着鹅毛大雪，天寒地冻的，找谁求助呢？

兴安几乎是本能地想到了傅老师。

他捂着肚子，顶着漫天大雪，深一脚浅一脚跌跌撞撞地朝 20 里外的吴圩初中走去。

当他终于走到学校，艰难地敲开傅老师宿舍的门，因为又饿、又累、又痛，一头栽倒在地上。看到兴安满脸痛苦扭曲的样子，额头上都渗出了汗水，傅老师吓坏了。他二话不说，背起兴安就往区卫生院跑。

医生是一位刚从大学毕业的年轻人，他马上给兴安做了检查，初步诊断为"肠梗阻"，必须在 24 小时内做手术，否则可能导致肠穿孔，后果不堪设想！

"患者是个孤儿，既没有家，又没有父母，求医生救救他吧！"傅老师恳求道。

一听说患者是个孤儿，年轻医生的眼眶湿润了："傅老师，不是我不救。区医院实在没有手术条件，赶快送县医院抢救吧！"

天哪！吴圩距离定远县城有 70 多里路程，既不通车，又没有公路，这时天已经快黑了，又下着大雪，可怎么送去县医院呢？

望着生命垂危的兴安，傅老师犯了愁。

"得快点想办法，病人拖延不起啊！"医生一再催促。

怎么办？怎么办？！

看着兴安痛得脸色苍白，连话都说不出来，傅老师急得像热锅上的蚂蚁一样团团转。

"得找区领导！"他想。

他硬着头皮，又急又怕，冒着风雪，小步跑着到了区公所。

傅老师顾不了太多，他擂响了区领导小组组长钱连山家的门。

"谁呀？"

"我呀！吴圩中学的傅老师。孤儿金兴安得了急病，得马上做手术。区卫生院做不了，必须马上送到县里！"

那时的领导和群众情同鱼水。一听说群众有困难有急事，钱连山一骨碌爬起来，披件外衣，打开门走了出来。

"谁啊？谁得了急病？"

"就是那个孤儿金兴安，他是老革命的后代，您一定要救救他！"傅老师焦急万分地说。

"走！我们走！"钱连山二话不说，拉上傅老师就走。

到了卫生院，见到了金兴安，确实危急万分。

"马上送县医院去！"钱连山当即拍板。

救人要紧!

钱连山决定,马上组织一个护送小组,连夜用平板车往县城送。

他和傅老师分头,从老百姓家借来了一辆平板车和一床棉被。

就这样,一个由六个人组成的护送队,拉着平板车,冒着冰冻的天气,拼命往县城赶。泥土路,坑坑洼洼,地上的积雪已有一尺多厚,傅老师打着一盏马灯在前面探路,两个区机关干部一个在前面扶着车把拉,一个在后面推。那位年轻医生则一手提着正在给兴安输液的吊水瓶,一手拎着一只热水瓶。两个年轻力壮的小伙轮换着拉平板车。

一行人艰难地行进在大雪纷飞的深夜,车轮在雪地上碾出了两道深深的车辙。

傅老师高举着马灯,忽左忽右地走在前面。厚厚的积雪让人每前进一步都很困难。没走多远,他的脚脖子已又酸又痛,身上冒出的汗水变成了水蒸气向外散发。他还要不时地停下脚步,给兴安掖掖棉被。

"哎哟!哎哟!"兴安痛苦地叫唤声,在漆黑的雪夜中,显得格外刺耳。傅老师的心紧紧地揪着。他替下拉车的小伙,奋力向前。

一路上,除了偶尔听到兴安的呻吟,就是平板车发出的"吱吱扭扭"的响声。

开始的十几里路都是土路,下过雪后变得特别泥泞湿滑,拉着板车特别吃力。傅老师埋头拉车,汗湿的内衣紧贴在身上,冰冷刺骨。他只要有一会儿没听到兴安的叫唤声,就忍不住不安地喊一声:"兴安!"

兴安都忍痛应了一声。他知道老师是放心不下他,怕他痛昏过去。无数往事一起涌到了眼前，他的心里不停地念叨着："恩师啊！不是父兄，却胜似我的父兄的恩师啊！"

傅老师拉着平板车拼命地往前走。护送队在雪地里艰难地跋涉着。

平板车拉了30里路到了张桥区，张桥到定远有条沙石公路，才好走一些。正在六个人累得都快顶不住时，天开始蒙蒙亮了。大雪仍旧纷纷扬扬地下着，傅老师回过头去安慰金兴安："再忍一忍，我们就到县城了……"

这个冬夜是漫长而寒冷的，也是令金兴安终生难忘的。

每当他回忆起这个大雪纷飞的冬夜，他都止不住热泪盈眶："我每次遭难时，总会遇到像傅老师这样的好心人相助！"

然而，县医院也做不了这个手术。县医院赶紧送兴安去蚌埠市医院。

医生给金兴安紧急实施手术，腹部打开后见肠已扭曲粘连。

住院期间，傅老师不止一次来到病房，陪侍在兴安身边，给他倒屎倒尿，翻身洗脸，擦身换衣，打水打饭，喂药喂饭，像对待亲人一样，无微不至地照料他。以至于医生和同寝室的病友都以为傅老师是金兴安的亲哥哥呢！当傅老师告诉医生和病友，他是兴安的老师时，医生和病友都被感动了。

是啊！天底下如此爱护关照学生情同手足的老师，实在少见！

在照料兴安的间隙里，傅老师自己找到定远县民政科，告诉他们革命的后代、孤儿金兴安的病情。

民政科的同志对金兴安这个孩子相当熟悉，一直都很关心。听说他生病了，便派人专门去医院看望，还给他送去了慰问金。

因为拖延了时间，兴安术后又患上了肠粘连，需要再次手术。

可这时蚌埠医院的医护人员要全部下放到农村去。定远县派人又把兴安送到安徽省立医院。然而，省立医院的医护人员也都下放了。

为了根治肠粘连这一顽疾，定远县领导和驻军代表决定送兴安去上海的医院治疗。

在全国一流的上海东方红医院（即瑞金医院），兴安得到了全面的治疗。住了半年多医院，他肠梗阻的毛病得到了根治，在以后的数十年里，从未复发过。

1971年春，兴安回到阔别了两年之久的故乡。

乡亲们围着他问长问短，拍打着他的肩膀，抚摸着他圆圆的脸蛋。

这个说："兴安长胖了！"

那个说："兴安变白了！"

大家由衷地称赞社会主义好、共产党好，社会主义的孤儿生了再大的病也能治好！

面对着亲人一样的乡亲，兴安从心底里感到幸福。他的心灵深处发出了强烈的呼喊："党啊，我伟大的母亲！是您给了我第二次的生命，是您让我的生命得到了升华！"正如《唱支山歌给党听》歌中所唱："唱支山歌给党听，我把党来比母亲，母亲只生了我的身，党的光辉照我心。"他觉得，这首歌真是唱出了他的心声。

1972年春，定远县"五七大学"经安徽省和滁州地区两级政府批准新设了师范班。学制两年，相当于中专。傅老师被调去任教。恰巧，蒋集公社也推荐兴安去"五七大学"师范班学习。这样一来，师生又重逢了。

从兴安的谈吐中，傅老师发觉他又读了不少的书，对文学作品都有自己独特的见解。他感觉，兴安就像一棵苗壮成长的树苗，经历了这些些年的风风雨雨，正在逐渐成材。

师范班毕业后，兴安被分配到炉桥小学任教。以后又调到定远党校，从此，兴安开始了业余文学创作生涯，并因为写作而改变了自己的人生轨迹。一晃 50 多年过去了，他一直同傅家成老师保持着亲如一家的师生关系。

每有新作发表，兴安都要拿去给傅老师看，请他批评指点。

读到那些长短不一但却构思新颖、各有特点的文字，傅老师很吃惊。傅老师在一篇文章中写道：兴安就像一颗文学新星，正在冉冉升起，早已青出于蓝而胜于蓝了……

80 年代初，改革开放的浪潮席卷中国大地，各种人才匮缺而急需，也备受重视和重用。兴安因为擅长写作，很快便被调到省城的一家报社工作，当上了一名记者、编辑。而在这时，傅老师也调到合肥二十四中任教。师生俩再次会合。因为同住一座城，相互间来往得更多更勤了。

傅老师很得意，自己培养了兴安这样一个有作为的人才，在他成长的关键时期影响了他，帮助了他。

"培养一个人才不简单。"他深有感触地对我说，"老师就是一道人梯，要扶着学生一个个地攀上去。"

以前，傅老师的三个孩子都喊金兴安"叔叔"；如今，他们都亲切地喊他"大老板"（合肥方言，"大哥"之意——笔者注）。

从 1984 年至今，每年正月初一，兴安雷打不动都要带上妻子和两个孩子去给傅老师拜年。他每次去北京或去外地出差，总是惦记着给傅老师带点什么礼物，都要打电话询问傅老师有没有需要买的东西。兴安从来都舍不得给自己买衣服，却给傅老师买了件风衣和睡衣。

2003年，两人交往40年之际，合肥电视台听说了他们感人至深的师生情谊，专门采访他们和许多知情的亲友，制作了一期专题《师生情》。

节目播出后，引起了强烈反响。兴安老家定远县蒋集镇和傅老师家乡肥东县大兴镇的领导和乡亲，以及合肥市众多的市民、亲友都熟知了他们二人的师生佳话，都被他们的故事深深地打动了。甚至连傅老师的家谱上，也记录下了二人的故事。这对师生的美名到处传扬，成了多所中小学老师用来进行尊师重教和构建师生关系的生动教材，还有多所中小学校专门邀请他们去给师生们讲讲他们是如何保持长达数十年师生情谊的……

2004年，为了创办作家书屋，金兴安的爱人王同芬第一次同他红了脸，闹了矛盾。同芬坚决反对。两个人便去请傅老师"仲裁"。

谁知傅老师也不赞成建书屋。

他对兴安说："你又不是领导，又不是企业家。你没有那么多钱做公益。"

兴安说："地方政府很支持啊！"

"可是没有地呀！谁会给你地？没有钱，谁会给你钱？"傅老师依旧不赞同。他觉得兴安要办这件事太大了不靠谱，笃定办不成。

但是，在兴安一再的坚持下，或许也是受到他执着精神的感染，傅老师还是答应跟他去蒋集乡看看现场。

一路上，兴安都在向傅老师介绍蒋集乡贫困落后、文化匮缺的状况，表露自己报恩桑梓的意愿与决心，并且给傅老师描绘书屋的

"宏伟蓝图"和"伟大设想"，讲述书屋建成后将会发挥的显著作用和影响。

到了蒋集，看到那一片刚刚挖去的菜地，兴安又跟傅老师描述自己的构想：书屋要建在一个相对独立的院子里，不仅要有专门收藏图书的屋子，还要有阅览室；书屋外面的院子小路要铺上鹅卵石，两旁种上花草树木，摆上石桌石凳，像座小花园一般，既可休闲休息，也可坐着看书；再配以书屋的徽式建筑，营造浓厚的读书氛围，煞是好看……

看到兴安的信心这么足，劲头那么大，傅老师实在不忍心再给他泼冷水。

从蒋集回来后，傅老师对兴安爱人说："小王呀，兴安这个人你还不知道？他要干这事，你不让他干能行吗?!"

"可是，他把儿子结婚要用的钱都拿去建书屋了!"王同芬恨恨地说。

"你让他试试看，他碰了壁不就算了嘛!"傅老师安慰她。当时，傅老师心想，如果书屋办不成，兴安不劝也会放弃的。

傅老师对我感叹道："后来，还真的给他搞成了!"

傅老师说："师生关系是中国的好传统。有人说我，你教了一辈子书，有啥贡献？我说，培养了兴安这个学生就是我最大的贡献。纪念师生交往 40 年时，我写了一篇文章《师生情》，获了奖，合肥市教育局奖了我一床被子。合肥市委老书记郑锐为 40 年师生情题词：'风雨四十年，师生情谊深。'"

停顿了一下，他继续对我说："兴安品行好，我从那 20 元钱就看出来，他是个好人。他爱人小王和金桥、金泉两个孩子待我也好。我的孩子都读过大学、大专，我的孙子 20 岁了，现在在悉尼读大学，一个外孙在贵州上大学。我们家第三代人都上了大学！现在，我培养学生的目的达到了，也非常满意和高兴。我已经得过两次脑梗了。我有一个愿望，死后回老家去，儿子不愿意。兴安了解我，到时让'大老板'来做主吧！"

2018年年初，傅家成老师因病去世，金兴安内心十分悲痛。2月14日（农历腊月廿九），他在医院送别了傅老师。他还专门写了副挽联："痛失恩师泪水断肝肠，音容宛在诲言铭肺腑。"

一年后的2019年1月，金兴安想写文章纪念傅老师，一时竟不知如何落笔。因为经过半个多世纪没间断的交往，要说的话实在太多太多，要叙的情实在太长太长。他只能把自己与傅老师交往的55年岁月里选几个代表性的片段写出来，让世人知道，今天在我们身边仍有像傅家成这样值得尊重和敬仰的人民教师。

在金兴安心目中，傅老师是点燃他文学创作火炬的人。

傅家成老师不仅语文课教得好，诗歌写得也好。他毕业于合肥师范学院文学系，在校当学生期间就有多首诗歌发表于《安徽日报》《安徽文学》等报刊。当金兴安看到他把发表的几十首长短不一的诗歌剪下来贴在自制的本子上，真是羡慕至极。心想，我也要学习写诗歌，也要像傅老师那样把文章发表在报刊上。

1966年春季一开学，正值全国人民掀起学习焦裕禄的热潮。傅老师教金兴安他们初三语文课，他要求以焦裕禄的事迹为素材写篇作文。金兴安在作文簿上写下了叙事诗《焦裕禄之歌》，要知道平时写作文是不允许学生写诗歌的。但这次是例外，傅老师在评讲作文课时不但没有批评金兴安，反而称赞这首叙事诗写得好，主题鲜明，叙事清楚，诗言朴实，情感充沛。并推荐到全校举办的"五一"节联欢会上作为诗朗诵节目。金兴安万万没有想到，这首习作在"五一"节的联欢会上大受欢迎，获得一片掌声。从此，他对文学创作的兴趣更浓，对老师更亲近了。星期天，节假日，他和傅老师更是频繁接触，两人成了忘年交。金兴安时常缠着他询问什么文章是好文章？怎样才能写出好文章？其中包括文章的拟题、取材、构思、语言、立意等等，他总是有问必答。同时，傅老师还把他书架上的文学书籍拿下来一本又一本指导金兴安阅读，并逐字逐句修改他的每一篇习作，同他交流思想，交流阅读体会。在傅老师手把手的指导下，金兴安的写作水平有了明显的提高，傅老师常把他的作文拿到班级和其他年级的作文课上作范文讲解。他兴奋地说："我预感到，我们班上的一颗文学新星已悄然升起来了！"这些都极大地激励了金兴安，他暗下决心，刻苦读书，勤奋写作，长大一定要成为作家，不辜负傅老师的培养和期望。20世纪90年代金兴安被批准加入中国作家协会，迄今已累计写下了400多万字的文学作品，但第一篇习作《焦裕禄之歌》一直萦绕在他心头。

在金兴安心里，傅老师是全身心支持他的纪实文学代表作《安徽大采风》如期出版的人。

1998年，在纪念改革开放20周年之际，金兴安决心写一部反映安徽20年改革全貌的报告文学集，书名为《安徽大采风》。所谓"全貌"，就是要反映全安徽各行各业的先进典型和成功经验。当年安徽有17个地市、66个县，14万平方公里的土地，要在短时间内走遍安徽，写遍安徽谈何容易！但在金兴安看来，如果不这样做就没有说服力和权威性。

为了《安徽大采风》如期出版，他挤出一切时间，没有节假日，没有星期天，夜以继日，连续在各市、县、乡镇进行采访。当书稿完成一半时，一场意想不到的"灾难"降临到他的头上，1998

年 6 月 21 日凌晨，他的手提包在火车上被盗，包里装有手机、照相机、证件、现金，更重要的是采访写下的 10 余万字书稿。怎么办？放弃吧，他无法向世人交代，重新采访吧，唯恐时间不够。那年傅老师刚刚退休，身体还算健康。有了傅老师的陪伴，金兴安一切的忧虑全打消了，又信心百倍地投身到紧张的采访中。从此，师生二人冒着七八月间的酷暑，起早摸黑，风里雨里，跋山涉水，先后采访了濉溪县的农机局、界首市的皮条孙镇、利辛县的吕桥村、临泉县的单桥村、宣州市的飞彩集团、泾县的晏公镇、当涂县的博望镇等十几个市、县和乡镇。为了抢时间，争速度，在采访的途中遇车就坐，货车、农用车、拖拉机、三轮车、摩托车……至于无路无车时，那只能迈开大脚向前走了。晚上，他俩就住宿在简陋的小旅社，没有空调，有的连电扇也没有。吃的就更简单了，为了赶路有时就吃个大馍，或几块饼干，喝几口矿泉水。就这样，傅老师帮助金兴安完成了采访任务，把被盗的稿件又一一重新写了出来，从而确保了《安徽大采风》的如期出版。

在《安徽大采风》的后记里金兴安动情地写道："当我六神无主，欲哭无泪的时候，傅老师出现了，是他帮助我写完了这部书。"可傅老师知道后坚持要把他的名字删掉。他认为，老师是学生的"人梯"，老师帮助学生做点事是应该的。最终出版时后记改为："是他们，一起帮助我写完了这部书。"

在金兴安看来，这就是恩师傅家成"人梯"精神的至高境界。

"废炉烧新饭，苦在乐里面"

1966 年 5 月 7 日，毛泽东发出"五七指示"时指出：人民解放军应该是一个大学校。这个大学校，要学政治、学军事、学文化，又能从事农副业生产，又能办一些中小工厂，生产自己需要的产品和与国家等价交换的产品。工人、农民、学生也要这样做。

按照"五七指示"，在我国基层农村陆续开办了许多"五七大学"，这是一个学农、学军、学工综合统一的全能式学校。学农，在这里可以学到土壤改良、科学配种、牧畜选良等；学军，可以学习射击；学工，可以学车床、机械维修、驾驶术等。也可以学文艺，学文学、绘画、戏曲和音乐等。

1970 年，定远县正式兴办"五七大学"，校址设在石塘湖。从这一年的 10 月起，各级学校都废除了升学考试制度，全部实行推荐入学。

因为金兴安是革命后代，根正苗红，又是个孤儿，在定远县印刷厂工作表现特别优秀，在很短的时间里便能熟练掌握排字技术，而且又能写会画，深受领导和师傅的赞赏。1972 年，当定远县分配给蒋集公社两个推荐上"五七大学"的名额时，金兴安便被推荐去学习。

定远"五七大学"学制两年，相当于读了中专。1973年毕业。当时全国的大学都在学习辽宁省朝阳农学院的"教育革命"经验，实行"社来社去"，即从公社选拔推荐来读大学，毕业后还回公社去工作。老百姓说：这样的大学生回得来，养得起，用得上。因此，兴安毕业后就到定远县炉桥镇炉桥小学，当了一名教师，在教学之余，还要参加劳动。

炉桥小学条件特别简陋，教师在一座破旧的古庙里办公，孩子们还要自带课桌板凳，老师就站在泥地上讲课。

那时正值"文化大革命"后期，学习再好也没有大学可上，看不到前途，因此学生们大多无心读书，常常旷课缺席。但是，哪怕只有一个学生来上课，兴安也会认真地讲课。

他手里拿着一根粉笔，站在黑板前，教孩子们算术，加减乘除四则运算；又教他们语文，学写字，念唐诗。他还教孩子们珠算。课余，他跟学生们一起玩。

孩子们都贪玩。在一个"读书无用论"盛行的年代，孩子们更是玩疯了。金兴安便一个一个地找学生谈心。他给孩子们讲生活的道理，告诉他们，读书学习是基础，不读书不学习就掌握不到本领，就无法成为一个有用之才。他鼓励孩子们要养成学习的习惯，将来才能更好地报效国家，报答父母。

他对这些未谙世事的小孩反复讲：老师不教书，学生不学习，大家都忙着搞运动，这样的时间不会太长。我敢肯定大学招生考试早晚是要恢复的。如果你们现在不好好读书，将来就一定会后悔的。

那时，金兴安课余时间就画画，带个本子画速写，找个静物画素描。他把自己烧饭的炉子和炉上的铝锅画了下来，并题了一句词:"废炉烧新饭,苦在乐里面"。画得栩栩如生。学生们看着画上的炉子和锅,看着金老师一副认真的样子,都哈哈大笑起来。大家都觉得金老师太有才华了,上课也更有劲了。

学校领导都忙着抓运动。金兴安却一门心思扑在教学上,领导要开会批评他。不管校领导如何批评他,金兴安照样给学生讲课,劝他们好好学习,不要受外界学生不读书的气氛影响。学生们对金老师有感情,真心崇拜他。他们认为金老师是为他们好,因此愿意听他的教导。在他孜孜不倦的教诲下,许多学生养成了独立学习的好习惯。

果然,没过多久,国家恢复了高考。金兴安的许多学生都考上了中学、大学,后来成了教授、工程师,真正变成国家的有用之才。

在炉桥小学,兴安的生活过得很艰难。但这一点儿也不会削弱他的"革命斗志"和劳动热情。除了教书外,他还充分利用自己擅长的绘画本领,为炉桥镇许多单位写标语、画宣传画。那时候,炉桥镇大街的墙壁上到处可见兴安画的"战天斗地"宣传画和用美术字书写的红字标语。

早在上初中时,金兴安的画和美术字就小有名气,受到同学们的喜爱。不仅同学们自愿当模特画像,还常有老乡请他去给自家老人画像,以及在灶上、家具上画各种彩色图案。

在"文化大革命"期间,他常被请到县文化馆去画宣传画,参加工农兵美术创作。那时,许多单位都在门口建一座"红宝台"。这些红宝台大多用砖石砌成,四面抹上水泥,粉刷得光滑平坦。金兴安就用油画颜料在红宝台的四面墙上画上《毛主席去安源》《毛主席接见红卫兵》等,画像下方是红海洋或金光四射的红太阳,再用美术字描摹上一段毛主席语录。那时的人们每天早晨上班，第一件事就是在红宝台前"早请示"，下午下班时再去"晚汇报"。县粮食局和商业局等单位请金兴安去画红宝台，一天付给一元二角工钱。这，大概就是兴安最早的打工经历。

当时，江淮大地出了个"农业学大寨"的典型——定远县严桥公社红岗大队。这是当年安徽省树立的"农业学大寨"三个典型之一。另两个分别在当涂县的红星大队和萧县的郭庄大队。定远县委的口号是："高举红旗，狠抓纲，学习大寨赶郭庄。五十万人民齐动员（当时定远县人口是五十万——笔者注），大打农业翻身仗。一年打基础，二年大变样，三年变昔阳。"红岗的口号是："早晨三点半，中午不歇畔，晚上大批判。"当时，安徽省委提出"学大寨、赶郭庄、追红岗"的口号，大力推广定远县红岗大队学大寨经验。

1973年夏天，还在"五七大学"学习的金兴安被定远县委宣传部抽调到红岗大队，画红岗十大劳动模范的幻灯片及撰写幻灯片的解说词。随后，县委宣传部把金兴安画好的红岗劳模幻灯片交给定远人民电影院，要他们在放电影前先放红岗劳模幻灯片。

风雨同舟渡，甘苦两心知

在炉桥小学教书时，金兴安为人正派，工作努力，学习刻苦，深受同事和学生们好评。那时，他已 20 多岁，到了谈婚论嫁的年龄。

1975 年春，通过一位老师介绍，住在炉桥街道上的女孩王同芬结识了金兴安。

同芬一家是炉桥本地人。炉桥镇位于定远县西北，离定远 90 里路。同芬 1953 年出生。她有四个兄弟姊妹，同芬排行老三。母亲没有工作。父亲在炉桥搬运站工作。

那位介绍人对同芬说："我们学校新来了一个老师，人很好，又会写字画画，很有才华。但他是个孤儿。学校没有食堂，吃饭要自己烧，因此他想谈个对象。"

同芬对老师这个职业比较喜欢，就同意接触看看。在小姑姑的陪同下，她去见了金兴安。

兴安老老实实地告诉她们："我就一个人，无家无户。我们老师穷，一个瓦片都没有。出门一把锁，进门一盏灯。你们有个家，有什么事情都可以同父母姊妹全家人协商。"说的话令人心酸和同情。

那时，作为小学教师的兴安月工资只有 29 元，只能保证他自己的开支。

首次接触，同芬对兴安就有了好感。她觉得他说话实在，没有油嘴滑舌。

俩人慢慢来往起来。相处一段时间之后，同芬感觉兴安人很善良又能吃苦。

同芬从小就很自立，很有主见。又过了一段时间，她觉得兴安这个人很可靠，很满意。于是就打算带他去见自己的父母。

兴安没有钱，按当地风俗习惯头一趟到同芬家总不能空着双手去见未来的岳父岳母吧？

同芬的堂姑在炉桥旅社当会计，给了她 5 元钱。同芬便拿这钱买了一条香烟、一斤白糖和几斤苹果，让兴安拎着上门去见自己的父母。

同芬的父亲问了问兴安的情况，了解了他过去的生活和现在的工作。兴安告诉他，自己的父母在三年困难时期双双去世了，家里什么都没有。能活下来全是靠着东家西家、左邻右舍帮衬着。那时候，谁家都困难，都饿着没饭吃。有的人家一天灶头都不冒烟。

兴安对同芬父亲说："我以后只要有一碗饭吃，也要分一半给老婆孩子吃，给您二老吃。"

见过兴安后，父亲对同芬说："这孩子实在。虽然穷，但人老实，可以考虑，我不反对。"

那时，王家四个孩子，只有同芬一个人一天学都没上过，其他三个孩子都上了学。

同芬父亲有兄弟三个，他排行老三。在三年困难时期，她的两个伯伯都去世了，两家都特别穷。父亲一个人要照顾拉扯三个家庭，特别困难。因为挣的工资不够养家糊口，父亲毅然辞职，自己拉板车当搬运工，靠体力多干活多挣点钱。

7岁时，同芬到二伯的儿子——堂哥家去帮着带孩子。带完老大，又接着带老二、老三。就这样耽误了上学年龄。因此，父母对她一直愧疚得很，希望她将来能找个好人家。

1975年10月，同芬和兴安结婚。

结婚时，兴安的新房里真可谓是家徒四壁、空无一物。用洗菜盆当锅做饭，两只碗都豁了口，仅有的一双筷子还一长一短。用三块砖支起一个灶，一张旧床上只有一只枕头，一条破旧被子，棉絮当中有一个很大的洞。枕头里装的是一件旧棉袄。

新婚之夜，同芬连盖的被子都没有。二人便从街上一家小旅馆——八一旅社租了一床被子，一天2角钱，一共租了两天，花了4角钱。还被子时旅社的老板说："免了，不要付钱了，就算我出了个份子。"

同芬在铁路上工作的哥哥跑遍了蚌埠和合肥，终于给他们买回了一只煤球炉。同芬的姐姐从贵州回来，给做了一只木箱子。姐姐帮助买了牙刷牙膏毛巾等日常用品。

虽然家里穷，但是兴安两口子对老家来的乡亲们总是热情招待。未出嫁时，同芬看到自己的父亲经常给在农村的亲人送荞麦面、玉米等粗粮，她的堂哥也经常来她家拿粮食回乡下吃。结婚后，老家乡亲们进城来看病——炉桥是定远最大的乡镇，县级单位设置——兴安总要给他们粮票，招待他们吃喝。因此，他们家粮食总是不够吃。每个月到了最后两三天，家里就断炊了。同芬对兴安说："到我家去吃饭吧！"

兴安回答："我连老婆都养活不了，哪还好意思去你家！"坚决不肯去。

没过半年，兴安被抽调到定远县委党校当辅导员。原先他每月工资29元，到定远党校后涨到了34元。

在炉桥镇一位领导的帮助下，王同芬到镇办的窑厂工作，开始半年不给工资，半年后每月给18元。

在窑厂，同芬的工作是用板车拉窑灰，一个小时拉一趟，一天要拉2000多斤。这样重的体力活，还是窑厂格外关照她的。如果是拉砖坯，那个活会更重更累。直到1976年3月27日儿子出生前一天，她都挺着大肚子在窑厂干活。

因为儿子在炉桥出生，因此取名"金桥"。

家里生活很艰难。父亲经常给同芬家捎来粮食和蔬菜，接济他们。就连买一棵大白菜都要分给他们一半，一斤豆芽菜也要抓一把送给他们。

1978年，女儿出生了。哥哥叫金桥，桥下有泉水，于是，便给女儿取名"金泉"。

随着儿女的接连出生，家务事越来越繁重。两个孩子主要靠同芬和她母亲带。1979年，同芬从窑厂转到炉桥镇人民旅社当服务员，每月工资30元，比原先强多了。

当时炉桥还没有一家幼儿园。两个孩子全靠同芬母亲一人带不行，只好请街西头一个老奶奶带，每月付给她3元钱。每天早上五点多，同芬就要送金泉去街西头老奶奶那里，父亲则拉着板车把金桥送到母亲那里。每天父亲都给买三根油条，两根送给老奶奶吃，一根留给金桥当早饭。每天晚上下班后，同芬再去把两个孩子接回自己家。

1977年兴安调走后，学校原来给的那间房就不让住了。同芬在街上租了一个牛棚式土坯房，三四平方米，只有老虎灶大小，里面刚刚能放下一张床、一只煤球炉。用木板钉了一张小桌子，弄两只木头凳子，把床上的被子掀开就当饭桌。

从兴安调到定远党校后，他和同芬便分居两地。直到 1980 年春，在定远县委书记宣甲炎同志的关照下，同芬被调到定远县山货商店工作，一家人才再次团聚。然而，不久后，兴安又被借调到合肥《安徽文化报》工作，一家人再次分居两地。那种感觉就像兴安是一只领头雁，一直在前面飞，同芬则带着两个嗷嗷待哺的小娃娃一直在后面追，真就是一个当代的牛郎织女，只不过故事里追赶爱人的牛郎变成了女子王同芬。

在山货商店，同芬的身份变为了合同工。

两个孩子不到上学年龄，没人带，只好整天锁在家里，兄妹俩自己玩。因为从小与外人接触来往少，两个孩子特别老实，长大后社交能力也较差。

1982 年，金桥上学了。这时兴安已调去了合肥。同芬仍旧是一个人带俩孩子。直到 1985 年，同芬调到合肥粮食局，到粮油食品厂当了一名营业员为止。

同芬说，在当营业员期间自己不会写字，卖东西行，算账靠别人帮助。

说起调到合肥粮食局的经过，还有一段动人故事，同芬说，这一切还要归功于兴安这个人好，人好，这一辈子走到哪里都会有好运。

有一回，兴安去送报纸。那是一个大雪天，道路很滑。走到长江饭店前面时，兴安看到有一个又高又瘦的小伙子骑车摔倒了，趴在地上起不来。别人都视若无睹地走过去了，兴安却赶紧跑上去，拉起了小伙子。

"大哥，谢谢你！"小伙子吃力地站起来。看起来他至少有一米八高。

"不用客气！"兴安一边搀扶着他，一边回答。

"我叫康秋来，是省委组织部的。大哥你在哪里工作？"小伙子问。

"我叫金兴安，在报社工作。"兴安回答。

通过交谈，兴安得知康秋来平时也喜欢看书，还写点散文什么的。

从那以后，他俩便交上了朋友。

有一天，小康去兴安的宿舍拜访他。

看到兴安萧瑟而空荡荡的宿舍，又是孤单单一个人，小康直截了当地问他："你的家属呢？"

兴安有点羞愧地回答："家属想调合肥调不来，还都在定远老家呢！现在在供销社当合同工。"

"哦，是这样啊，还两地分居呢！"小康同情地叹口气。停顿了一下，仿佛在思考什么，接着说，"我们组织部只管调动干部。你爱人是合同工，属于工人。对了！我有一个同学在合肥粮食局当领导。我去找她看看。"

"那就太感谢您了！"兴安一激动，不禁脱口而出称比他还小的康秋来为"您"了。

"大哥你还跟我客气什么呀？"小康回答。

小康说到做到。

不久后，王同芬便携儿挈女地调来合肥。

同芬说："小康真是一个好干部！他一口水没喝，一口饭没吃，就帮我调到合肥工作，解决了两地分居一个大问题。"

1992 年 7 月，粮食市场全面放开，合肥的粮食部门"不吃香了"，要买断职工工龄让大家内退。这时，一位离休老同志帮了忙，将王同芬调到合肥卷烟厂。

烟厂的待遇真是鸟枪换炮。原先在粮食局时同芬月工资只有105 元，到了烟厂，头一年就增长到每月工资 300 元，后来渐渐涨到 500 元。烟厂每个月还发三条白纸包香烟作为福利，因此生活变得比较宽裕了。

自从调到合肥卷烟厂工作后，王同芬从未向兴安要过一分钱，因此，她也不清楚他每月工资多少，奖金多少。现在，兴安已退休了，老伴依旧不知他每月的退休金有多少，从不打听，也不跟他要钱。

同芬在烟厂一直工作到 2003 年 50 岁时办理了退休。退休后，合肥社保局每月给的养老金有 2000 元，单位又给补助 1800 元。

"钱够用就行了。"她爽爽朗朗地说。

从 20 世纪 80 年代到 90 年代初，金兴安一家一直租房住。在那些年里，他们先后搬过 10 多次家。直到 1990 年，兴安调到安徽少年儿童出版社，他们才有了属于自己的第一套房子。住到 2000 年，换了一处房。又住了 10 年，2010 年时换到安徽出版集团对面书香苑小区现在的住处。同芬一路追随着自己的爱人，东奔西走，过着清苦而不乏欢乐的日子，始终无怨无悔，平平和和。生活改变了，不变的是两人相濡以沫的爱情和亲情。

拼命找书读

早在金兴安上"五七大学"期间，就曾被抽到红岗大队给劳模画幻灯片。

因为整天同劳动能手和模范生活在一起，接触多了，兴安逐渐了解到他们的先进思想和在劳动中的感人故事。他开始不满足于画画，而是试着用笔来描写这些劳模的事迹，记录红岗大队日新月异的变化。他首先创作了一些诗歌。如描写红岗架起的高压线："根根银线通北京，热源来自共产党"；再如写红岗人月夜送肥："谁说山洼路不好？步步沿着大寨道"……

他把这些尚显稚嫩的作品寄给了县里的广播站。没承想，这些诗歌竟陆续播出了。

这，给金兴安带来了命运的一次转机。

县委宣传部领导很快便注意到了金兴安，注意到他的诗歌和通讯都在着力反映定远农村热火朝天的社会主义建设，塑造劳模和先进人物，弘扬勤劳奋斗和勇做国家主人的精神。领导显然对金兴安的文学创作充满信任，再通过深入了解了金兴安的出身、家庭状况和受教育情况，县上认为，这是一个应该好好培养的好青年。

1976年秋，金兴安从炉桥小学调到定远党校工作。

当时，金兴安已有了两个孩子，全家四口人住一间半草房里。村里的孩子要到县城读书，可没地方居住，想借住在金兴安家里。他为了感谢乡亲们的养育之恩，二话没说就答应了，自家四口人只好挤在半间屋子里，把大房间腾出来让孩子们住。同芬每天都要为孩子们打凉水烧热水，一到冬天，一个小煤炉就不够用了，就要到街上茶炉房里打开水。要是学生病了，兴安就带着他们去医院，没钱他就自己先垫上。五年期间先后有七个学生住在他家里：金其领、金家柱、金惠香、金提英、蒋学模、周正传、刘志青（后来其中三人考上了大学），他从没收过分文。

那时党校有个小小的图书资料室，除理论著作外，还幸存有数本中外文学名著，都是兴安从未读过的。

这个小小的图书资料室对于兴安而言，犹如一座知识天堂。

因兴安自幼生长在偏僻农村，读初中时又赶上"文化大革命"破"四旧"，他亲眼看见许许多多书籍被定性为"封、资、修"而付之一炬。想想自己小时候，想要找本小人书都找不到，更别说找本文学名著了。只有在吴圩读初中，在傅老师宿舍书架上发现高尔基的小说。而现如今，这个图书资料室里却拥有中外名家的作品，兴安激动而兴奋的心情难以言表。

如果说，傅老师的藏书别有洞天，如同一股清泉滋养了兴安，那么，党校图书资料室就是一个知识的海洋，让兴安第一次感受到了在书和文化的大海里畅游的巨大愉悦与激情。

没想到，文学作品竟有如此神功和魅力，几乎消磨了金兴安全部的业余时间。

"文化大革命"结束后，随着拨乱反正的推进和深入，国家出版部门重版了一大批文学名著。这对于他来说简直是哥伦布发现新大陆，尽管每月工资只有 36 元，他还是咬牙从工资中挤出一半来买书。前后两三年时间，他的小屋内竟堆满了巴尔扎克、托尔斯泰、梅里美、雨果、莫泊桑、高尔基、鲁迅、巴金、茅盾、曹禺、丁玲等一大批中外名家的著作。然后，他就一本接一本，如饥似渴地阅读。久而久之，读书成了金兴安的一种生活习惯，成了每天的必修课，一天不读书就总觉得生活少了点什么。真正体会到读一本好书就如同与先贤、大师之间进行一次心灵对话，感受他们高尚的人格力量。金兴安在自制的读书笔记本的封面上写下了 4 句话 16 个字："随手翻翻，时常翻翻，有事翻翻，无事翻翻。"

后来，当兴安小有名气之后，安徽人民广播电台还专门邀请他去做现场访谈，谈谈他如何读书及自学成才的体会。1996 年 4 月 8 日，《安徽日报》发表了他的读书体会文章。这篇文章还获了奖。

说也奇怪，书越读越多，兴安反而觉得自己的知识越来越不够用。这反过来又强迫他更加努力地多读，阅读时遇上经典和新奇的内容，他就抄写在自制的本子上。

陕西作家王汶石的短篇小说选，柳青的《创业史》，巴尔扎克、托尔斯泰、雨果、莫泊桑、梅里美、鲁迅、巴金、茅盾的小说……一个五彩斑斓的文学世界正在兴安的面前徐徐打开。从这些生动精彩的故事里，他看到了一个不同于画画的、由文字构筑起来的瑰丽的艺术空间，也激发了他潜藏于内心深处的文学梦。那是由傅老师启发和培育的一个梦想——让自己的文字变成铅字，让千千万万的人读到自己的作品！

后来才知道自己写的是儿童文学

兴安喜欢画画，但是画画需要各种颜料，颜料需要花钱买。然而，他没有钱，没有绘画的条件。而写小说、写故事，则不需要花什么钱，有支笔、有张纸就行了！

创作的欲望强烈地撞击着兴安的心头，童年记忆和现实生活的碰撞，不断点燃他心中文学创作的火花。他真的动笔写了起来。

他渴望着像傅老师那样，让自己的作品变成铅字。

谁知写文章并不是想象的那么回事。从1977年起，几年间，他给全国各地报刊投稿，收到的只有一封又一封的退稿信，一共有200多封。

每次将稿件投进邮筒，兴安便满怀期待地等候回音。每次邮递员送信来，他的内心总是扑扑跳，如同怀春少女，如同初次面对考官的小学生。

然而，每次都是编辑部的铅印退稿信。内容都是相似的："版面有限""原稿退回""不予刊登"。

开始时，党校的同事们都惊奇地凑上来看他的信。每次看到上面只有相似的一句话，大家都笑了。

兴安没有气馁，他坚持不断地向外投稿。他坚信，早晚有一天，会有编辑看中他的稿件。

然而，依旧是退稿，依旧是铅印的回信。收到的退稿信多了，兴安已经不太介意了。但是，同事们却感到好笑，认为他不自量力，癞蛤蟆想吃天鹅肉，一个图书资料员也梦想当作家。于是，各种冷嘲热讽接踵而至。

有的说："小金投稿，版面有限。"

有的笑话他："小金投稿，完璧归赵。"

面对着社会的偏见和他人的嘲讽，金兴安一度也陷入了痛苦与彷徨中。

要不要坚持写作？要不要继续投稿？这条文学的路能不能走通？他的心里纠结得很，渺茫得很。

就在这时，他在资料室里无意间翻到了茅盾先生为高尔基逝世10周年所写的一篇祭文。

读了这篇文章，他才晓得高尔基的童年生活竟如此艰难。他8岁失去父母，到处流浪，白天在轮船上打工收盘子，受尽老板的凌辱，晚上则在轮船里读书自学，又屡次患病，而他的大部分作品就是在这样困苦的环境中写出来的。高尔基刻苦自学并与生活抗争的精神深深地打动了兴安，不仅激起他高昂的创作热情，而且给了他战胜困难的勇气与信心。

"走自己的路，让别人说去吧！"

这是高尔基的人生座右铭。金兴安请书法家把这句名言写成条幅，挂在自己的书桌前。

针对别人的冷嘲热讽，他这样鼓励和慰藉自己："他版面有限，我智力无穷"；"他完璧归赵，我留作资料"。

凭借惊人的坚韧毅力，他继续跋涉在荆棘密布的创作小路上。

那时候，社会上存在着一些带有市侩作风的人，见到上级就点头哈腰，拿烟沏茶；见到下级则趾高气扬、哼哈作态。这种庸俗的作风本不该传染给天真无邪的孩子们，但是，有些家长却在家里有意识无意识地向孩子灌输这样的观念。金兴安觉得，这种作风应该批判，他打算就此写一篇文学作品。

经过几天的酝酿构思，他写出了自己的又一篇作品《爸爸，我错在哪里?》，写一个6岁孩子的父亲跟他说：客人来了就要给他拿烟沏茶。一个干部上门来了，孩子给他拿烟沏茶，受到父亲当面表扬；一个工人上门来了，孩子也给他拿烟沏茶，结果挨了父亲一顿批评。孩子最后发出疑问：爸爸，我究竟错在哪儿? 这样一篇故事简单的作品，却生动地刻画出了社会上某些人对领导阿谀奉承、对老百姓冷眼相对的丑陋嘴脸，批判了功利主义思想。

当时，他也不知道自己写的是什么。后来，人们告诉他，他写的是儿童文学。

兴安觉得自己这篇作品写的是孩子，对孩子和家长都有教育意义。于是，他便把这篇小故事投给了上海的《少年报》编辑部。

《少年报》创刊于1967年，后来改名《少年日报》。那时，《少年报》办有一个"小百花"副刊，专门刊发描写和反映少年儿童生活的童话、小说、散文、诗歌等各种体裁的文学稿件。字数一般在2000字以内。

兴安的作品投出后，果然一发命中。1979年，《爸爸，我错在哪里?》被《少年报》发表。

收到用《少年报》报社信封寄来的信，看到自己的名字和写的文字第一次变成铅字，并且受到了"小百花"副刊责任编辑黄修纪的高度赞赏，金兴安内心的激动和惊喜之情无法言表。

他觉得，这是他人生的一个盛大节日。从此，他的命运就要被改写了！

他对读书和创作更加起劲了。

学习使人进步，读书使人明智。在定远党校，通过大量的阅读，兴安的性格也起了明显变化。他变得更加宁静和理智，更加乐于思考。他最初的文学创作素材大多来源于不幸的童年。

他经常坐在不知名的小溪旁，看那溪流在灾荒之年干涸，溪里的小鱼儿几乎死光。然而，一场春雨过后，岸边又是鲜花绿草，烂漫依旧，水里重新翻腾起鱼儿嬉戏的水花。活着是美好的，生命拥有无限的可能。金兴安一边感受着故乡土地的慰抚，一边思考着、想象着文学的意象和情思。那些痛苦与快乐，那些欢笑与眼泪都一起涌上心头。他觉得有无尽的话语要倾吐，有无尽的感情要倾诉，胸中波涛起伏。于是，在每一个夜晚，在工作之余的每一个假日，他都摊开稿纸，开始新的构思和创作。

从那以后，他的作品一篇接一篇地见报。

1976年冬天，他写下了儿童小说《"a、o、e"小传》系列篇。这是当时难得一见的好作品。兴安通过讲述一个孩子上了三年学却什么也没学到，只认识拼音字母"a、o、e"，反映了"文化大革命"期间荒诞可笑的生活以及"文化大革命"对少年儿童伤害之深。故事具有嘲讽意味，揭示了扭曲的时代将儿童扭曲成了畸形儿的历史真实。这篇作品后来经过多次修改发表了。2014年，兴安出版的儿童文学集《播种希望》又将《"a、o、e"小传》收入其中。

1981年，兴安根据有的伤残儿童没有放弃学习、不自暴自弃的事迹，创作了儿童小说《在少儿专柜前》，塑造了一个伤残青年——有志姐自学成才的典型。这篇作品发表在《安徽日报》上。

为此，编辑还写出了足有 500 字的编后语。

1983 年，兴安在《江淮文学》上发表儿童小说《明明接姥姥》，以一个儿童的眼光描写了农村实行家庭联产承包责任制后发生巨大变化的故事。小说发表后引起了一定的轰动。

兴安总是从自己和身边人的生活经历中发掘素材，提取出对人有教益、有启迪的思想内涵，因此他的作品是时代的亮点和主旋律，很受编辑的赞赏。

兴安没有上过大学。他在创作过程中也渐渐悟出一个道理：要在文学上有所建树，必须加倍用心学习，向书本学习，向前辈作家学习。悲惨的童年和荒诞的"文革岁月"，使得他没有机会接受系统的教育，现在要想在创作上有点出息，只有依靠自己勤学苦练。

那时，他月工资只有 36 元。他把一半的工资都拿来买书、订报。为了买到姚雪垠长篇小说新作《李自成》第二卷，他连夜在新华书店门口排队，终于买到了这部自己心仪的小说。由于工资大都花到买书和外出自费采访上了，加上那些年兴安的家庭负担又重，因此，他每天的伙食几乎都是咸菜萝卜就米饭。但是，他仍旧热情地邀请文友们到自己家里来畅谈交流，而且每次都要借钱买酒买肉，热情款待。

通过勤奋攻读及与文友们交流，金兴安的创作视野不断拓宽，心胸更加开阔，写作水平也有了显著提高。在短短两三年时间里，他接连写下了数十篇儿童小说、散文、儿童剧等作品，发表在全国各地的报刊上。他的作品往往比较短小，贴近少儿生活，接近儿童语气，反映儿童心灵和情感，寓庄于谐，寓教于乐，因此特别适合儿童阅读口味，很受小读者们的欢迎。

一炮打响的第一篇通讯报道

改革开放后，安徽大地发生了天翻地覆的变化。金兴安切身感受到了这些巨变，特别是家庭联产承包责任制给古老贫穷的江淮大地所带来的新变化、新收获、新气象。开始踏上文学创作道路的他，特别希望能够用自己的笔记录下这些时代变迁。于是，在创作儿童文学的同时，开始尝试着采访撰写一些新闻通讯报道。

1981 年，他走访了素以要饭出名的定远"大西南"——吴圩区的部分社队，对 10 多户农家进行了调查。所到之处，生气勃勃。耳闻目睹，令人振奋。特别是看到丰收后农民精神面貌的巨大变化，更是激动不已，久久不忘。

朱湾公社河庄生产队社员宋德云是两次出席县丰收户会议的代表，全家五口人。在场的人匡算了一下：今年宋家收粮 24600 斤，油料 100 斤，烤烟 600 多斤，经济收入 13000 多元。午季（上半年收的粮食，一般指的是小麦收成——笔者注）向国家交售小麦 5000 斤，秋季准备交售水稻 6000 斤，人均交售粮食 2200 斤。宋德云的妻子是个四十好几的中年妇女，她指着场上晒的、家里堆的稻子、豆子、烟叶和锯好的大捆木板，对金兴安说："真的！我做梦也没想到我家能收这么多东西，你们看，家里连下脚空地都没有，再过两个月我家五间带走廊的瓦房就盖好了，打一套像你们城市里那样的家具，嘿！20多年前讲的农村城市化，现在真快了。"她越说话越多，从国家、集体、个人三者关系讲到政策兑现问题，还真有点辩证关系哩。如果金兴安不在场的话，很难相信这些话是从一位不识字的农村妇女口中说出来的。谈话结束后，又热情地硬留金兴安在她家做客："过去想请你们干部吃碗饭，端不出，现在嘿嘿……"讲着，她欢快地笑了起来。

在烟炕，金兴安见到了全社卖烟"状元"宋德雨。一见面，老宋就从烟堆里抽出几大片金黄色的烟叶，滔滔不绝地讲了一大堆烤烟行话，接着自豪地说："今年小烟受了灾，看来只能收15担，这15担全部卖给国家。"随后又邀金兴安去他家看看。路上他风趣地说："要是前几年，你们干部来了，我早溜了。过去干部下来，农民先溜后追。他们一来不是催征购，就是'割尾巴'。那时家家穷得叮当响，不溜咋办？结果折腾了半天，干部油了嘴后，就摇摇晃晃地走了，这时我们就追：'书记，你喝过酒了，我家大铁（指铁锅——笔者注）还是冰凉的，求你批点粮款吧。'"说得大家哈哈大笑，原来是这样的"溜"和"追"！

老宋的老伴正在地上理烟。金兴安踮着脚尖，小心翼翼地走着。老宋乐不可支地拉着金兴安的手，从外房看到内房，介绍堆着的粮食、油料："咱这一年的收入顶得大呼隆（指当年生产队社员们在一起上工干活——笔者注）时的10年。"在交谈中，金兴安知道宋德云是他的大哥，就说："你们兄弟俩都发财啦！"老宋忙摆手："不！不！我不如大哥，他家有拖拉机。不过，我准备买电视机。"老宋的话使金兴安惊喜，啊，好大气魄！兄弟俩在闹发家竞赛哩！金兴安起身告辞时，老宋拉着他，指了指梁上挂的一大嘟噜鲜肉说："你们一定要在我家吃顿饭。"面对此情此景，金兴安大为感动，今天的农民对干部的感情是何等真挚啊！老实说，这是20多年来农村中的干群关系所罕见的。

好容易才婉言谢绝了好客的老宋，金兴安乘车去公社，大片散发着泥土香的油菜田、麦田向他扑来，在阳光辉映下的晚稻和棉花犹如块块金毯和银布，真是秋高气爽，飞金流彩，遍地生辉。

下午，金兴安对上靳生产队的老人靳长信进行家访。老夫妻俩以前一直靠救济粮过日子，责任制后也有人为他们担忧。实践证明，一切担忧都是多余的，政策的潜力真叫人估不透，老两口家里新粮压陈粮，而且还养了土鳖子，喂了20多只鸽子，生活过得挺宽裕。事实生动地说明了中央的政策是合国情顺民心的。片刻，靳长信的老伴炒好了瓜子，金兴安坐下边吃边谈。朱湾是革命老区，人民群众对党有着深厚感情。老靳拉着金兴安的手说："你们在县城没吃过鸽子肉，这次我拿鸽子请客。"简单的一句话，包含多么深的情意啊！金兴安临走时，老人直向他的口袋里塞瓜子。金兴安走远了，望着老人伫立的身影，蓦然想到，这离别之情，就像当年老区人民送别出征的子弟兵！

耿巷公社下庞生产队，过去曾有这样的歌谣："下庞下庞，野草满岗，大呼隆干活，十年九荒。人人穿破衣，家家住漏房，年年吃回销，户户讨过荒。"如今，情景大变样了。会计刘永礼是位朴实的庄稼汉，他说："下庞共11户人家，56人，整半劳力22人，承包土地240亩，开荒100多亩。预计今年收粮总共有18万多斤，油脂17400斤，经济收入54000元。一年卖的粮食相当于征购任务的15倍，一年收的油料能完成百年的油脂任务。平均每人向国家交售粮食890斤，平均每人收入达940元。"这一连串的数字使金兴安大为震惊，说实话，金兴安心里都有些疑惑。为了核对这惊人的数字，金兴安连续专访 5 户农民，他们是军属杨富基、会计刘永礼、社员刘永俊、单身汉刘长和、单身老奶奶盛氏。通过对 5 户农民收入的核算，疑虑消失了，心里踏实了。在进行家访中，孩子们跟着嬉闹，大白鹅伸长颈脖高亢迎客，大肥猪大摇大摆地晃悠，母鸡逢人就"咯哒！咯哒！"每到一家，人们都是热情接待，搬凳子，掸灰尘，烧茶水，炒花生。欢声笑语，亲如一家。真是：黄金埋在黄土里，下庞飞出金凤凰。

通过对这 5 户农民的家访，金兴安进一步了解了农民的思想、情操、信仰、希望。杨富基老两口教育在部队服役的儿子苦练杀敌本领，保卫祖国，保卫家乡。刘永礼兴奋地说，等我新房盖好，我要写上"责任制好处讲不尽，共产党恩情说不完"的对联挂在家门口。荣获县小麦三等奖的刘永俊表示学科学，用科学，把明年小麦种得更好，争取得到一等奖。"外流"多年的刘长和指着黄澄澄、金灿灿的 700 斤黄豆说："这些黄豆都是我一个个挑拣的，等有空，就拉到粮站卖，表一表我的心意。"盛老奶奶高兴得更是合不拢嘴："粮食多了，可不能浪费呀，不要忘记支粮用瓢的事呀？"

关于支粮用瓢的事，金兴安也听说过。那是 1973 年春季，收的小麦还不够做种，每人只吃 7 斤麦头子，还作几次支，因为太少，只好用瓢量。老人的话使在场的人都受到了教育。

金兴安打算再访问几户，队长要他去看鱼塘。刘永俊兴致勃勃地说："我家鱼塘今年打上 60 条鱼，大的六七斤重，足卖 300 元。"刘永俊望着满塘水，有点惋惜地说："要不是水多，我打几条招待你们该多好！"

俗话说"不看收的看堆的"。家家场上都有一座大草堆。满场都堆放着稻子、花生、豆类等。金兴安问："粮食放在场上，夜里没人偷吗？""嘿嘿！"一位老农随口答道，"现在都是吃不焦，花不愁，亲戚朋友家家有，谁还干那见不得人的事！"是的，通过几个队的所见所闻，说明农村的风气变了，农民的精神面貌也变了，责任制给农村带来了翻天覆地的变化。金兴安乘车返回时，又遇到两家请拖拉机拉石头盖新房。真像下庞新歌谣所说："下庞下庞，粮食满仓，鸡成群，鹅成行，肥猪长的小牛样。一户一头牛，一家一口塘，塘塘鱼丰收，户户万斤粮。娶媳妇，盖新房，男女老少喜洋洋。"

这次走访给金兴安留下了深刻印象。他连夜奋笔疾书，写下了一篇鲜活的通讯报道——《催人奋发长力量——喜看定远农民精神面貌新变化》，并将其投给了《安徽日报》。

11月16日，《安徽日报》在第二版头条位置发表了这篇4000字的通讯。

这篇以农村改革"大包干"为内容的通讯在定远县和周边县的乡镇引起了轰动效应。人们充分肯定金兴安对当下农村新变化，尤其是农民精神面貌的改变所作的敏锐的捕捉和准确的判断，都从通讯中受到了很大的鼓舞。

蒋集的乡亲们读到了这篇通讯，纷纷奔走相告：当年的孤儿金兴安，如今成了大作家了！在省报上发表那么老长的文章！

定远县委书记宣甲炎同志拿着报纸来找金兴安。他表扬兴安这篇文章写得好，对全县农村改革有很大的推动作用，并关切地问他："你有没有写作上或生活上的困难？县委、县政府要帮助你解决。"

在县委的关心下，随后，金兴安的妻子就从炉桥镇调到县城工作。

这篇通讯发表后，金兴安被《安徽日报》聘为报社通讯员。不久，他又写出了一篇人物通讯《人和生财》，发表在《安徽日报》显著位置。

然而，好事还没有完。1982年春，《安徽文化周报》总编辑周均以《安徽日报》发表金兴安的这两篇通讯为依据，通过安徽省文化厅把金兴安借调到该报工作。

人往高处走。能够为省里的单位输送人才，这在当时是一件很光荣的事情。何况，这也是"党和人民事业的需要"。以前定远党校领导因为压制人才已经挨过一次处分，现在，这个人才又要飞往更高处，党校领导自然不好阻拦。再说，人才是国家的，要服从国家统一调派。从此，金兴安便成了新闻战线上的一名新兵。

20年后的2002年，《安徽日报》创办50周年之际，金兴安满怀深情地写下一篇《我生命历程中的大转折》，回忆起自己成长的历程。在文章中他真诚地写道："我与《安徽日报》的友谊和情感绝对有别于一般人，是《安徽日报》给了我许多机会和帮助，改变了我的命运路标，从而使我从偏僻的农村来到省城，从一名普通的通讯员成为具有高级技术职称的记者、编辑和作家。"

"抓住今天"

党的十一届三中全会以后，特别是 1980 年后，我国迎来了科学的春天，也迎来了知识分子的春天。全社会越来越重视文化、重视人才。而十年"文化大革命"又耽误了大量的人才。一方面是社会对人才有极大的渴求，另一方面是优秀人才、学有专长的人才极度匮乏。

金兴安因为在省内外报刊上不断发表作品而受到了人们的关注。1982 年 7 月 3 日，安徽省委宣传部在合肥召开首届"安徽省少年儿童文艺作品创作会议"，兴安作为儿童文学青年作家代表应邀出席。

那时，妻子和儿女都还在定远。兴安到了《安徽文化周报》后，就一个人生活。报社人手少，他年轻气壮，又想好好表现，将来还要依靠单位将自己的家属调过来呢。他经常是一个人干几个人的活，除了采访、编辑、排版、校对外，还要负责给邮局、机关单位送报纸。兴安生性本分，厚道质朴，交付给他的任务绝不推诿，总是保质保量地完成。

那时，金兴安工作上最大的困难和矛盾就是时间紧张。在采访、编辑工作之余，挤时间找机会向老记者学习采访经验，向老编辑学习编辑技术，还要学习摄影、发行、广告、通联等基本的新闻业务知识。那时报社发行、通联、广告等工作是分片包干的，提出"下去一把抓，回来再分家"的工作思路。为了争取时间，兴安把星期天安排为乘车时间。在行车路上，他可以"静"下来构思。经常是白天乘车赶路，晚上登门采访，夜间伏案写作。他在案头特意贴了幅"抓住今天"的条幅。

"抓住今天"就是挤时间，分秒必争，寸阴不放。抓住今天，就是抓住了自己的事业，抓住了自己的生命。"今天"，的确是人人都拥有的财富，但不是人人都能抓住它和理解它的真正价值。鲁迅先生说得好："时间，就像海绵里的水一样，只要你愿意挤，总还是有的。"鲁迅先生这段话使金兴安终身受益，也终生难忘。

1998 年，在中国现代文学馆编辑出版的《中国作家 3000 言》一书中，号召广大作家写下对人生感悟的一句话，金兴安就以"抓住今天"为主题撰写了这样一句话："今天，只有今天，没有时间讲明天。"

在报社，兴安经常一出去采访就是十几天都不回家，足迹踏遍了大江南北。凭借着一个新闻记者的职业敏感，凭借着一个受惠于改革开放的孤儿对国家和人民深厚的感情，兴安努力从多角度、多视角、多侧面采写和反映改革开放大潮。在采访中，特别注意寻找发家致富的典型，深入了解其成功的秘诀，了解安徽各地富于蓬勃朝气的乡镇企业以及锐意改革的企业家，揭开安徽农村改革取得成功的内在原因。

由于他腿勤、嘴勤、笔勤，因此全报社发稿最多的人就是他：新闻报道、人物特写、文艺通讯、报告文学、随笔散文……各种体裁的文字陆续见诸报端。

1984 年，金兴安从《安徽文化周报》到《富民报》，后来又到《安徽画报》任记者、编辑。他的工作单位不断变换，环境也在转换，但他从未停止采访和写作。

在《安徽画报》工作期间，他采访了安徽省一批文化名人，包括陈登科、鲁彦周、公刘、贾梦雷、曹玉模、穆孝天、玛金、张建中、李白忍、张良勋、陶天月、朱秀坤、丁玉兰等，写出了一篇篇情真意切的采访记。

对于这些名人，兴安向来非常景仰。早在 1969 年因肠梗阻住院时，兴安偶然从一位病友的手中得到一份批判陈登科长篇小说《风雷》的材料。他看完后认为满纸强词夺理强加于人，非常气愤，当即拿笔在材料上写下一句批语："这样的批判不能说服人，人民喜爱的小说是批不倒的！"他将这份材料一直保存到陈登科平反后，才用挂号信将它寄给了陈登科。

事隔多年后，兴安去采访陈登科，重提此事。老人激动地紧握住兴安的手，感慨万千："你是个有真情的青年人！"

1984 年，兴安被批准加入安徽省作家协会，成为一名他梦寐以求的、名副其实的作家。

1984 年 7 月，安徽少年儿童出版社成立。在此之前，它是隶属于安徽人民出版社的少儿读物编辑部。已有多年编辑经验的黄国玉出任安徽少儿出版社副总编辑。他本身也是一位儿童文学作家，创作了数十万字的中短篇儿童小说，出版过多部儿童文学作品集，早年曾在家乡小学执教十余载，有着丰富而扎实的生活积累。安徽少儿出版社成立后，急需作者和稿源。黄国玉认识黄修纪，就专程跑到上海去找她组稿。黄修纪本人也从事儿童文学创作，同时手里掌握着大量的作者信息资源。

听了黄国玉的来意之后，黄修纪"呵呵"笑着说："老黄呀，你真是抱着金饭碗到处乞讨啊！你不要来找我，我还要到你安徽去组稿呢！你们安徽定远党校有一个作者叫金兴安，儿童文学作品写得不错。你应该先去找他组稿。"

"啊？惭愧惭愧！我真是孤陋寡闻。"黄国玉说，"我这一回安徽就去定远。"

黄国玉果然没有食言。他一回到合肥，马上同定远党校联系。然而党校的人却告诉他，兴安已调到合肥工作了。

真是踏破铁鞋无觅处，伊人原来就在己身旁。

黄国玉很快便约见了金兴安。

这是一个中等身材、体型健硕的青年人。方形脸庞，头发向后背着，双眼总是满怀善意地看着人。

黄国玉一见就喜欢上了这个朴实善良的年轻人，正式提出向他约稿，希望金兴安把自己的新作交给安徽少儿出版社出版。

1985 年 11 月 10 日，安徽少儿出版社在合肥稻香楼召开安徽少儿读物出版座谈会，特地邀请金兴安以新闻记者和重点少儿作者的双重身份出席。这次会议还邀请了一批全国著名的儿童文学作家。金兴安见到了自己心目中的儿童文学大家任溶溶、洪汛涛、叶永烈等，激动地分别与他们合影，并请他们为自己写一句勉励的话。

当时已过花甲之年的任溶溶题写的是："共同为繁荣我国的儿童事业而努力工作。"——这位老前辈，在 2013 年以 90 岁高龄荣获第九届全国优秀儿童文学奖，是获奖者中年龄最大的，创下了国家级文学奖获奖年龄之最。他创作的童话《"没头脑"和"不高兴"》和翻译的《安徒生童话全集》等作品影响了几代中国人。

以神话《神笔马良》而为人周知的洪汛涛更是与金兴安结成了忘年交。他给兴安题写的是:"希望为儿童文学事业做出新的贡献。"1988年"六一"儿童节,安徽少儿出版社再次邀请洪汛涛等作家在合肥举行签字售书活动,"洪爷爷"还专门给兴安9岁的女儿金泉题词:"祝金泉小朋友进步。"

受到多位前辈作家的肯定和勉励,兴安的儿童文学创作一发而不可收拾。他接连创作发表了多篇作品。并有多篇作品相继被收入《"小百花"副刊作品选集》、安徽人民出版社出版的短篇小说集《奇怪的密码》、安徽少年儿童出版社出版的《迷人的池塘》《获奖儿童剧本选》《安徽省儿童文学作品选》等多种选本,受到了小读者的普遍欢迎。

《爸爸,我错在哪里?》后来更是被作为新时期以后安徽儿童文学的精品收入《安徽省志·文化艺术志》,该书1999年8月由方志出版社出版。

金兴安是从饥饿线上挣扎过来的人,深知贫穷日子的滋味,深知改革开放所带来的划时代变化。在改革之前,他经常是饥一顿饱一顿,吃了这一顿不知下一顿在哪里,从来没有真正吃过饱饭。而从1978年12月18日党的十一届三中全会召开过后,生活一天比一天好起来。不仅兴安能吃饱饭,全国老百姓都能吃饱饭。兴安称之为"伟大的历史丰碑"。

他说:"真是神了!天还是那个天,地还是那个地,人也还是那个人,但是现在却都有饭吃了!"

归结起来,兴安认为,这一切都得益于改革开放,他要感谢改革开放,所以在他的笔下,丝毫不吝啬对改革的赞美和对新生活的讴歌。

改革大潮激荡着江淮大地，担任新闻记者使金兴安更有条件广泛接触社会、了解各个层面的人和事。在农村采访中，他耳闻目睹了家庭联产承包责任制给这块古老贫穷的大地带来的勃勃生机，广大农民终于有饭吃、有衣穿、有房住，告别了饿着肚子"闹革命"的荒唐岁月。对这一点，像他这样从三年大饥荒中熬过来的人感受最真切、最强烈，也最有发言权。

怀着感恩之心，他奔波于大江南北、淮河两岸，大书特书改革开放后的新农村、新变化、新人物。饱蘸着自己的激情、热情与感恩，他从安徽的改革开放和现代化建设实践中采写了一篇又一篇新颖鲜活的新闻、通讯和报告文学。七八年间，他先后有 100 多篇在全国多家报刊上发表。

1988 年，他的这些带着新鲜生活气息的文艺特写、通讯和报告文学被结集出版，书名《龙腾江淮》。

这是国家抚养大的孤儿金兴安献给纪念改革开放 10 周年的一份厚礼。安徽省政协原主席张恺帆为该书题词："献给党的十一届三中全会召开十周年。"时任省委副书记、政协主席史钧杰为该书作序。序言《改革的脚印》发表在 1988 年 2 月 2 日《安徽日报》上。

在大量撰写通讯特写和报告文学的同时，金兴安没有放松儿童文学创作。他的儿童小说《电话里的骂声》《不说谎计划》《还我一张纸》《三个小姑娘的秘密》《源泉》《奶奶·孙子·猫》等陆续发表于《飞天》《清明》《天津日报》《安徽日报》《农村天地》《摇篮》等省内外报刊。这些作品一律都是描写在校儿童的生活。兴安把笔触伸向了此前不被人们看重的校园生活领域，揭开了在校读书孩子们天真烂漫而美好的心灵世界。

在他的笔下，一个个孩子个性各异但却都眼睛明亮、天真活泼、心地善良，犹如一个个天使般向读者迎面走来，让人似乎可以触摸到他们金子一般的童心和爱心。兴安用自己的笔，写下了对时代和生活的无限热爱，写出了对孩子们真诚的爱。这，也是他感恩政府、感恩社会的一种方式。这个 10 岁失怙的孩子，用这样的方式来回报人民的养育之恩。

由于在儿童文学创作方面成绩突出，1988 年春天，金兴安被调入安徽少年儿童出版社工作。

这个春天对于金兴安来说，的确是一个春光明媚的季节，因为进安徽少儿出版社工作也是他一直以来的心愿。现在，他终于如愿以偿。

从此，兴安开始整天与书打交道。这对于一个从小就渴望读书、热爱读书的人来说，就像老鼠掉进了米缸里，如鱼得水。

那时，安徽少儿出版社规模小、底子薄，只有 20 来名员工，编辑人员少，书稿多，基本上一个人要当作几个人使。社长吕思贤、总编辑陈永镇、副总编辑黄国玉等人人都要兼任编辑，办公桌上都堆满了书稿。在这个集体中，大家都很敬业，也很友善，相处得就像一个大家庭。

兴安在这里工作了 3 年，学到了很多做人的道理和出版常识，许多事情至今回想起来依旧内心倍感温暖。

当时，自办发行还是个新词，出版社没有一名专职的发行人员。除了做好组稿和编辑工作外，每个星期天（那时尚未实行双休日制度，每周只有星期天休息——笔者注）社领导都要带领编辑们赶到租来的民房书库将书打包、发货。

出版社的办公条件十分简陋。夏天没有空调，冬天没有暖气。办公室里，桌子挨着桌子，有的办公室连窗户都没有。然而，条件的艰苦对于兴安而言都是微不足道的。这个从小什么苦都吃过、什么罪都受过的年轻人，一心扑在编书、出书发行上、忙得不亦乐乎。看到自己出版社出版的《早殇的将星》《童话百篇》《童话学》等图书受到社会各界和广大少年儿童的欢迎和赞赏，金兴安打心底里感到自豪和满足。

是啊，书是人们的精神食粮，尤其是为少儿编书、出书。这是一件多么崇高的事业啊！正如吕社长所言："孩子是祖国的花朵，民族的未来，一切为了孩子……社会效益和经济效益都好的书要多出；社会效益好、经济效益差的书，赔钱也要出；社会效益不好、利润高的书，挣钱再多也不能出。"兴安理解，这就是安徽少儿出版社的"家风"，是出版社的风骨和灵魂——"心存孩子，以社会效益作为图书出版的最高准则"。在自己的编辑生涯中，兴安更是始终自觉践行这样的"家风"。2014年，该社在纪念成立30周年之际，兴安还撰写了一篇题为《坚守"家风"三十年》怀念文章发表在《安徽日报》上。

1991年年初，金兴安恋恋不舍地告别了安徽少儿出版社。按照出版系统内部调配的安排，他被调到《安徽画报》任编辑部主任。对于安徽少儿出版社，金兴安一直将其视为自己的"娘家"。在《安徽画报》工作，使他更有条件和机会来宣传安徽少儿出版社的改革和发展成果。那些年，安徽少儿出版社出书品种不断增加，当时推出的儿童文学选集、童话丛书等，被称为少儿出版界的一大亮点。几年间，他接连采写发表了20多篇消息、通讯、评介和专访等文章。只要安徽少儿出版社一声召唤，他总是第一时间赶到现场，及时进行报道宣传。这一习惯一直延续至今。

2014年年底，在安徽少儿出版社出版的《播种希望——我与安徽少年儿童出版社三十年》一书的《代后记》中，兴安由衷地写道：
"回想三十年来与安徽少儿出版社的交情，我突然有一种小苗对泥土依恋的感觉，我要感谢安徽少儿出版社对一个出身农村的儿童文学作者的关注和栽培，感谢安徽少儿出版社对我的知遇之恩。"

1993年，安徽教育出版社出版了金兴安的第一部儿童文学作品集《校园微型小说》。这部作品集共收入30个短篇。陈登科为该书作序，称赞"正因为兴安对党和人民有着如此深厚的感情，所以能生动反映出了儿童的欢乐与向往。正因为兴安观察生活细致入微，每一篇文字都给孩子留下了深深的回味，使孩子们从中悟出一条条道理，以解决生活中、学习中遇到的难题。文章短小精悍，通俗易懂，是孩子们的课外辅助读物，也是教师们教育孩子的好助手"。

这部作品出版后，大受少年儿童读者欢迎，影响很大，荣获1993年度安徽出版优秀图书二等奖（安徽省政府图书奖的前身）。这一年的5月29日，安徽省委宣传部、省妇联、省作家协会和定远县委县政府联合为这部优秀儿童文学作品集专门召开了一次座谈会，全省知名作家、学者和合肥一中师生代表共计50余人出席座谈会。专家认为，金兴安较好地掌握了微型小说的艺术特征，情节单纯，语言简洁，对话生动，人物鲜明，既通俗易懂又有一定的文学美感，显露了自己的特色。当时每天只有四个版的《安徽日报》在6月1日头版位置报道了座谈会的消息。

1993年，安徽文艺出版社出版了金兴安的散文小说集《自鸣钟》，由赵朴初先生题写书名。9月，他到北京参加书市，"第六届远南残疾人运动会"正在北京工人体育场举行。朋友送来一张门票，邀他去看开幕式。金兴安一听说是残疾人运动会，头脑里就浮出一群少胳膊缺腿的人在赛场上摸爬滚打的场景，心里就有说不出的滋味，但最终还是去了。那时他确是怀着复杂的心情去的，但一走进体育场感觉就发生了变化，心灵就受到了极大的感染。运动场四周高悬着几百盏大红灯笼，黑压压的7万名观众座无虚席，十几位党和国家领导人在前排就座，喇叭里播放着雄壮欢快的迎宾曲，歌声、笑声、欢呼声一浪高过一浪，整个体育场成了欢乐的海洋。开幕式上引起观众共鸣的是万人参加的大型文体表演《我们同行》。它以恢弘的气势、美轮美奂的艺术表演深深感动和震撼着金兴安。从那一刻起，"我们同行"这四个字不仅印刻在他的脑海里，更让他全新地理解和重新认识了这四个字的组合和意义，使他明白了健全人和残疾人的平等关系。健全人能做到的，残疾人经过努力照样能够做到，在一个蓝天下，我们同行。这就是他当时的切身感受和内心世界。十几年过去了，"我们同行"这四个字在他的心灵里定格、放大。它一直伴随着他、影响着他，教他怎样工作，教他怎样做人。他还请书法家把这四个字写成条幅挂在自己的书房。他也曾用这四个字做文章的标题，专访过安徽省定远县二龙回族乡的特殊学校。这篇题为《阳光下，我们同行》的通讯分别发表在1996年11月30日的《安徽新闻出版报》和1997年1月22日的《人民日报》上。他把自己对这四个字的别样感受告诉自己的孩子，要他们从小学会坚强，学会宽容，学会照顾弱者。现在回想起来，金兴安认为自己要感谢那届残疾人运动会，它让他真正懂得和学会了"我们同行"这四个字的真正含义和在现实生活中的运用，真正感受到了这四个字的魅力和伟大。

1997年，金兴安被批准加入中国作家协会。那时，中国作协会员只有3000多人，安徽全省只有30多名。加入中国作协，对于兴安而言，既是一种对自己创作的肯定，更是一种无上荣誉。他非常珍惜"作家"的头衔，希望能在创作上有更大的进步和提升。

也是在这一年，金兴安要晋升编辑系列高级职称。按照职称评审规定，晋升高级职称必须通过职称外语考试。而金兴安几乎没有学过外语。这对于他来说实在是强人所难，巧妇难为无米之炊。但是，自从1979年发表第一篇作品以来，他已出版多部儿童文学集、报告文学集和小说散文集；自1982年调入新闻出版单位工作以来，已在《安徽日报》等重要报刊发表数百篇新闻、通讯、特写等，产生了很大的社会影响。他的业务成绩有目共睹，不为他评职称实在是于情于理都说不通。

于是，金兴安作为一个特例，被安徽省人事厅批准破格晋升为副编审。

采访三个月写的书稿丢了

安徽是中国农村改革开放的发源地。在改革开放 10 周年时，金兴安出版了报告文学集《龙腾江淮》。斗转星移，时间很快就到了 1998 年，又将迎来改革开放 20 周年。

没有改革就没有"小遇吃"孤儿金兴安的今天，没有党的十一届三中全会的方针、政策就没有自己所拥有的一切。兴安心里一直在琢磨着，自己应该为迎接改革开放 20 周年做点什么，自己能做点什么呢？

经过深思熟虑，他想到了继续运用自己越来越娴熟的报告文学这种体裁，写一本反映安徽 20 年改革全貌的大书。为此，他打算奔赴安徽所有的县市，进行一次大采风，深入生活，调查采访安徽各地近 20 年来的巨变，表现安徽行进在改革开放大道上的成就和风采。

当出版社将金兴安计划创作这样一部书的选题策划报告送至安徽省委宣传部领导的办公桌上时，领导被感动了，同时也有些担心。感动的是，该书选题好，恰逢其时；担心的是，采写这样一部书工作量太大，时间太紧，一个人很难胜任。但是兴安已下定决心，无论多难也要把书写出来。最终，他说服那位领导打消了担忧的念头。

在家里的墙壁上，兴安贴了一幅安徽省地图。他把全家人叫到这幅地图前，郑重其事地对他们说："我计划用一年的时间自费跑遍全省，写一部歌颂安徽农村改革的书，向党的十一届三中全会召开20周年献礼。我希望全家人都来支持我，帮助我完成这个心愿。"

从此，一家人生活更加节俭。餐桌上，只有咸菜。女儿没买一件新衣，儿子没买一双新鞋，妻子更是把每一块钱都仔细计划着花。省下来的钱全部交给兴安作采访费、差旅费。

兴安出发了，只身踏上采访的漫漫征程。

他背着行装，一个地区接一个地区、一个县接一个县地跑。没有节假日，没有白天黑夜，风雨兼程，跋山涉水，抢时间，争速度。过年时，别人都在家团聚，他却独自奔走在农村采访。每采访完一个地方，他回家第一件事就是在那张安徽地图上用红笔画一个三角形。

正好，1998年兴安供职的《安徽新闻出版报》因故休刊一年。兴安说，这是天意。利用这一年时间，他要跑遍安徽，写遍安徽。

在安庆赵朴初的家乡采访移民村时，遇上修大桥，过不了河，兴安脱了鞋子，蹚水过去。3月的山水，冰冷刺骨，河里的石子把他的脚都扎破了，鲜血直流，疼痛难忍。移民们见到这位赤脚记者，感动得直竖大拇指。

在大别山腹地，连日暴雨，山洪暴发，兴安搭乘的小货车颠簸了5个多小时才走了30公里山路，半夜一点多才抵达目的地潜山县。接待他的朋友无不害怕和担忧地说："还真有像您这样玩命的人！"

金兴安对浮夸风深恶痛绝。1960 年那场灾难不就与浮夸风有关吗？因此，他的采访一丝不苟，不允许有半点闪失。有一回，他看到报上的一条短消息，说萧县张土楼村有一位 70 多岁老农靠养兔致富。他喜出望外，立即从合肥乘火车转汽车赶到萧县，又马不停蹄地赶到离萧县 40 公里以外的张土楼村寻找这位老农。谁知，那里有两个村叫张土楼，两个村之间又距离 10 多公里路。最后总算找到了这位老农。可老农说，10 多年前他曾养过兔子，现在年龄大了，身体又不好，早就不养了。报上的消息与事实不符，显然是失真了。尽管耗费了他两天时间，但金兴安还是毫不犹豫地割弃了这个"典型"。

像看新闻联播一样，墙上的那张地图是兴安全家人每天必看的。半年时间过去了，地图上已画了许多鲜艳的红三角。金兴安如期跑完了计划中的地、市、县，采访的资料分装了几十个大纸袋，实地拍摄的照片扩印出一千多张。桌子上、椅子上、床上和地上，到处堆满了资料，屋里连个下脚的地方都没有了。

为了不干扰爸爸的写作，儿子半年多时间住单位不回家，女儿回家时总是蹑手蹑脚，不敢大声说话，妻子也谢绝了打算来访的所有亲朋好友。

金兴安关起门来，端坐在小桌前，没日没夜地写。写不出来时就抽烟，写得不理想就撕掉再来，弄得满屋是烟雾，满地是纸屑，妻子虽是大字不识一个的文盲，但她理解丈夫写作的艰辛，送茶倒水，烟呛了也不言声。

正是暑热难当的盛夏。6 月 18 日，兴安突然接到安徽省作协的电话，通知他，中国作协安排他去北戴河创作之家疗养 10 天。

这是天大的好事，自己还从未去过北戴河，正好可以借休假之机，认真修改书稿！

那时，从合肥到北戴河没有直达车，需从天津转车。兴安当天上午才从黄山回到合肥，晚上便坐上了去天津的火车。他把几个月来辛辛苦苦采访得来的资料和写成的《安徽大采风》10万字的初稿，连同拍摄用的照相机、闪光灯，还有家里的几千元积蓄都装进了一只灰色人造革手提包。再把手提包装在一只大包里。这只手提包已伴随他多年，每次出差或是开会，他都要拎着它。包里装的可是他最珍贵的东西，平日里，他都不让爱人和孩子去碰它。带着现金的目的，是为了休假一结束就可以直接奔赴安徽要去的市、县进行采访。

为了省钱，兴安舍不得买卧铺，只买了张硬座。他安慰自己："你看人家老大娘，抱着孩子，都能坐硬座，我为什么不能呢？"

火车上5元钱一份的盒饭他也舍不得买，吃的都是从家里带的白面馍馍，就一杯开水而已。

火车到达济南，兴安兴奋地想着："要留心看看，很快就要过黄河了。古人说，圣人出，黄河清。黄河几千年几万年都是黄的。现在，黄河下游的河床都已高出两岸，被人们称作了'悬河'。"他的这些知识都是从书本上看到的。

那时候，到站时列车上的厕所都要关闭，因为厕所的下排水是直接通到铁轨上的，换言之，所有的排泄物最终都排到了铁轨上。而列车在运行过程中，因为速度较快，所有的排泄物都会因为离心力的原理被粉碎成细小颗粒，因此对铁轨的影响微乎其微。现在的列车厕所都已安装排泄物收纳系统，进站后旅客照样可以上厕所。

因为一心想着要看黄河，所以兴安忍着没上厕所。果然看到了浑黄的黄河，列车"哐当哐当"发出了比先前更大的响声。跨越黄河的钢梁铁桥像个巨人一样，举起强有力的臂膀，托举着火车驰过。

兴安非常兴奋。这是黄河下游，那一年夏天雨水充足，黄河河面特别宽阔，更显出一派苍茫来，颇能带给人震撼的感觉。

过了黄河，兴安赶紧上厕所。

憋得太久才上厕所，痛快极了。兴安还沉浸在刚才目睹母亲河的激动之中。

从厕所回来，他下意识地看了一眼行李架。

奇怪，自己的大包好像瘪下去了一块！

当他打开大包，立即惊叫起来："包！我的手提包！"

装在大包里的手提包不见了！

再仔细找找。

没有！笃定没有！

这就是说：自己的手提包已不翼而飞！

可是，包里装着好几千元钱呢！还有自己为了采访方便，花了1万多元买的大哥大手机！还有照相机、闪光灯，那可是自己也是全家的全部资产啊！

啊！不！包里还有自己的证件！还有——10万字的采访稿、书稿！！

——那可是他足足几个月的劳动成果啊！是自己跑遍安徽数十个县市逐一采访得来的素材和撰写的手稿啊！那是自己倾注了多少心血之作啊！

"我的妈呀！"兴安惨叫了一声。

对，赶紧找乘务员！

一定是有人偷了自己的包，小偷兴许还没下车！兴安的心里存着一线希望。

兴安焦急万分地告诉乘务员自己的遭遇。

"啊！"乘务员非常吃惊，"赶紧报告列车长！"

列车长听说金兴安丢失的包里装有那么多贵重东西，一个劲地埋怨他自己不小心。他马上找来乘警，让他们逐个车厢去询查，探听有没有人看见一只灰色手提包。

兴安百般无奈，回到了自己的座位上。他觉得，"干坐着等也不是办法，我自己也去找找看！"兴安突然醒悟了过来。

于是，他从自己所在车厢问起，一直问到隔壁两三个车厢的乘客。

所有人都说，没有看到他的包。

偷了！确定是被偷了！

偷包的人肯定已经下车逃走了！

列车长抱歉地告诉兴安乘警调查的结果。

他原先多多少少还存着一丝侥幸。如今，这唯一一丝希望也像那脆弱的风筝线一般，断了，希望就像风筝一样，随风飘逝！

兴安垂头丧气，如丧考妣。

出了这么大的事，得赶紧告诉家里的人啊！兴安心里想。

到了下一个车站，趁着火车停车的空隙，他借用车站电话机给妻子打电话。

"出事了……"兴安说。

从睡梦中被吵醒的妻子吓出了一身冷汗，急忙问："出什么事了？"

"手提包在火车上被偷走了！"兴安懊恼地回答。

听出丈夫万分沮丧的语气，王同芬既心疼又生气。

她问："包被偷了？"

"是。"兴安怯怯地回答。

"人没事吧？"同芬提高了声音。

"人没事。"兴安嗫嗫嚅嚅地回答。

"人没事就好！"同芬斩钉截铁地大声说，"回来！你给我回家来吧！"

兴安羞愧万分。他小声地说："我的钱都在包里，现在连回去的火车票都没有钱买了。"

"你找列车长想办法！"同芬一副没有商量的口气。

妻子很生气，后果很严重！

兴安意识到，自己和妻子结婚 20 多年来，她还从未如此生过气。

这也难怪，全家几乎所有的积蓄都在包里呢！还搭上了兴安新买的手机、照相机、闪光灯等贵重物品。

本来，兴安计划得好好的，在北戴河把书稿改出个大致模样，然后再立即返回安徽各地把没采访的地方尽快跑完，年底前就能出书！

如今，这些愿望和计划都可能化作了泡影。

可恶的窃贼啊！你怎能这么歹毒，把我最珍贵的一切都给偷走了！特别是那花费了好几个月心血的稿子，你说你个小偷你偷那东西干啥呀?!

兴安脑袋"嗡嗡"作响，一直呆坐着，两眼发直。

列车长怕他出事，找了一位见证人——一个从安徽舒城县出来打工的青年农民，一道陪他回家。

那位素不相识的农民工对兴安说："老乡，您一看就是个好人，我陪您回去。"

那位农民工原本是要到天津去的。他和列车长、列车员一同陪着兴安下了火车，又乘上回合肥的火车。

兴安他们回到了合肥。同芬已提前找同事借了钱，又买酒买肉招待那位农民工和列车长、列车员，安排那位农民工住宿，还替他买了回程的车票，然后千恩万谢地送他登上火车。

金兴安至今都在懊悔，当时怎么就忘了问那位农民工的姓名。

茫茫人海，五百年修得同船渡，五百年修得做老乡。这么说，他们起码是修行了一千年才有如此的一段奇缘。想想人家一个打工的，挣点钱多不容易，萍水相逢素不相识，都快走到目的地了又转回来，专程陪着自己回合肥，这是多好的一个人啊！

人间自有真情在，天下还是好人多。人间最宝贵的就是这份真情，就是人与人之间的这份善意与相互帮扶！

送走了客人，同芬回到家里，看见丈夫痴痴地站在那幅快画满了红三角的地图前发愣。

见到妻子回来，兴安放声大哭。

男儿有泪不轻弹，只是未到伤心时。这位遭遇了一次人生重创的作家和他目不识丁的妻子抱头痛哭起来。

随后好几天，兴安每天都愣愣地站在那幅地图前，精神几近崩溃。

对于兴安来说，丢了几万元固然心疼，然而，更令他心痛和难受的是丢了那些手稿和资料！

再从头回去一一采访，人家一定会说自己是个假记者，要不就是一个精神病。——前不久不是才刚刚来采访过吗？怎么又来了呢？了解他为人的人会同情他，不了解的人跟他怎么也说不明白。

怎么办？一时间，他真是六神无主，欲哭无泪。闻讯赶来的傅老师对他笑笑，鼓励说："这点小挫折算什么？你过去经历了那么多挫折和困难，你都勇敢地走过来了。从头开始，别无选择！"

老领导、老朋友、同事、邻居们听闻了兴安的不幸遭遇，都来看望他、安慰他、鼓励他，并且向他伸出了援手。

很快，兴安又筹措了两三千元。

他又一次踏上了采访之路。

兴安凭着原先采访的路线，又逐一去敲开那些进去过的门，继续面对那些采访过的人。

人们听说了他的遭遇，都很同情他，同时也被他为采写安徽改革风采的坚定毅力和意志所深深地打动。

在各地受访者的大力支持下，三个月后，金兴安重新完成了采访任务。

这一年，女儿金泉中专毕业后正在实习，单位还没落实下来。同芬着急了，对兴安说："你写大采风，我支持你。可是你不能不管孩子工作的事……"

兴安一下子火了，跟妻子直瞪眼。

金泉在一边劝解："妈，我爸写大采风，够苦的了，别再烦他了！我还年轻，工作以后再解决也不迟。"

兴安凝望着自己的女儿：啥时候金泉变得这么懂事了？

他感到既欣慰又心酸。但他顾不上那么多了，他必须争分夺秒抢时间。年底就是改革开放 20 周年，必须在年底前出版这本书！

他埋头坐在书桌前，一笔一画地书写着这部名为《安徽大采风》的报告文学。

俗话说，秋老虎 18 天，虽立秋但天气仍酷热难当。他便光着膀子写。两条腿都被蚊子咬烂了。

在创作过程中，兴安脑海里常常浮现出这些年他去农村采访、路过老家时的情景。昔日他寄居的大猪圈已被改成了村小学，远远地就能听到琅琅的读书声。教师是他童年时的小伙伴金琪高。琪高热情地拉着他回家去做客。杀鸡宰鹅，打老酒，盛情款待。到了哪家，都是如此。到了夜晚，家家灯火通明，看电视，听广播，其乐融融。回想起60年代初饿殍遍野的悲惨情形，兴安感慨万千。乡亲们拉着他的手问："兴安，你是个大记者，你说农村政策会变吗？"兴安肯定地回答："不会变，绝对不会变！"乡亲们乐了，脸上绽开了花朵。这些笑容一直定格在兴安的记忆里。

一定要用自己的笔，将乡亲们由衷的喜悦和自己深切的感受都写出来，贯注到书中每一篇文字里。写出安徽大地20年来的巨变，是自己义不容辞的责任！

金泉到安徽教育出版社去打工，从事的是电脑打字。忙完单位的活，晚上回到家，她又加班加点帮父亲打印刚写出来的书稿。兴安写一段她打一段，写一页她打一页。她要把父亲的手稿都输入到电脑里保存起来，这样，小偷就再也偷不走了。

看到女儿每天拖着疲惫的身躯回家，还要帮自己打字，兴安心里真不是滋味：自己没帮女儿找到工作，反而还要女儿帮助自己。

兴安的这部新书分为《江淮大潮篇》《风范写真篇》《艺苑英才篇》《科教之光篇》等。每篇之下，分别采访十几个至二十几个有代表性的人物或乡村、厂矿、企业等，凸显改革大潮在江淮大地的律动与勃兴。时任中央政治局委员、国务院副总理、全国人大副委员长田纪云为该书题写了书名。

当全书脱稿之后，平日里不声不响的女儿金泉和儿子金桥，居然给新闻媒体写了一封举荐信："我们向你们提供一条宣传改革开放 20 年的新闻线索。我们把我们身边一位最熟悉、最敬爱的人推荐给你们。他就是我们的父亲。"

12 月中旬，全景式反映安徽省 20 年改革风云的纪实文学《安徽大采风》由安徽教育出版社出版。封面上醒目地印着两句话"走遍安徽大地，记录时代风采"。——这，大概也正是金兴安创作这本书的初衷和立意之所在。该书以翔实的史料和现场写真手法，真实记录了江淮大地改革开放 20 年来所发生的巨大变化，展现了江淮儿女艰苦奋斗的风雨历程以及他们的创业风采。

时任安徽省委书记卢荣景在为这部书作的序中写道："为了采写《安徽大采风》一书，金兴安同志挤出一切时间，不分昼夜，不辞劳苦，风里雨里，跋山涉水，凭着顽强的毅力和决心，硬是走访了全省 17 个地市和 66 个县（县级市）的农村乡镇，写出了几十万字纪实作品，拍摄了千余幅照片，真可谓走遍安徽大地，写遍了江淮风流。""读了这本书，令人欢欣鼓舞、催人激越奋进。"

《安徽大采风》出版后，在社会各界引起热烈反响。

1998 年 12 月 17 日，安徽省委宣传部、安徽省新闻出版局、安徽省作家协会、安徽教育出版社等单位在合肥联合举行《安徽大采风》首发式。安徽省委、省政府、省人大、省政协四大班子的领导及作家、编辑代表和安徽新闻媒体等 50 多人出席。

1998 年 12 月 29 日，这是一个令金兴安铭记终生的日子。

这一天，在隆重纪念党的十一届三中全会召开 20 周年之际，在中国作协副主席、中国文联副主席张锲的支持下，中国作家协会、中国报告文学学会在北京召开《安徽大采风》首都文学界座谈会。中国作协领导张锲、高洪波，以及著名作家、评论家周明、鲁光、李炳银、袁厚春、杨匡满、傅溪鹏、何西来、缪俊杰、田珍颖、刘茵、梁长森等 40 余人参加了座谈会。

发端于 70 年代末的中国农村改革，安徽起步最早，《安徽大采风》真实地记录了安徽改革开放 20 年来所发生的巨大变化，展现江淮儿女艰苦创业的奋斗历程，内容丰富、涉及面广，堪称第一部较全面、完整、真实地反映安徽改革开放 20 年全貌的大型纪实文集。

座谈会上，首先宣读了安徽省作协领导、著名诗人贾梦雷的书面发言。

贾梦雷说：错误的路线和政策，使他成为一个孤儿；党的十一届三中全会后正确的路线和政策，使他成为一个作家，这便是金兴安的基本经历。1978 年，金兴安开始学习文学创作。曾参加过省作协在琅琊山举办的第一期读书写作班，但当时他还没进入人们的视线。90 年代初，他出版了一部《校园微型小说》集，这时，人们才发现了他在文学上的创作才能。贯穿《安徽大采风》这部书的是对新时期的生活，新时期的建设，新时期的安徽的充分肯定、热情讴歌，是对这 20 年的发自内心的欢呼。

中国作协书记处书记高洪波手里掂着《安徽大采风》一书，动情地说：金兴安作为中国作协新会员，在这么短的时间里，走遍安徽，写遍安徽，这体现了他很强的投入意识。他本人过去的岁月与当今改革开放生活形成很大的反差，他带着这种激情，还有记者的敏锐和作家的文采，把安徽改革的人和事写了出来，把安徽风貌展现了出来。

评论家缪俊杰认为，谈到改革开放，安徽是必谈的话题。因为农村改革是从安徽起步的。金兴安为采写《安徽大采风》，走遍安徽各地，深入到大别山、农村田头进行采访，这种精神非常难得。

安徽省新闻出版局原副局长梁长森了解金兴安写作此书的前后情况。他介绍道：为向三中全会20周年献厚礼，兴安跑遍安徽17个地市、66个县，深入基层，实地采访，不知吃了多少苦，流了多少汗水，终于把这部沉甸甸的《安徽大采风》呈献给社会，奉献给读者。兴安的深入扎实、勤奋刻苦和坚忍执着的写作精神在今天尤其难能可贵，着实令人感动和敬佩。前不久在合肥举行的《安徽大采风》首发式上，原安徽省委书记、省人大主任王光宇同志说："金兴安同志取得这么大的成绩，固然与党和人民的关心支持分不开，但关键还在于他个人的努力和奋斗，他志向远大，自尊自重，自强不息，奋斗不止！我被他的精神所感动，也希望这种精神得到发扬光大。"

中国作协副主席张锲说：我的老家也是安徽，我在那里生活了50年，对那里是有感情的。兴安你跑了这么多的县，确实了不起。你还年轻，还应该有更大的提高，我有个人生格言：当别人说你这也不行，那也不行，你照样地干，照样走自己的路；当别人说你这也行那也行时，你就要夹紧尾巴做人。

座谈会后，《中国新闻出版报》以《一个自学成才者的足迹》为题用整版篇幅刊登了座谈纪要。《人民日报》、中央人民广播电台、《光明日报》、《中国青年报》等首都多家媒体详细报道了《安徽大采风》座谈会。

当时出席座谈会的鲁光，早已是一名在全国有影响的报告文学作家和新闻记者。他是浙江永康人。1960年毕业于华东师范大学中文系。历任《体育报》记者、编辑，国家体委干事、副处长、处长，中国体育报社社长兼总编辑，人民体育出版社社长、党委书记，高级记者。1982年加入中国作家协会。他记述女排获得世界三连冠的纪实《中国姑娘》影响巨大，曾获第二届全国优秀报告文学奖，《中国男子汉》获第四届全国优秀报告文学奖。在《安徽大采风》座谈会上，鲁光认识了金兴安。这部30余万字厚厚一大本的作品给鲁光留下了深刻印象。米黄色的封皮上印着两行字，"走遍安徽大地，记录时代风采"。书名是田纪云题写的，红字，很显眼。对作者的名字鲁光却很陌生。

开会时，金兴安就坐在鲁光的对面。一米六多一点的个头，已经开始发福，壮壮实实的，大脑袋顶着一头又浓又密的黑发。看上去就是一个极有个性的人。

"我是一个靠党和人民抚养成人的孤儿。在1960年的那场天灾人祸中，我们全家都饿死了。不止一次，在我饿得奄奄一息时，是好心人灌米汤救活我的。1979年，我们的邻县凤阳小岗村有18位农民按手印搞'大包干'，拉开了中国农村改革的序幕。当改革开放20周年来临之际，我决心写一部真实反映安徽改革20年全貌的书。我花了一年多时间，自费跑遍了全省17个地市和66个县，采写了各地的亮点……"

——鲁光听得出来，说话的这个金兴安是个急脾气，说话不停顿，上句没有说完，下句就已接上去。

会议主持人介绍说："金兴安同志是全国总工会评选出来的全国自学成才状元，也是我们中国作协新吸收的会员。"于是，在感动之外，鲁光又添了几分敬佩之意。尽管在这位创作经验丰富的报告文学作家眼里，《安徽大采风》只能算是一本纪实作品，新闻性超过文学性。

"我哪里顾得上什么文学性呀！我只是急着把所见所闻写出来，

赶着写呀！写了10多万字，又在火车上被人偷窃……"金兴安一边急着解释，一边不停地用手帕擦着自己满脸的泪水。

鲁光在发言时，说了这么一句话："从孤儿到自学状元再到作家，作者本身的经历就是一篇生动的报告文学。"

这句话让金兴安记住了。回到合肥之后，他专门给鲁光打来电话："我有一肚子话要说呢，你能来听我说一说吗？要是没有时间，我去你那儿说说也行。"

有着高度新闻敏感的鲁光专程跑到合肥，与金兴安相处了一些日子。他怀着深厚的情感和兴趣倾听这位孤儿出身的作家诉说了自己不平常的人生际遇。

回到北京，鲁光抑制不住发现一个感人事迹的兴奋，挥笔写下了近万字的报告文学《一个孤儿和一本书》，发表在1999年10月19日的《人民日报·海外版》上。在文章的最后，鲁光赞叹道："他把自己的全部挚爱，把自己的全部深情，都融注到这本书中去了。所以，这本书也真实地记录了他的美丽的心灵。大概很少有人能想到，这位孤儿，这位自学成才者，居然会成为写遍安徽第一人。在《安徽大采风》一书的首发式上，一位老同志说得深刻：'人才在哪里？就在你的眼皮下。'"

自学也能成才

金兴安是一位名副其实的自学成才者。1998年6月，金兴安被全国总工会、教育部、科学技术部、人事部、劳动和社会保障部等五部委授予了"全国职工自学成才者"称号。

五部委依据《全国职工自学成才奖励条例》，在各地推荐的基础上，共同组成全国职工自学成才奖评审委员会进行严格评审，最终，全国总工会决定：授予100位同志"全国职工自学成才者"称号，同时向他们颁发1998年度"全国职工自学成才奖"，要求全国各地工会结合当地实际情况，认真组织学习、宣传全国职工自学成才者的先进事迹，动员和组织广大职工参加到读书自学活动中来，鼓励更多的职工自学成才，推动读书自学活动更深入、更广泛地开展。

6月12日，"全国职工读书自学活动表彰大会暨全国职工读书自学活动开展15周年纪念会"在北京举行。获奖的百名自学成才者原先的文化程度都在高中、中专以下，近一半人仅有初中、小学文化。他们经过长期刻苦自学、勤奋钻研和实践，或完成技术攻关、技术改造及科研项目，撰写学术论文及科研报告，或出版专著译著，荣获国家级、省部级成果奖，或取得了高、中级技术职称。

全国政协副主席朱光亚和中央、国家机关负责人接见了获奖代表并同他们合影留念。

金兴安荣获"全国职工自学成才者"荣誉称号后，《安徽日报》于7月7日显著位置刊登消息《全国"自学状元"评选在京揭晓——我省作家金兴安榜上有名》。

消息见报后，安徽省委副书记方兆祥在报眉上批示："奋发努力，自学成才，难能可贵。这种自学精神宜多发扬，不断提高职工素质，为现代化建设多作贡献。"这一批示对全省走自学成才之路的职工是一次极大的关怀和鼓舞。

因为历史的原因，金兴安没有上高中，更没有上大学。但是，他通过读书自学，改变了自己的命运，运用文化知识创造了自己的人生。

回顾自己的自学成才历程，金兴安认为：恒心，坚持不懈，是自学成才的关键；挤时间，勤学好问，是自学成才的保证，而按计划，循序渐进，则是自学成才的方法。

时间老人铁面无私，对任何人都是同等公平的。时间最无情，也最慷慨。它稍纵即逝，失不再来。问题是看你怎么珍惜时间，挤时间，科学地安排时间，把该读的书读完。每天下班回来，金兴安便一头扎进书堆里，回到属于自己的感情世界，与大师圣贤们进行思想交流，感受他们高尚的人格力量。在他的日历上没有星期天，也没有节假日，他不打牌，不逛街，甚至不看电影。不认识的字就查字典，读不懂的地方就问同事，问身边人。学问，学问，不懂就问。不管他是谁，只要比自己懂，金兴安都虚心请教，做到不耻下问。为了学拼音查字典，他甚至不止一次请教刚入学的小学生。当时媒体报道的几位著名数学家挤时间刻苦学习的故事，使他感受最深，也影响最大。一是陈景润，他为了摘取"哥德巴赫精想"的桂冠，每天凌晨 3 点钟起床，十几年如一日。几麻袋运算的稿纸堆在地板上有三尺高，而他的这一辉煌成就是在仅有 6 平方米的小屋里完成的。二是杨乐、张广厚，为在数学的王国里作出成就，争分夺秒，拼命工作。他们这种"一口气也松不得"的忘我精神给金兴安以鼓舞，催其奋进。三是惜时如金的苏步青教授，把平时的零星时间美称为"零头布"，他就是利用会议休息的"零头布"、庐山休养的"零头布"、蹲茅坑的"零头布"，写出了《仿射曲面论的几何结构》《计算数学》等大作。苏教授像是一位高明的裁缝大师，把一块块"零头布"做成一件又一件的华贵时装。

1982 年金兴安调入省城工作后，最大的困难和矛盾就是时间紧张。他按照鲁迅先生所说，像从海绵里挤水一般使劲挤出时间刻苦自学。

自学最忌讳的是随意性，今天学历史，明天学哲学，"东一榔头，西一棒槌"，无计划，无步骤，眉毛胡子一把抓，这不仅会产生急躁情绪，也会造成不求深入、走马观花的毛病。只有按计划，循序渐进，才能扎扎实实地稳步前进。当时的国家领导人胡耀邦同志为自学者作出了最好的榜样。他说，学习古人十年寒窗的精神，不妨订个"十年寒窗计划"，把应当读哪些书，好好安排一下，每天读一万字，不读完不上床闭眼，坚持十年，必会受益无穷。金兴安在长期读书自学中也摸索出几条经验，他自己命名为"五式规则"：一是计划式。严格按计划实施自己读书的类别、数量、速度，坚持每天读两篇短篇小说（中、外各一篇），每月读一部长篇。二是惩罚式。对于脍炙人口的名著名篇要进行精读，如阅读时思想开小差，或来人打断，就惩罚自己从头读，直至读完。三是技巧式。

对优秀文学作品，要弄懂它的主题思想、文体结构、语言艺术、写作技巧。优秀的文学作品在过渡时衔接得非常自然，金兴安给它取名为"抛物线"；对一般文章转折生硬的地方，就叫它"直角线"。为准确地找到作家作品中的那条"抛物线"，有时一篇文章他都要反复读几遍。四是联想式。在读书的过程中，把自己的生活体验和情感带入书中境地，给正在读的作品设计故事情节，并不断地向自己发问：这篇文章假如自己写，是否这么写？为什么作家这么写？举一反三，联想发问。五是笔记式。在读书的同时，必备一个笔记本，坚持写读书笔记，真正做到眼勤、手勤，有感而发，长短不论。有时兴之所至，还画点尾花和小插图来点缀，然后分类整理。

就是凭着这样一股刻苦自学的劲头和坚韧不拔的毅力，金兴安终于走出了一条成功成才的路子来。二十几年来，他在各级报刊发表各种作品 100 多万字，还结集出版了多部作品集。

2005 年，金兴安又到了晋升正高职称的年限。评正高同样必须通过职称外语考试。外语过不了关就评不了编审。当时负责安徽省出版系统高级职称评委会的是省出版局郭永年局长和《安徽日报》总编辑汪家驷。郭局长和汪总编对金兴安这些年来在新闻出版和创作方面的成就了如指掌，认为金兴安同志的影响和贡献要评编审条件完全够。他们都说："金兴安的职称，一定要解决。"

但是，怎么解决呢？

国家职称评审还留了一个口子，就是，针对那些不懂外语的老同志，可以不测试外语，而改考古代汉语。

为了应对考试，金兴安找来几篇文言文。他对妻子说："我就背这几篇。"

然后，一个人跑到老城墙的树林里，每天使劲地背诵。

结果，考试时，果然让他蒙对了，他居然真的通过了古汉语考试。编审也就自然而然地到手了。他成了安徽省大概是唯一一位没有文凭的正高职称专业人员。

省鸟灰喜鹊飞去哪里了

灰喜鹊，又名山喜、马尾鹊。1986年被安徽省人大常委会确定为省鸟。

20世纪80年代初，安徽省林区发生大面积的松毛虫，为了保护森林，保护生态，控制松毛虫的发生和危害，省林业厅于1982年在定远县泉坞山林场设点，对松毛虫的天敌灰喜鹊进行饲养、繁殖、驯化、防病和放鸟治虫技术等方面的试验和研究。经过3年探索与实践，一举成功，1984年10月1日，定远县的灰喜鹊应北京国庆游行指挥部的邀请，参加了建国35周年国庆大典。成群结队的灰喜鹊随彩车盘飞，顺利地完成了天安门的表演，接受了党和国家领导人的检阅，这一奇特的景观受到国内外观众的击掌赞叹。为此，《人民日报》《人民画报》《北京日报》《中国农民报》《文汇报》等国内多家新闻媒体发表新闻图片和赞美文章。1985年，中国科学院、南京林学院、华东师范大学、安徽大学等科研机构对"人工驯养灰喜鹊防治松毛虫应用研究"的课题进行评审并通过了国家级专家的鉴定。1986年，灰喜鹊的研究成果被评为安徽省科技进步一等奖。

2003年，金兴安在采访过程中发现，随着时间的推移和环境的变迁，当年风光全国的灰喜鹊却遭遇了生存的困境，走向了濒于灭绝的边缘。

为呼唤省鸟，拯救省鸟，金兴安走进了灰喜鹊的驯养地，接触定远县泉坞山林场有关负责人，深入调查研究数日，对驯养场所和当年的技术人员逐一进行调查访问，详尽地了解到了灰喜鹊曾经的辉煌和驯养地因为资金等困难而日渐衰败的情形，并结合现实情况，将调研的素材和当年专家在灰喜鹊技术鉴定证书中所提供科学数据进行反复学习和研究，最后从大量的文献资料中提炼出正确、鲜明、深刻的报告主题，几易此稿，最终以翔实的史料，以及发人深思的标题写成了《省鸟——灰喜鹊今何在?》。面对省鸟灰喜鹊的遭遇和它的驯养地定远县泉坞山林场的实际和目前困境，金兴安大声疾呼：为了让省鸟灰喜鹊有个合法的地位，恳请安徽省有关部门给予支持和资金帮助，尽快制定出切实可行的护鸟措施，宣传省鸟、保护省鸟，打出安徽省鸟的知名品牌，让省鸟灰喜鹊像省树黄山松一样万古长青，像省花杜鹃一样火红灿烂。

5月28日，《安徽日报》以整版篇幅发表了这篇名为《省鸟——灰喜鹊今何在?》长篇通讯，并且加了一则很长的《编者按》："灰喜鹊外形可爱，象征吉祥，具有一定观赏价值。而且它是松毛虫的天敌，是包括省树黄山松在内的树木的天然盟友。灰喜鹊可以通过人工驯化，成为没有化学污染的灭虫机动队伍。1986年，安徽省人大常委会确定灰喜鹊为省鸟。但是，目前安徽省驯养灰喜鹊的基地因为经费缺乏，已经名存实亡。而野生灰喜鹊的保护，也缺乏得力措施。这是令人担忧和遗憾的。这里我们编发金兴安同志采写的《省鸟——灰喜鹊今何在?》一稿，意在唤起大家对省鸟的进一步关注。据悉，我国目前正由中国林业协会组织评选国树、国花、国鸟活动，这将有利于在全国形成关注森林、关注生态建设和生态保护的良好风尚。在这种时候，我们希望省鸟灰喜鹊的命运能得到政府有关部门和社会各界人士的关注，采取适当的扶植办法和关爱行动，拯救省鸟，保护省鸟。"

随即，该文又被《文摘周刊》转载，引起社会各界广泛关注，反响强烈。安徽省领导高度重视，批示有关部门"要采取有力措施，保护好省鸟"。

安徽省林业厅党组闻风而动，于文章见报的第二天上午召开专题会议，研究落实省领导批示精神，针对定远县灰喜鹊驯养场资金匮乏，该厅决定采取扶持6万元资金和迅速组织专家前往灰喜鹊驯养实地进行调研等3项强有力的措施。定远县有关领导和县林业局、灰喜鹊人工驯养场等单位更是雷厉风行，迅速行动起来，投入到拯救省鸟、保护省鸟、保护生态的活动中。他们说："省鸟灰喜鹊能从困境中走出来，林业厅能拨出专款加以保护是与这篇调研报告分不开的。"

滁州市委、市人大，宣城市委，六安市政府，合肥市政协等有关负责同志和许多读者也都纷纷给报社和金兴安打电话，表示对省鸟的关爱。6月4日，《安徽日报》在发表《〈灰喜鹊，今何在?〉反响强烈》一文中指出："《灰喜鹊，今何在》一文以敏锐的目光发现问题，以高度的责任感提出问题，为唤醒人们保护省鸟、爱护环境，做出了一件十分有意义的事。"

安徽省社会科学界联合会2003—2004年度社科类优秀成果奖揭晓了，由金兴安撰写的这篇《省鸟——灰喜鹊今何在?》也榜上有名!

2004年6月，安徽人民出版社出版了金兴安的新作集《金兴安通讯作品一百篇》。这本书被誉为《安徽大采风》的姐妹篇，均是全面记录安徽省改革开放进程的力作。所不同的是，《安徽大采风》侧重采写安徽各地的典型事件，而通讯百篇则是采写安徽各地涌现出来的典型人物。该书收录的人物有省、市、县的领导干部，有奋战在一线的普通劳动者，有企业家、农村教师，有作家、画家等等，尽管他们职务不同，经历不同，但都有着共同的理想信念，他们都在不同的平凡岗位上创造出不平凡的业绩。安徽省委宣传部领导为该书作序："收入这本集子的所有文章，集中表达了一个主题，那就是共产党好，社会主义好，改革开放好。这个主题像条红线，贯穿于全书始终。读者可以从书中看到勤劳朴实的安徽人民在物质文明、政治文明、精神文明建设中所创造出来的光辉业绩，可以听到富于创新的安徽人民走向幸福生活的有力的脚步声，可以感受到锐意进取的安徽人民迈向未来的昂扬精神风貌。"

上海《文汇报》副总编、作家史中兴是安徽人，他读了该书后，动情地写道："多年没回故乡，《金兴安通讯作品一百篇》满足了我的思念之情，他领着我回来了。几千里行程，从淮北到江南……安徽这片土地在改革开放20多年间所发生的巨大变化，经作者充满激情的点染传递，一一闪现在读者面前。它使我惊叹：故乡变样了。"

是啊！故乡变样了，兴安觉得自己也变样了，通过读书自学，从一个无家可归的孤儿变成了作家、编审。过去，他一无所有，住在生产队的大猪圈和烟炕，过着流浪颠沛的生活。现在，他的住房宽敞明亮，做饭用天然气，冬天有暖气，儿子、女儿都参加了工作，老伴退休在家，一家三代同堂，其乐融融。平时，他总是把自己的成长史讲给子孙们听，让他们了解并永远记住：没有改革开放，就没有我们的今天！读书改变命运，知识创造人生，只有勤奋读书，才能成为一个对社会有用之才。

第三章

倾力建书屋　桑梓情意深

『只要有钱买米吃就行』

绿叶对根的情意

一封书信，一项善举

『你这样不要命，何苦呢？！』

县委书记十次到书屋

『老革命』伸以援手

孩子们的盛大节日

『我就跟你张这一次口』

独具特色的『农民读书奖』

妻子王同芬对金兴安有一个基本评价："他这人呀，穷一生，苦一生，忙一生，累一生，省一生，抠一生。"

但是，金兴安的"省"和"抠"，都是针对自己，对他人却慷慨大方，毫不吝啬。

"只要有钱买米吃就行"

看到丈夫衣服破旧，同芬让他买新衣服，兴安舍不得。

一双皮鞋早都穿烂了，让他换，他说："还能穿。"

2000 年后，兴安调到安徽省教材中心。教材中心主任朱伟明就住在他们家楼下的十楼。朱主任的爱人高大姐是个热心人，看到兴安大冬天的还穿着单薄破旧的衣服，冻得直哆嗦，问过同芬才知道，是兴安自己舍不得买衣服。高大姐买了一件藏蓝色厚外套送给了兴安。和兴安同一办公室的小梁看他怕冷，也买了条围巾送给他。

平时，节假日、星期天，兴安去外地或去农村，原先开会发的小型背包，早已磨得破烂不堪，他自己舍不得换新的，也是同事徐天婕送他一个新背包。同芬说："我都没想起来，想起来也没钱给他买。"

同芬的钱都花在家庭日常开支和两个孩子身上。即便还在上班未内退时，她一个月也只有 1500 多元的收入。

然而兴安自己呢，却从不发愁。他说："只要有钱买米，有米下锅就行。"

他是从饥馑年代挨过来的幸存者，对于饥饿和穷困有着最痛切的体会，因此对于生活的需求极其简单，几乎只需维持在温饱水平——有饭吃有衣穿就行。好像这个世界无论怎样变化，社会怎样发展进步，整个国家和全民都实现了全面小康，对他而言都是一样的——"只要有钱买米吃就行"！

这是一种最朴素的思想，最朴素的生存哲学。几乎把人对物质的需求和欲望降到了最低程度，对于生存质量则丝毫不去计较或讲究。

为此，金兴安还刻了一方印章，内容即是"只要有钱买米"，刻章人笑了，老先生，您的这方印章的内容真的很别致，也很有意思，方寸间见精神啊！

这，就是金兴安，一个吃百家饭、穿百家衣长大的孤儿。

兴安的女儿金泉，留着一头短发，中分头，整齐的刘海，脸上常常挂着微笑，一说话就带着笑意。她穿着一件黑白相间的豹纹圆领套头毛衣，黑色棉布裙子。说起话来不急不慢，很有耐心。看得出来，这个年轻人性情温和善良。

她告诉我，以前家里很穷，长年是租房住。在炉桥的时候，几乎都是妈妈一个人带她和哥哥金桥。妈妈每天还要上班，一个人带不过来，只好把她和金桥锁在家里。兄妹俩就在屋子里玩石子、玩沙子、玩纸片。有一回下大雨，发大水，租住的低矮的茅草房都被水淹了，两个孩子就用盆往外舀水，满脸满身都溅透了泥水。

1985年随父母到了合肥后，兄妹俩开始上小学。兴安一心扑在工作上，忙着跑农村去采访。家里又是妈妈一个人带孩子。

那时，外地孩子来合肥上学，要给学校交2000元赞助费。兴安没有钱，夫妻俩便到处找人帮忙。

兴安单位在屯溪路上，从外地调来的职工没有住房，单位就近租民房。金兴安一家就住在屯溪路小学斜对面的三间小瓦房里。因为俩孩子没有城市户口，近在咫尺的屯溪路小学不收他俩入学。当时屯小就很有名气，学校又在家门口，有了天时和地利，金兴安铁了心一定要让孩子上屯小。于是他到处奔波，托亲靠友，春节期间发疯似的找人写条子、打电话，同时又与屯小校长、教导主任无数次地死缠硬磨，求情说好话。

兴安常看大夫，与大夫相熟。有一回，大夫看到兴安领着孩子来看病，便问他，为何不让孩子上学？兴安讲，在合肥上学要有户口，孩子户口还没有迁来，不符合条件。那位热心的大夫说，孩子上学要紧，可不能给耽误了！他和西市区教育局领导许学明校长交情厚，请他出面找屯溪路小学校长说情，终于让俩孩子入了学。

"爸爸为人好，对人真诚，因此处出了好多朋友，朋友也都对他好。"金泉说。

而此时，学校已开学一个多月。金桥虽然比金泉大两岁，在定远上过一年级，但是，到了合肥的新小学，人家已学了一个多月，课程根本跟不上，只好从一年级开始重新上。于是，兄妹俩便被安排在一个班级上。

语文老师是铜陵人，口音特别重，两个孩子都听不懂他的话。他俩从小只跟自个玩，不爱说话，不会同人打交道，听不懂也不会去找人问。母亲没上过学，无法辅导他们功课。父亲又整天在外奔波，没时间陪他们辅导他们。因此，从一开始，这两个原本聪颖的孩子便输在了起点上，课程都跟不上。

金泉依然记得，那时租人家的房子住，妈妈在院子里边晒被子，边催促兄妹俩写作业的情景。妈妈总是喊："再不写作业，太阳该落山了！"

孩子天性贪玩，等到太阳落山，只好在房间里拉开电灯写作业。房东看见了，嫌他们家点的灯太亮太耗电，不让开那么亮的灯，一定要换一盏小灯。

小学时，金泉最自豪的是爸爸在安徽少年儿童出版社工作，少儿社办的一本叫《课外生活》的杂志是他们的课外必读刊物，学校要求每个学生都订。但是金泉和金桥都可以不用订，因为爸爸就在出版社，他俩都能提前看到这本杂志。

还有一件令金泉记忆深刻的高兴事：1988年"六一"儿童节，安徽少年儿童出版社邀请他们学过的课文《神笔马良》的作者洪汛涛爷爷来合肥举办签字售书活动，爸爸带着她和哥哥去见了他。洪爷爷不仅同他俩合影，还在兄妹两人的笔记本上写上一句鼓励话，并签上大名。

金桥金泉兄妹俩小学毕业时，赶上取消小升初考试，实行划片就近入学。他俩又双双进入了合肥一中，一个分在初一1班，一个在2班。这是安徽省的一所重点中学，教学质量很高。但是兄妹俩学习不给力，成绩始终处在班级中游。因此，等到初中快毕业时，班主任对兴安说，根据两个孩子的学习成绩，建议别考高中，直接上个中专算了。

就这样，金桥考上了安徽司法学校，金泉则上了安徽大学附属的师范学校，学制均是三年。

金桥毕业后分配去了长丰县公安局，后来转到合肥公安局的一个郊区派出所当民警。金泉1996年毕业后先到安徽教育出版社学习电脑，后应聘到安徽少年儿童出版社，当了一名普通财务人员至今。

在金泉的记忆里，爸爸经常对他们说："人家给一点点东西，要回报给人家更多东西。给你一个苹果，你要给他两个苹果。"

兄妹俩上学时，每逢家里有客人来，总是买很多荤菜招待，除了逢年过节平日很少买荤菜。偶尔买些鱼肉被放学的两个孩子看到，他俩会同时发问："家里又来客人啦？"

爸爸常常回忆起60年代自己没饭吃的情景，给孩子们讲自己小时候的故事，总是教育他们："一粒米度三关。绝对不能浪费。"

受父母影响，金泉和金桥也特别节俭朴素。小时候，爸爸出差回来，将飞机上提供的航班食品带回家，兄妹俩吃着暄软的小面包，感觉特别高级，认为那是天底下稀罕的美食。

长大后，金泉也不讲究修饰打扮，衣着简洁大方，从来不用面膜，洗面奶、化妆品都不全，用的手机很"落伍"，既不是苹果iPhone 6，也不是三星，只是一部国产的TCL。

在交友和谈婚论嫁方面，金泉也深受父母影响，交友都要实实在在的。她的一个最好的闺蜜是小学同学，肥东县白龙镇人，现在也在合肥上班。金泉2012年结婚，爱人是名教师，长辈介绍的一个知根知底的老家的农村孩子。爸爸说："找朋友和爱人，人比任何东西都重要。"金泉的爱人研究生毕业，在私立学校教书。交往后，他对金泉说："你爸妈特别好！"——言外之意是，有这么好的父母一定会教育出好女儿来。因此，他对金泉非常满意，两人相识不久便结婚了。

爸爸常说："要钱干什么？有钱买米就行了。"

这是爸爸的口头禅。金泉很认同爸爸的观点。在她看来，金钱不可以作为幸福的标准，只要高兴、快乐，就是幸福。因此，她同爸爸一样，对钱物看得很淡。

金钱不是万能的，但是没有钱有时也是万万不能的。1997年，金兴安破格评上了副编审，单位给他分配了一套95平方米的福利房。为了买房，他们花光了多年来积攒起来的3万元。

买完房，屋子里总得买台电视机吧。于是，两口子兴冲冲地拎着家里搜罗出来的一大袋子零钱去百货大楼，告诉售货员要买一台电视机。

那些钱都是一些几元几角的毛票，还有从孩子的储钱罐里倒出来的5分钱、2分钱、1分钱硬币。

售货员一看这两口子提来这么一大袋子零钱，一下子就火了："我们这儿不是卖青菜的，拿个硬币就要来买电视，亏你们想得出来！哪有你们这样的？赶紧去银行换成整钱再来！"

兴安、同芬两口子一句话也没说，尴尬地对视一眼，老老实实地拎着钱袋子去了银行。

在金泉眼里，爸爸很有生活情趣，也很懂生活。他爱画画，爱收藏，喜欢养花养草，也非常有激情、有情怀。每逢十五月圆之夜，常要赏月抒怀，像陶渊明一样，对生活充满了热爱和向往，在豪放背后有着细腻情感和同情心、感恩心。

爸爸时常教育他们：学习成绩可以一般，但为人处世可不能一般；做任何事，都要对得起人家，对得起良心，人家给我一，我要还人二；古话说得好，吃亏人常在嘛！

金泉认为，正是因为爸爸有这种人格魅力，才有那么多人和他交朋友，帮助他。

在她看来，好人一生平安，父母最大的成功是做人，总是心甘情愿地奉献和付出。

兴安夫妻俩对待邻居特别友善，也都乐于助人。邻居是上班族，上班走了，就把家里钥匙丢给"王大姐"，邻居家洗的衣服、晒的被子，王大姐就帮他们收好送到家里。邻居家少蒜、少油、少作料，也都来王大姐家拿。

以前，兴安一家经常搬家。每次搬家，邻居们总是向同芬打听："王大姐，你们搬到哪里？"邻居们隔三岔五来串门子，亲亲热热就像一家人。

现在住在他们家楼下的刘阿姨就是这样的邻居。她老伴经常去农贸市场买大馍，总是要顺带一包送给王大姐，家里没有人，就把装着大馍的塑料袋直接挂在她家门把手上。王大姐也总是回赠人家礼物。人家不让回礼，说，我送你的大馍都是不值钱的东西。但是，同芬一定要回赠人家点什么，她才心安。

受父母言传身教的影响，金泉也特别重视与同事间的礼尚往来。每次出差，她都要给同事带点小礼物。在单位，工作上做到任劳任怨，同事关系融洽。她经常自觉加班，有时忙得很晚才回家休息。单位每年工作总结时，领导总要表扬金泉几句。

爸爸对金泉和金桥都一样疼爱。金桥买房结婚办酒席，他出钱。金泉生育时已是 35 岁高龄的产妇，要开刀剖腹产。那时，爸爸也在住院。为了亲自迎接外孙的出生，他不顾医生劝阻，提前出院，两条腿一瘸一拐地来到妇产医院。他亲自去找医生，找麻醉师，一定要他们确保女儿母子平安。晚上，他还偷偷溜进产房去看望女儿，鼓励和安慰她。

爸爸爱打抱不平，爱"管闲事"。社会上不对的事别人不讲，他讲。看到不公平的事情，他总是要呐喊。他真正是一个大写的人。

爸爸常讲，林则徐有一则家训："子孙若如我，留钱做什么？贤而多财，则损其志；子孙不如我，留钱做什么？愚而多财，益增

159

其过。"意思是：子孙要是贤德而聪慧，把钱留给他，反而损害其斗志；子孙要是愚蠢而懒惰，留的钱越多，越是麻烦过错。爸爸把这话也当作了我们家的家训，拿来教诲儿女。

受他的影响，金桥如今也是一个到处受人欢迎和点赞的人。金泉说：民警们都爱同哥哥交往。他像爸爸教导的那样，对人真诚大方，处处为别人着想，宁愿自己吃亏。小时候，他买了小贴画送给同学。现在，派出所发个脸盆、毛巾什么的，他都要送给那些协警。前些年，金桥在长丰县当民警，那是一个城乡结合部的派出所，来办证、办事的大都是农民。经常有农民说自己带的钱不够，金桥总是主动垫付。差钱的农民说改天就把钱送回来，但是，最终把钱送回来的不多。那时候，排队办证的人多，金桥有时来不及仔细辨别，收下了一些 100 元、50 元的假钞。当他把这些钱送到银行去存的时候，银行的人告诉他这里面有假钞，他才知道自己收到了假钱。但是，他宁愿自己承担，也绝不让国家蒙受损失。他把这些假钞拿回家去，找妈妈换真钞。至今，这些假钞都还放在家里呢！

金泉对自己的现状很知足，也很满意。儿子已经 4 岁。家庭吃穿不愁，幸福美满。在她看来，自己能有今天的一切，都是爸妈给的。爸爸真的非常伟大。她为自己拥有这样一个爸爸而感到自豪。

绿叶对根的情意

在饥荒年代，蒋集的乡亲们没有抛弃金兴安，而是从自己忍饥挨饿、肚子都填不饱的牙缝中挤出一碗汤粥、一口饭菜，来抚养这个可怜的孤儿。他们宁愿自己都没得吃，自己的孩子挨饿，也要救济小兴安。

从 1960 年兴安父母双亡到 1972 年被推荐上"五七大学"，在漫长的 13 年时光里，都是地方政府和父老乡亲养育着他。这份恩情重如山，深似海。打那时起，感恩的种子就在小兴安的心底里埋下了。他从小就立下誓言：长大后一定要报答这些不是父母却胜似父母的父老乡亲！

屈指算来，自从 1972 年离开家乡到定远上"五七大学"以来，兴安在外漂泊、奔波已经 30 个春秋。然而，家乡却还是旧容颜，还是那样破旧落后。蒋集乡地处定远大西南的边界，又属江淮分水岭的"脊背"地段，偏僻、贫瘠、常年缺水、交通不畅、信息闭塞，老百姓生活始终只能维持温饱，发家致富根本都谈不上。怎么报答乡亲？怎么为家乡做点实事？这个问题一直萦绕在金兴安的心头。随着岁月的流逝、年龄的增长，这种报恩的念头越来越强烈，越来越迫切。

每次出差经过蒋集，家乡的父老乡亲总是热情款待。乡亲们看着这个"小遇吃"一步步地成长，成为省城著名的记者、作家、编审，都由衷地替他感到高兴，并以他为荣。

我能为他们做点什么呢？兴安苦苦思索着。

他只是一介书生，手里除了一支笔，啥也没有，既无权批给乡亲们什么，也无钱支援他们什么。

伟大的时代给了金兴安自学成才的机会，使他从一个孤儿成长为一名有影响力的作家和编审，搬到了省会城市，有了一份令人羡慕的工作，住上了100多平方米的大房子，还有了亲密爱人和两个有出息的儿女。虽然自己没有担任一官半职，但是对于事业和生活，他非常满足。他衷心感激这个伟大的时代，感谢改革开放。他用自己感恩的心或是感恩的笔，努力去描绘这个变革的大时代，讴歌改革开放，赞美那些时代的弄潮儿，为江淮大地的春雷激荡、改革前行摇旗呐喊。他全身心地投入到新闻出版工作中去，写好新闻报道、通讯报告，编好书、出好书，为人们提供健康有益的精神食粮。这些，都是他对于时代的回报。

而家乡，更是无时无刻不在兴安的心头。他生于兹，长于兹，心心念念皆在于兹。当记者时，他格外关注定远，关注蒋集。一旦家乡有事或是有需要，他总是自觉地出现在现场，报道家乡涌现的新人新事，宣传家乡点点滴滴的进步和变化，反映家乡人民遇到的现实困难。

1994年，蒋集乡遭遇百年罕见大旱灾，地里的庄稼都干枯得点火即燃，人畜饮水都由县里用汽车运送来。定远县委、县政府积极发动群众，开展抗灾自救活动。金兴安第一时间赶到定远，面对从没见过的家乡旱情，金兴安吃不下睡不着。他昼夜不停地深入到

田头、老百姓家中深入采访，用三天两夜的时间赶写了一篇 8000
字通讯，题为《背水一战——定远县蒋集乡抗旱救灾纪实》，及时
报道了家乡的旱情和救灾情况，被多家报刊转载，并被安徽广播电
台转播，引起安徽省上上下下的高度关注。就连远在北京的全国人
大常委会委员长、曾在安徽担任过省委书记的万里，也注意到了定
远的旱灾，专门从北京派了几支专业打井队前去打井，帮助抗旱。

　　如何更多地回报乡亲们，金兴安一直在思考着。这时，作家谭
谈和乡友张锬的举动启发了他。

　　爱心是冰心先生的"标配"。她一向崇尚爱的哲学。她说：有
了爱，就有了一切。冰心的人生哲学影响了几代人。1997 年，当
湖南省文联主席谭谈想到为家乡贫困乡村建一家书屋的时候，他就
想到了"爱心"这个名称。

　　谭谈是湖南省新时期崛起的著名作家，早在 20 世纪 80 年代便
以中篇小说《山道弯弯》荣获全国优秀中篇小说奖。1995 年，他
担任湖南文联主席，1996 年至 1999 年又到湖南娄底挂职担任地委
副书记。1997 年，他深入家乡湖南涟源县等 100 个山区特困村进
行调研。涟源位于湖南省中部，属于娄底市管辖，因处在涟水之源
而得名。

　　在一个农民家里，谭谈看到一本杂志几乎都被翻烂了，但那家
的人还在看。就在那一刻，他深感山区青少年文化生活的匮乏，意
识到农村不仅亟须经济扶贫，也亟须文化和精神扶贫。但是，自己
又能做些什么呢？

　　谭谈萌生了为家乡创办一座"作家爱心书屋"的想法，他想让
农民兄弟都能有书读。

　　谭谈办书屋的办法是"三借"：借势、借名、借钱。借势，是

借国家提倡文化"三下乡"形势；借名，是借作家的名声，其实也是借书；借钱，是取得财政支持。

谭谈在全国广大作家中有较高的知名度。他向全国众多知名作家发出亲笔信，呼吁大家共同来为即将在涟源县白马镇田心坪村创建的"作家爱心书屋"捐赠书刊等，供广大农村学子和农民们阅读，接受文学和文化的熏陶。

很快，冰心、巴金、臧克家等文学大家都纷纷寄来了签名或盖章本的赠书。巴金和臧克家还为作家爱心书屋题写了名字。

当时刚刚加入中国作协的金兴安也收到了谭谈措辞恳切的征集信。他认为作家爱心书屋是作家回报人民、奉献爱心的大好事，应该由作家朋友们来共襄盛举，这是一件功德无量的大好事，金兴安当即将自己已出版的各种著作一一签名，寄赠给了谭谈。

一年后，作家爱心书屋正式建成。

作家爱心书屋办起来后，不仅在当地发挥了很好的作用，还在全国范围内起到了积极的辐射和示范效应。

2004年，中国作协决定，在甘肃临潭建立一座"作家书屋"，并在全县所辖1个镇19个乡建立读书站。图书主要通过向中国作协全体会员征集和由中国作协所属作家出版社、《人民文学》杂志等报刊社捐赠来募集。

为此，5月25日，中国作协向全国7000名会员发出捐赠图书的倡议，邀请会员参与作家书屋创建活动，将自己创作或收藏的、适合青少年阅读的图书捐赠出来，号召大家用真情和关爱帮助临潭百姓实现多读书、读好书的愿望；并对大家的义举表示高度的肯定，认为"将成为中国作家文化扶贫的佳话，载入甘南地区发展的史册"。

中国作协的倡议信发出后，不到两个月时间，全国即有500多位作家、诗人捐赠了个人签名著作和其他各种图书上万册。《人民日报》、新华社、《经济日报》、《人民文学》杂志等多家媒体及文艺期刊也捐赠了大量图书。

当年，谭谈向全国作家呼吁献爱心捐图书时，刚刚当选中国作协副主席、中国文联副主席并兼任中华文学基金会总干事的张锲热情支持，很快寄去自己的著作与一批藏书，并挥笔题词："有书小富贵，无我大文章。"不久后，他又让中华文学基金会汇去一万元钱，支持作家爱心书屋建设。

同样是受到谭谈创建"作家爱心书屋"的启发，有感于我国贫困地区的孩子对图书和求知的渴望，2004年5月28日，张锲征得季羡林、王蒙、铁凝等54位著名作家的同意，联名发起倡议，在全国老少边穷地区和革命老区创建"育才图书室"。温家宝、李长春、刘云山、刘延东、马凯等分别发来贺信、贺词，或作出批示，对"育才图书室"工程给予充分肯定，并希望该工程越办越好，为培育祖国下一代作出新的更大的贡献。

截至2015年，中华文学基金会联合有关国企，已为老少边穷及革命老区的2000余所中小学校和福利院捐建了"育才图书室"，捐赠图书500余万册，产生了巨大的社会影响。

谭谈和张锲的这两项举动，震惊了文坛内外，受到了全社会的广泛关注。一向关心善行善举的金兴安也注意到了。

一封书信，一项善举

　　有的人，天天想着索取，想着占有，因此而患得患失，活得很不开心，很不舒坦。有的人，则天天想着给予，想着帮助他人，因此活得坦坦荡荡，开开心心。

　　金兴安就是这样一个整天为别人着想的人。

　　年过五旬，人称知天命。金兴安年过五旬后一直在思忖着如何报答家乡、感恩乡亲。

　　环顾自己简洁朴素的住房，除了桌椅板凳、床铺书桌以及必要的家用电器外，还有多年来一点一点积攒下来的图书，整整齐齐地排列在书架上。

　　金桥和金泉这两个孩子从小都不是特别爱读书。书架上这么多书，兄妹俩很少去翻动。妻子老王不识字，想读也读不了。这些藏书是兴安心目中的至爱珍宝，每一本他都读过，有的还不止读过一遍。几乎每一本都有来历，都凝聚着他的汗水和心血。有的是他70年代末到定远党校工作后，从微薄的工资里挤出一半的钱，从书店买来的，有中外文学名著和社会热点图书；有的是出版社和作者赠送给他的书，包括安徽省内外作家的签名书；还有的是他自己写的书。这些藏书总共有3000册，大多属于文学艺术类，特别适合中小学生课外阅读。

兴安知道，老家的集镇上有一所初级中学和一所小学，在校学生总计有 1800 多人，而学校的课外读物却几近于无。他想到了自己小时候，多么地渴望读书，但想要找本书是多么的遥不可及。哪个同学如果有一本小人书，一定是大家都抢着看，破得不能再破了，还依旧在传阅。而当年在定远党校，那间小小的图书室，又曾带给自己多少美丽的梦想和愉快的记忆，并且启发他一步步地走上了文学创作的道路。

除了书，自己真可谓一无所有。这些藏书，留在家里，儿女也不读，就是一种摆设。而倘若将它们捐赠给家乡，让 1800 多个孩子去读去看，那该会发挥多大的作用啊！

思忖再三，兴安拿定了主意：将自己 30 年来积累的藏书全部捐赠给家乡，以回报地方政府和父老乡亲的养育之恩。

正当他跟蒋集方面联系准备赠书时，他收到了中国作协呼吁作家为甘肃临潭捐赠图书的倡议信。他又回想起 1998 年时曾收到过谭谈为"作家爱心书屋"呼吁捐书的信。他的脑子里灵光一闪，豁然开朗。这两封信给了他一个启示：外省能办的事，安徽省也可以办；外省作家通过其作家朋友创建"作家书屋"，自己也能办到。

于是，一个更为周密而宏大的计划在兴安的心中逐步清晰了起来：不仅仅是要把这 3000 册藏书送给家乡，他还要帮助家乡创建一个"作家书屋"；不只是收藏他自己捐的书，还要呼吁更多的人和出版单位为"作家书屋"捐书！

这个想法让他激动不已。

离开家乡 30 多年了，终于找到一个可以有效地回报家乡的方式，一种可以很好地表达自己感恩心情的载体！

随后，他将自己的这一想法向省里老领导以及安徽出版界、文艺界的朋友们做了汇报和交流，不仅得到大家的充分肯定，而且还得到大家的热心支持。这些领导和朋友纷纷表示，愿意为蒋集乡"作家书屋"捐赠自己的作品及藏书。

当然，大家同时也替他发愁，担心他办不成。

安徽文学院院长徐子芳对他说："据我所知，到目前为止全国在农村建作家书屋只有两家。一个是 20 世纪 90 年代中期由著名作家、湖南文联主席谭谈倡导和主持建立的湖南白马镇田心坪村'作家爱心书屋'，另一个是今年中国作协在甘肃临潭建立的'作家书屋'。这两处作家书屋均在全国引起较大社会反响。现在，如果蒋集乡'作家书屋'建立起来，在全国是第三家，而在我省却是首创，其意义和影响可想而知。但是，要建一处作家书屋，那可不是'纸上谈兵'的事。它涉及征地、规划、建筑、管理等方方面面。时下社会，就是有钱好办事，无钱寸步难行。你金兴安比不得谭谈，更比不得中国作协，有的只是手中一支笔。所以，我担心这只是你的一个良好愿望而已。"

同兴安保持了 40 年师生情谊的傅家成老师也认为他没钱又没权，注定难搞成。

兴安跟妻子"吹风"："有一回我回蒋集老家，看到孩子们玩耍，打闹，顽皮得很。要是能给他们书看，或许会变得更文明，更有文化教养。咱们家里这一间房，四面墙壁全是书，堆得满满的，放在家里浪费了！我想把书都送给家乡的孩子们去看。"

同芬很通情达理，回答："你把书送掉，我没有意见。"

"但是书弄回去，放哪里？没有一个固定的房子收藏，你拿一本我借一本，很快就会被搞完了。"

兴安停顿了一下，似乎还在犹豫，然后接着说："我想在蒋集盖个房子藏书。"

听说还要花钱盖房子，这下同芬强烈反对："盖房我不同意！家里没有多余的钱，孩子大了要成家、要花钱！"

"我再想想办法吧。"兴安说。

他想到了几十年来自己一点一点积攒下来的稿费和奖金。那些稿费都是他一个字一个字写文章得来的。而那些奖金，则是他因为工作成绩优秀单位给予的奖励，还有全国总工会对"全国自学成才者"的奖励。这些"私房钱"拢共才有几万元。

兴安心想就拿这些钱做个启动资金，先把房子建起来再说。不够的钱再想办法去向亲友和社会上筹措吧。

主意打定，兴安提笔给蒋集乡领导写了一封信。

关于提议在蒋集乡创建"作家书屋"的一封信

尊敬的蒋集乡领导：

蒋集乡是我的故乡，是我的出生地。1960 年，我不幸沦为孤儿，是地方政府和故乡的父老乡亲把我抚育成人。1972 年我"背井离乡"求学，尔后工作，至今在外已有 30 多个春秋了。如今思念故乡的情感，随着岁月的流逝和年龄的增长愈加迫切和浓烈。在过去的 30 多年里，特别是改革开放 20 多年以来，故乡人民的生活有很大的变化和提高。但由于蒋集乡地处定远大西南的边界，又属江淮分水岭的"脊背"地段，常年缺水，加之信息闭塞、交通不畅，全乡人民的生活水平仍维持在温饱线上。尽管如此，每每清明节回乡扫墓或顺路经过蒋集乡时都受到父老乡亲的热情款待。每当这个时候，我心里就萌发出一个念头，应该为他们做点什么。"我能为他们做点什么呢?"这个问号一直在我脑海里苦苦思索。显然，我一介书生，既无权批给他们什么，也无钱支援他们什么。这时，我想到了我的藏书。我的藏书大致分三个部分，一部分是我从上世纪70年代末至今自己从书店购买的中外文学名著和社会热点书;再一部分是出版社和著作者赠送给我的书(其中包括我省作家和外省作家的签名书);还有一部分是我自己写的书，约计3000册。这些藏书大致属于文学艺术类，很适合中小学生们课外阅读。我知道蒋集乡所在地就有一所中学、一所小学，在校学生达1800人，而学校的课外读物又寥寥无几。我想，把这些藏书赠送给家乡的学校，以回报地方政府和父老乡亲的养育之恩。正当我打电话给家乡联系准备送书的当儿，我收到中国作家协会的信函，要求全国作协会员向甘肃临潭县捐赠图书，以便在临潭县乡镇创建"作家书屋"(我在1998年就收到湖南省文联主席谭谈的信，要求捐书，以支持他在湖南省白马镇田心坪村创建"作家爱心书屋")。中国作协这封信给了我一个启示，即:外省能办的事，我省也能办。外省作家通过他的作家朋友创建"作家书屋"，我们没有理由办不到。因此，我提议在故乡蒋集乡创建"作家书屋"。随后，我把这个想法向省级老领导王光宇、郑锐，省文联名誉主席、著名作家鲁彦周，省文联主席陈发仁，省文联名誉副主席、著名诗人贾梦雷，全国文化扶贫首创者、著名社会学家辛秋水，安徽文学院院长徐子芳，著名文艺评论家梁长森以及安徽出版界、文艺界的有关领导、同仁和朋友们作了汇报和交流，不仅得到他们充分肯定和热心支持，同时他们还表态将为蒋集乡"作家书屋"捐赠自己的作品和藏书。由此我联想到在安徽和全国我有一大批作家、艺术家师长和朋友，其中不少是我十分敬重的我国文坛大家，如果能借助他们崇高的社会名望，借助他们作品的影响力，我想肯定能为蒋集乡老百姓办一点实事的。

为了使"作家书屋"顺利运作，早日诞生，我的初步设想是：首先在乡政府所在地中小学附近新建6间房为"作家书屋"（3间藏书、3间办公和接待，围成独立院落。建房资金由我负责筹措）。将我的3000册藏书作为第一批捐物。同时尽快向全省、全国作家发出倡议，请他们签名捐书。随之通过我省新闻媒体向社会广泛宣传。同时建议成立蒋集乡"作家书屋"筹建工作领导小组，指派专人负责日常工作，并邀请省、市、县有关领导和我省著名作家当顾问，争取得到各级领导的支持和帮助。

尊敬的乡领导，我认为在蒋集乡创建"作家书屋"，投资甚少，一举多得。一是地理位置特别，蒋集乡与肥东、长丰县交界，有"鸡鸣听三县"一说。"作家书屋"将影响四邻，大大提高蒋集乡的文化品位和整体素质。二是众多作家给蒋集乡人民尤其是中小学生送去精神食粮，这是一般图书无法替代的，其意义深远。随着"作家书屋"的建成和完善，蒋集乡也将成为作家艺术家了解农村深入生活的一个基地（可进行采访、调研、讲学等活动）。三是蒋集乡"作家书屋"是安徽省第一家，它必将以其鲜明的特色和魅力成为蒋集乡以至定远大西南一道亮丽的文化风景线。

盼望"作家书屋"早日落成！

创建蒋集乡"作家书屋"倡议者　金兴安

中国作家协会会员

2004年7月28日于合肥

171

金兴安的信写得情真意切。看得出来，他的计划是实实在在、扎扎实实的。他说出来的话是一定会兑现的。

蒋集乡收到了这封信。乡党委和政府领导非常重视，8月10日立即召开党委会，进行专题研究。因为涉及图书和文化教育，所以蒋集中学和蒋集中心小学的校长也列席会议。

大家一致认为，兴安先生回乡创办"作家书屋"是一项善举和民心工程，是功在当代、利在千秋的事业，是蒋集乡精神文明建设的一件大事，也是当前蒋集乡加强和改进未成年人思想道德建设的一项重大举措。因此大家都举双手赞成，愿意鼎力相助。

在这次会上，蒋集乡决定正式成立创建"作家书屋"筹建领导小组。

在讨论中，大家提出，创建"作家书屋"，启动资金和建设费用金兴安负责筹措。但乡里财政尽管困难，也要挤出一部分钱来支持。同时，要发动乡直属机关干部，有钱出钱，有力出力，大家都来关心"作家书屋"的筹建。

书有了，钱有了，现在的关键是，找一块地盖书屋。

找什么样的地点呢？如何去征地呢？与会者纷纷各抒己见。

渐渐地，大家达成了共识：书屋一定要建在交通便捷的地方，以方便村民和学校师生借阅。因此，如果这个作家书屋能建在学校附近或者就在学校内，那么，近水楼台先得月，师生们将会受益匪浅。

于是，征求中学和小学校长的意见。

那时，蒋集中学大约有1300名学生，小学大约有500名学生。两个学校相距不远。但是，大家考虑到中学生对图书的需求可能更大，如果建在中学，委托其管理和将来师生借阅图书，都将更为方便。

就这样，在征得中学校长的同意后，大家形成了一个意见，希望"作家书屋"建在中学内。

会议逐一分析了金兴安来信中的建议，为了使"作家书屋"顺利建成，乡党委和政府当场研究，形成以下四条决议：

1. 成立"作家书屋"筹建工作领导小组并下设办公室。由乡党委书记、乡长担任领导小组正副组长，指派专人负责。

2. 积极协助金兴安先生筹措建房资金，尽管乡财政很困难，也要挖潜力，以最大力量给予支持，要做到专款专用。

3. 选好址。要把"作家书屋"建在街市口交通好、人气旺的地方（在征求蒋集中学领导意见后，决定建在该校园内一块空地上）。这样有利于学生借阅，也有利于今后管理。

4. 召开乡直机关负责人专题工作会议，号召乡直机关广大干部职工积极支持和参与"作家书屋"的建设，有钱出钱，有力出力，遇到困难和问题要做到统一协调，及时解决，以确保"作家书屋"按照预期完成。

"你这样不要命，何苦呢?!"

蒋集乡政府办公室将这份四条决议记录寄给了金兴安。

第二天，金兴安便挤上从合肥去蒋集的长途班车。

乡领导热情地握着兴安的手，对他报效桑梓的善举大加赞赏，

招呼他到乡党委会议室座谈。

兴安却迫不及待："我们先去看看地点，作家书屋建在什么地方好呢?"

乡领导回答："我们的初步想法是建在蒋集中学里面。这也要听听您的意见。"

"好! 建在中学里好!"兴安接着说，"这些书里有很多都是著名作家的签名书，还有许多中外名著，非常珍贵，孩子们一定很喜欢。"

一行人簇拥着金兴安，来到乡政府大门对面的蒋集中学。

校长和副校长早已迎候在校门口。

大家缓步走进校园，一种静谧安详的气氛迎面扑来。

这是九月初的时节，刚开学不久的学生们都在教室里认真上课。

中学东面是学校大门，紧挨着从蒋集通往吴圩镇的蒋吴公路。

西面是宽阔的操场。北面建有两栋四层白色教学楼，南面是一些红砖砌墙的平房，这是教师和部分寄宿学生的宿舍。

校园东面紧挨着马路的是一大片绿油油的菜地，种着碧绿的菠菜、萝卜、大蒜、大白菜、蚕豆，有的正开着黄艳艳的花，一派生机勃勃的景象。金兴安一眼就望见了那片长势正旺的菜地。这个地方紧挨着学校大门，又紧邻蒋吴公路。

"这是我们学校的空地，老师们在这里种了些蔬菜，一家一块，自己种，自己吃。"校长向来人介绍道。

"这倒是一块好地方！如果把作家书屋建在这里，又临路又朝阳。"兴安像是自言自语，又像是在对校长和乡领导说话。他在心里筹划着，如果在这块地上盖房子，大门朝东开，紫气东来。大门上可以请位名家题写书屋名。这样，人们路过时，看到蒋集中学就会看到蒋集乡作家书屋，书屋与学校比肩而立，相得益彰。

"是啊，"校长应和道，"只是，如果选这块地建书屋，老师们就没有菜地了。"

"那就请学校做做老师们的工作，就选这块地吧！"乡领导在边上拍了板。

随后兴安拉着校长到种菜的老师家一一拜访。

老师当中，既有兴安的小学和中学同学，也有兴安的熟人、朋友或远房亲戚。大家听说要把菜地铲了建书屋，尽管很心疼那块不用花钱的自家"菜园子"，但听兴安讲述了自己的苦难童年及感恩乡亲创办书屋的愿望，刚退休的潘老师第一个表示明天就把自家的菜地铲了。

"兴安，您都舍得捐钱、捐书来为家乡盖书屋。我们就是少吃一点菜，或者一年多花个几十元钱买菜，那又算得了什么，又有什么舍不得的呢！"兴安的一位同学说。

就这样一家一家拜访，兴安把大家都说服了。第二天老师们就把绿油油的蔬菜全铲了，无偿将土地献出支持书屋建设。

在菜地边上，还有座坟堆。兴安打听清楚了坟墓主人的亲属，晚上又到人家里去做动员，劝说他们把坟墓迁往别处。为此，他给人家掏了几百元迁墓费用。

仅有兴安捐赠的几万元作为盖书屋的资金是远远不够的。在那段时间里，金兴安不仅在合肥市内和省里各部门跑动，还跑到蚌埠、滁州、定远等市县，投亲靠友，四处"化缘"。

2004年9月18日，蒋集乡作家书屋奠基仪式如期举行。金兴安为作家书屋挖下了第一锹土，也把自己对家乡炽热的爱播撒在了这片希望的热土上。

兴安告诉我，之所以选择9月18日奠基还有更深层的意义。1931年9月18日，日本日寇向东北发动侵略战争，中国人民奋力反抗。这是我们中国人民牢记的日子。要教育我们下一代，发奋读书，不忘国耻，学好本领，长大保家卫国。

蒋集中学和小学的师生代表分别发言，对作家书屋的建设表示由衷欢迎，充满了热切的期待。金兴安回报家乡的梦想近在眼前，即将成真。

按照规划设计，作家书屋将建成仿徽派建筑，初步计划盖三间房子，主要用以藏书。根据资金情况，书屋两侧可以考虑建阅览室和文化长廊、小亭榭等点缀，供读者休闲阅览。大门建成简易的带小棚顶的牌坊式。书屋与学校围墙相连。在东南角开一小门，直通校园。四周砌墙，形成一个相对独立的院落。院内铺以鹅卵石小径，植以各种花草树木。

在金兴安的心目中，建成后的作家书屋应该像座静谧美丽的小花园，特别适合读书和思考。

最令人感动的是蒋集中学的孩子们。每天下课或是放学，他们总是"叽叽喳喳"地围在"作家书屋"工地四周，用一种充满渴望的、惊奇的目光凝视着那片正在热火朝天地施工中的工地。

那段时间里，最让孩子们高兴的事便是能亲自动手，帮作家书屋干点活。

有一次，作家书屋院内有几堆柴草急需移走。当时正值秋种大忙季节，一时找不到农户帮忙，蒋集中学的同学们听说了，一个个都来了。他们或用肩扛，或用手抓，或用怀抱，很快就把柴草搬走了。一只只稚嫩的小手被柴草划出了一道道伤痕，但却没有一个孩子喊痛叫苦。他们全都兴高采烈地干活。

2004 年下半年，金兴安在体检时发现自己患有高血压、心肌病及腰椎间盘突出。腰椎病和颈椎病，都是常年伏案工作的编辑、作家们的职业病。数十年来一直在纸上辛勤耕耘的金兴安自然不能幸免。医生要求他马上卧床静养。

然而，书屋正在如火如荼地建设中，他又哪里躺得住呢！

他继续一趟又一趟地往蒋集跑。为了保证工程质量他必须亲临工地。

那时，从合肥去定远路都不好走，尤其是去蒋集乡的路，更是坎坷曲折。有的路段虽铺有沙石，却狭窄难行；有的路段沙石都没有，干脆就是泥土路，坐在车上颠簸得厉害。

合肥至蒋集的班车，每天都挤满了农民和外出打工的人。有的带着鸡、鸭、鹅进城去，有的买了化肥、农具或是日用品等回乡里。车子总要等到塞得满满的，几乎是人挤人了，司机才发车。在秋冬寒凉季节还好，赶上春夏气温上升，汽车里又闷又热，鸡鸭鹅的腥臊臭味和人身上散发出的汗味等各种气味混杂在一起，真是叫人受不了。对于一个生活在城市里的人来说，闻着这样的气味，很容易恶心呕吐。然而，金兴安却安之泰然。如果能找到座位坐下，那固然好。如果没有座，站上两个小时也是常事，一路上摇摇晃晃的，他也要硬撑着坚持下来。

最痛苦的是腰椎病发作的时候。这是一种顽疾，而且人一累病就犯，一犯就是十几天。但作家书屋的工程不能停，兴安就在腰间围好钢板带，吃上两粒止痛片，咬牙坚持着。夏天戴着钢板带，挤在超载的长途班车里，人挨着人，连放脚的地方都找不到，汗水顺着他的前胸后背直往下淌。加上满车的腥臊臭味，熏得人都快窒息了。然而，为了自己报恩乡亲的梦想，硬是挺着。等到一路颠簸回到合肥的家时，他早已累成了一摊泥，连上床的腿都挪不动了。

在汽车上，遇到的几乎都是蒋集的乡亲。兴安经常主动同他们搭话。聊聊地里的农活，聊聊家里小孩的教育，聊聊外出打工的感受。那些外出打工回乡的乡亲告诉他，因为没有文化，没读过什么书，他们在城市里生活常常受到歧视。城里人瞧不起他们，讥笑他们是乡下人、泥腿子。他们在城里也找不到像样的工作，往往只能到建筑工地去打零工或是干个搬运、保安、保洁什么的，挣不到多少钱。而那些孩子还留在乡下家里的农民则告诉他，别说村子里，就是整个蒋集乡也找不到一家书店，找不到一间图书室，更别说文化娱乐设施了。空闲时村民们除了晒太阳，就围在麻将桌上，要么喝酒、赌钱，还有的人看风水、算命。

听着老乡们的讲述和介绍，金兴安深有感触。乡亲们实在太需要文化，太需要读书了，农村的阵地太需要先进的文化占领了。

　　他感觉自己做了一个明智的决定，要尽快将作家书屋建起来。这不仅是自己出自感恩的一个夙愿，更是自己的一份社会责任。从写信给蒋集乡领导到次年 10 月书屋建成的 15 个月里，他一共在合肥与蒋集之间往返跑了 38 趟。

　　如果因为工地上的事情处理不完，兴安当天晚上就只好住在蒋集。乡上没有宾馆，连家招待所都没有，他就随便住在乡政府办公室的长椅上，跟值班室工作人员借条被子什么的猫一夜。吃饭就随便在哪位同学或乡政府食堂吃一顿。他是吃过大苦、受过大难的人，对于吃喝住丝毫不讲究，吃什么都觉得好吃，都吃得香，睡在哪里都睡得好，睡得踏实。

　　在班车上，兴安有时也会遇到金巷村的乡亲。这些从小给过他吃喝、给过他温暖和帮助的乡亲，时时都印刻在他的脑海里。即便是在数十人的公交车上，他也能很容易地认出他们来。无论是东邻家的金叔叔，还是西邻家的张嫂子，不管是认识的还是不认识的老人，他都要抢着帮他们买汽车票。那时去蒋集的班车一张票 10 元钱。每次去蒋集，兴安都要掏钱替一些老乡买票。一般都要买两三张，最多的一次他一共替老乡买了八张票。

　　每一回跑蒋集，回到合肥家里，妻子同他打招呼他都没力气回答，倒头就躺到了床上。常常是连饭都懒得吃，脸脚都不洗。

　　真是外出千好百好，不如待在家里好；千般万般舒服，不如躺着舒服。天底下最舒服、最快意的事就是躺在自家的床上！特别是对兴安这样一位腰椎不好的人来说，要是天天都能这样舒服地躺着，那简直就是神仙般的生活！

　　看到丈夫累成这样，同芬又心疼又生气："你这样不要命，何苦呢?!"

她心疼的是，兴安这样一个年过五十的人，为了给家乡建个书屋，竟忙成这样累成这样。生气的是，人家蒋集乡领导都没有他着急，他自己倒是事无巨细啥都管上。这是何苦来着呢？老金你又图个啥呀？

兴安却不怒也不恼，总是乐呵呵地回答："一想到就要实现多年感恩乡亲的夙愿，我的心里就感到特别的幸福和满足。"

同芬生气归生气，人毕竟还是自己的人，哪能不心疼呢！老金做的又不是坏事，他乐意去做，乐意去报答家乡，这也没错呀！这个心地善良的女人，打心底里还是完全理解兴安的所作所为。因此，每次看到他累成这样，总是主动给他打水洗脸、洗脚，给他做好了可口的饭菜，端到床前，催促他吃了饭再睡。

兴安一躺下，往往一睡就是一整天。有一回，足足睡了一天一夜，脚都没下地，好不容易才缓过劲来。

县委书记十次到书屋

当时，定远县委书记叫贾朝峰。这是一位身材魁梧高大、声音洪亮的安徽汉子，对文化情有独钟。

2004年9月，作家书屋奠基，贾朝峰获悉这一消息，非常关注，认为这是定远县经济、社会与文化生活中的一件大事，也是一件新鲜事。

10月14日，贾朝峰率县人大常委会副主任殷聚福、县政协副主席方世根一行到蒋集书屋工地考察、调研。

在施工现场，他对金兴安回乡创办作家书屋的善举给予了高度评价，并且代表县委、县政府表示热烈欢迎和由衷感谢。他在讲话中提到，兴安所在的工作单位安徽省新闻出版局就是定远县站岗乡的对口帮扶单位，多年来不断地在支援资金，帮助打井、挖塘、修路，帮助群众脱贫致富奔小康。如今，金兴安不仅捐书、捐资，而且为作家书屋筹建多方奔走，筹措资金，他的感恩和善举、他的行动和决心、他的无私和奉献都令人敬佩，也令人感动。他相信作家书屋建成将给蒋集乡和周边乡村农民兄弟带来福音，为他们送来科普知识、文化知识和精神食粮。他希望作家书屋建成后要服务好、管理好，把它办成青少年健康成长的知识宝库、农民兄弟的学习乐园、农村精神文明的窗口和定远农村的文化风景线。他当场指示蒋集乡党委和政府，要切实承担起管理责任，指派专人负责，制定一套借阅图书的管理制度，让作家书屋真正发挥影响和作用。

身在现场的金兴安深受感动和鼓舞。他认为县委书记是在进行一次扎扎实实的现场办公，实实在在地解决了书屋建设中的困难以及书屋建成后的管理问题。

定远县是一个人口上百万的农业大县。作为一个定远县的父母官，每天公务缠身。但是贾朝峰却始终热切地关注着蒋集乡作家书屋。他已经预见到了它将会成为蒋集乡乃至定远县的一张重要的文化名片及品牌。

11月9日，滁州市关心下一代工作委员会主任、原市委书记吴炎武，安徽省著名文艺评论家、省新闻出版局原副局长梁长森等前来书屋工地考察、调研，贾朝峰又同县长李树等全程陪同。

2005年3月初，书屋建设遇到了困难。一是按照规划设计，书屋建设资金缺口较大，其次是书屋工地上方有蒋集乡的高压电线通过，需要对高压线进行迁移。这就牵涉到县供电局等部门，不是蒋集乡能够解决的问题。书屋建设不得不暂停了下来。

一听说施工停了，金兴安着急了。他马上起草了一份书面材料，提出自己对书屋下一步工程建设的建议：分三步走，先将书屋主体工程建起来，包括门窗安装；再建辅助工程；最后进行绿化及道路建设。他将这份书面材料分别给了蒋集乡政府和贾朝峰书记，希望书记能够直接过问一下此事。

贾书记接到兴安的书面材料后，马上同他联系，约定时间，亲临现场办公。

3月24日一早，贾朝峰如约来到蒋集书屋工地，并要求县供电局负责人也到现场去。

在工地上，贾书记深入施工队仔细询问遇到的施工障碍，了解需要解决的问题。他当场拍板，将高压线从书屋上方移走，以确保书屋的建设及安全。

4月27日，安徽省政协常委、著名书画家王家琰等一行来到书屋工地调研，贾朝峰以东道主身份热情地接待了他们。随后，贾书记又同蒋集乡领导和工地负责人商谈施工质量和加快进度的措施，明确提出：书屋建设要有一个"倒计时"，争取在学校新学期开学前后落成开馆。

在那之后，贾朝峰又先后六次专程到蒋集书屋考察，解决实际困难。包括书屋质量的验收，开馆前的准备工作及年终举办首届农民、学生代表读书座谈会等具体事项。

金兴安动情地说："贾书记真是干实事的人啊！他每次到书屋都是现场办公，都是来解决实际问题的，没有一次是走马观花的。"

后来在兴安编印的书屋成立十周年的纪念册中，他将"贾朝峰书屋十次行"绘成一张统计表，表内详细记录贾书记每来书屋工作内容。并附上《市场星报》记者采写的《书屋十年十次行》一文。

贾朝峰看到后，非常感动，专门打电话向兴安表示感谢，称赞他真是一个有心人，有心人，事竟成！

2004年七八月间，有一天在上班路上，徐子芳与金兴安不期而遇。

兴安告诉他："我在老家创建的作家书屋快要动工了，希望您去看看并给予支持！"

10月29日，徐子芳随兴安去了一次蒋集。

看到穷乡僻壤的蒋集乡，平地就要建起一座典型的徽式古典风格的建筑，徐子芳的心情十分激动。

真没想到，作家书屋还真让兴安给建起来了！了不起啊！实在了不起！他看着书屋规划设计图，了解到书屋未来的格局，更是感到惊喜叫绝。

在徐子芳看来，在旷野上建一处作家书屋，还要由创办者自己来筹措资金，对于和他一样的一介书生，简直无异于登蜀道上青天。然而，金兴安硬是把它办成了！

兴安告诉他，为了筹措资金，他已无数次奔走于各级领导、社会各界名士之间，许多省里的老领导和著名作家、艺术家都纷纷为其题词，捐赠书画和藏书。定远县委、县政府、县人大、县政协主要领导和省出版局有关领导也多次到作家书屋工地考察，帮助解决实际困难。

徐子芳不停地对兴安说："我真佩服你这种坚韧不拔的毅力和奉献精神。"

从蒋集回来，徐子芳一直处于激动与兴奋之中。

他忍不住举起笔，一挥而就写下了《金兴安和他的"作家书屋"》一文。2004年11月17日，《新安晚报》发表了这篇热情洋溢的文章。

在结语中，徐子芳深有感触地写道："童年的不幸，使金兴安成为一名孤儿。是蒋集乡的黄土地哺育了他的童年和青少年……时届天命之年的他，如烟的往事，时刻不能忘却故园的情结，使他襟怀坦荡如天。也许，我们都有相同的人世经历和感知，所以我对兴安的澄怀味象又多一分理解和赞许。敬礼，蒋集作家书屋。"

"老革命" 伸以援手

郑锐是金兴安特别敬重的老领导。他 1922 年生，安徽长丰人，1938 年加入中国共产党。曾任中共定凤怀县委书记、定远地委组织部副部长。长年在定远、凤阳等地从事敌后斗争，抵抗日寇侵略，与当地老百姓结下了深厚感情。

从 16 岁起，郑锐便开始在家乡宣传发动群众，进行抗日斗争。1940 年夏，他奉命来到定远县永康镇任党委书记兼乡大队指导员。那时日寇开展"大扫荡"，郑锐他们便组织反扫荡，负责组织发动群众在定寿公路沿线破坏敌寇修建的公路。解放战争期间，他又在凤阳山区坚持了三年的游击战争，同国民党斗，同土匪斗。当时骑在老百姓头上的土顽牛登风、谢黑头都被他们活捉了，国民党军队也被打跑了。那时，他们夜里睡觉铺的都是稻草，天天同群众在一起，在百姓家里搭伙吃饭，感情好得像一家人。

新中国成立后，郑锐历任安徽省委办公厅主任、省委副秘书长、合肥市委书记、安徽省人大常委会副主任等职。

兴安还在童年的时候就听老人说郑锐早年在定远打游击的故事。郑锐也渐渐得知兴安是定远人、孤儿、革命的后代，因此对他格外的亲切和关注。

2004 年，在作家书屋刚刚动议时，金兴安当面向郑锐作了汇报。

郑锐当即对他的举动给予了高度肯定和赞赏。他说："中央号召'文化三下乡'，解决'三农'问题，建设社会主义新农村。你这样做完全符合中央的精神。我对定远人民有感情。你想为农民办书屋，这是好事。你计划把自己的稿费、奖金都捐出来建一座书屋，并把自己创作的作品、收藏的书都捐出来办书屋，非常好，很有意义，令人感动。定远和蒋集位置偏僻，文化下乡很有必要。我认为大家都应该支持你。"

10 月 12 日，郑锐率先向作家书屋捐书 200 册，在书单的右上方写着："请蒋集乡作家书屋存阅。郑锐 2004.10.12"。

书屋竣工后，兴安又向郑锐提出要求：希望能在书屋的院子里种些树木和花草。郑锐说："那就请合肥市园林局帮助吧。"郑锐拨通了合肥市园林局的电话。

在电话里，郑老不无风趣地说："我代表定远老区、贫困区人民，邀请你们来帮助书屋种花种树。你们就算是来老区扶贫吧！"

随后，合肥市园林局规划设计研究院派人到作家书屋进行绿化设计，先做出色彩鲜明的效果图，再由市苗圃园负责将香樟、紫薇、松树、杉树、竹子、广玉兰等几百株名贵树苗运向书屋，并派技术员现场指导划线、挖坑、栽种。多年后，书屋院内树木参天，绿草如茵，鹅卵石小路串通，石台、石凳、水渠、凉亭，趋步其间，怡情悦目，被人们誉为"中国最美的农家书屋"。

长丰县从 1987 年开始引进草莓试种，经过十几年的发展，规模不断扩大，品质不断优化。长丰草莓逐渐闻名遐迩，种植面积也从最初的 2.5 亩发展到 2018 年的 21 万亩，种植农户 8 万多户，从业人员 18.5 万人，受益农民 36 万人，草莓产值 50 亿元。

长丰县每年都举办草莓节。2005 年在草莓上市的季节，金兴安诗兴大发，为长丰县的草莓写了一首歌词：

草莓红了，草莓熟了

在村头的大棚里，
在农家的小院旁，
绿的叶、青的藤、红的果，
满眼草莓遍田野，
长丰大地草莓香。

187

啊，草莓红了，草莓熟了，
男女老少采摘忙，
采呀采、摘呀摘，
一篮篮、一筐筐，
火红草莓透心甜，
看在眼里心花放。

在乡间的弯道口，
在宽敞的公路上，
背的背、挑的挑、扛的扛，
运输大军走天下，
北京上海赶市场。

啊，草莓红了，草莓熟了，

千家万户采摘忙，

装呀装、运呀运，

一船船、一车车，

绿色食品人人爱，

农民致富奔小康。

这首歌词随即刊登在 2005 年 3 月 11 日《安徽日报》上。

郑锐看到了金兴安发表在《安徽日报》上的这首歌词后，当即写信给长丰县领导："现向你们推荐这首歌词，希能谱曲后在举办草莓节时让大家唱起来，让响亮的歌声响彻草莓之乡，让歌声振奋长丰人民艰苦奋斗奔小康。"

长丰县方面随后邀请了安徽省著名作曲家崔琳先生谱曲。很快，一曲激昂奋进的草莓歌在长丰大地传唱开来。

2006 年 12 月，长丰县人民政府召开了首届长丰草莓功臣大会。金兴安因创作《草莓红了，草莓熟了》这首歌词而被授予长丰草莓功臣银奖。

如今，长丰县已被农业部授予"全国草莓种植第一大县"，"长丰草莓"成为国家地理标志证明商标、安徽省著名商标、安徽省旅游知名商品、全国消费者最喜爱的 100 个中国农产品区域公用品牌之一、全国名优新特农产品。到 2018 年 12 月，长丰草莓品牌价值达到 66.4 亿元。长丰草莓分别被国家认证为无公害农产品、绿色食品 A 级产品、全国唯一的草莓标准化示范区，中国草莓之都、中国设施草莓第一县、全国"一村一品"十大品牌、中国十大最好吃草莓。金兴安作词的这首草莓歌也越唱越火，在当地广为人知。

　　新世纪以后，金兴安开始帮助省里一些老领导整理自己的文集或传记。年逾八旬的郑锐就是其中德高望重的一位。兴安怀着崇敬的心情，用两年的时间编辑完成了43万言的《征程回眸》一书。书中收入郑老各个时期的文章、讲话70多篇，配发图片、墨宝数十幅。2005年，这本书由人民出版社出版，这是新四军老战士郑锐在84岁高龄时为全社会进行光荣革命传统和爱国主义教育提供的一本好教材。这本回忆录式的文集分五编，内容厚重，图文并茂。全书时间跨度大，从1938年到2005年，历经67个春秋。

　　在编辑书稿过程中，金兴安受到了很大启迪和教育。使他感受最深的是，全书文字真实地印证了作者在67年革命生涯中对中国共产党、对人民、对祖国的忠诚和挚爱，对共产主义理想的坚定信念。这一鲜明主题像一条红线贯穿在全书之中。从书稿的字里行间，他更加了解到作者在20世纪三四十年代与鬼子斗、与国民党军阀斗、与土顽斗的英雄气概和在新中国成立初期，领导土改，指挥并参加抗灾救民的爱民情怀；同时也进一步感受到作者坚决执行党的十一届三中全会的路线、方针和政策，大胆地领导合肥地区农村改革，拨乱反正，坚决平反冤假错案，大力整顿社会治安，率先进行旧城改造和教育改革等一系列重大举措，为今天合肥市进行现代化大城市建设打下了一定基础的母本蓝图。郑锐在安徽省人大工作期间，坚决依照宪法赋予人大的权力，大力提倡学法、普法，认真开展人大工作，加强人大建设，监督一府两院的工作，敢于说真话，敢于碰硬，取得了良好的社会效果等内容在书稿中占较大的篇幅。

　　岁月匆匆，不知老之将至。1993年，郑锐从领导岗位上退下后又积极组织安徽省人大工作研究会。用他自己的话说，作为一个老党员、新四军老战士，思想不能老，思想不能退休。在以后的 10 多年岁月里，他与研究会其他成员一道走遍安徽的大江南北，深入基层调查研究，为省委、省人大和省政府领导科学民主决策提供了不少有价值的意见和建议。全书文字将真实性、历史性与文学性融为一体，以生动的笔法，多侧面展示作者 67 年来的工作和生活的重要片段，有不少文字资料和图片还是第一次问世，因此十分珍贵。

在长达两年的编辑过程中，从全书文章的选编到照片取舍以及书法作品选用等等，郑锐始终和金兴安一起讨论、研究、改稿、定稿，一起去档案馆查阅资料，一起去印刷厂送稿，从书的封面到版式、扉页、字号，全书细枝末节从不放过。资料一遍遍查对，稿件一篇一篇写，一篇一篇改，一篇一篇校对，因而编辑工作进展顺利，达到甚至超过预期的效果。在这两年里，金兴安和郑锐朝夕相处，有时为修改某一篇稿件，星期天也得用上。从作者身上他学到很多，其中有几点对他触动最大、印象最深。一是作者在编写、编辑过程中，井井有条、杂而不乱的科学态度和严谨作风。最终成书 43 万字，50 多幅照片，可以想象到原材料的字数是多少，照片有多少幅。要把作者在过去 67 年中最具代表性的文章和照片选出来，谈何容易？首先，作者把所有材料分类装进袋子，再分类装进箱子，文稿和照片一共 4 大箱；然后把拟用的文稿和照片选出来，再分类、再装袋、再装箱；然后送印刷厂排好小样，把小样稿再标上一校、二校、三校字样，分装另放。反反复复改，反反复复校，直到人民出版社终审通过。二是作者说干就干、今天事今天干、现在事现在干的雷厉风行作风。作者在编写过程中，或听到一句话对某篇文章有用，或在散步时想到一句话对某篇文章有用，或某一个老同志、老朋友打电话、写便条，从中受到启发，从而回忆起一段往事，只要对文章有用的字词，他都认真地记下改正。甚至夜里想到某一个字，立刻爬起来记在纸上，认真到一个字、一个词、一个标点符号，其精神令人感动。有一篇文章写到凤阳县"隆兴寺"，为了弄清究竟是"隆"字还是"龙"字，他还亲自打电话到凤阳县委办公室询问。为补发铁字工艺师陶仁志的"铁"字照片，郑锐翻箱倒柜，找了一两天都未找到，他又专门打电话到北京找陶仁志询问。陶听后很受感动，决定回安徽送照片。后来照片找到了，郑锐又再次打电话到北京告知照片找到了。两年来，在编辑《征程回眸》一书中，金兴安学到了很多。学到了怎么做人、怎样编书、怎样对待工作中每一个细小环节。更令他难忘的是，通过《征程回眸》一书，他看到了一个始终保持高风亮节的老共产党员的高大形象，看到了一个新四军老战士的不变本色。

为了给作家书屋争取到更多的支持，金兴安还陆续向安徽省老领导和书画界、文学界、新闻界的朋友们进行汇报和宣讲创办书屋的意义。卢荣景、王光宇、孟富林、杨多良、侯永、郑锐、张春生、季昆森、邵明、鲁彦周、贾梦雷、黎光祖、陶天月、周彬、朱秀坤、王家琰等纷纷为作家书屋题词、捐赠书画和图书。

远在上海的上海大学教授邓伟志是安徽萧县人。作为一名安徽人，他时刻关心着家乡的消息。2005年时，他惊喜地注意到，安徽省率先进行税费改革，取消农业税，免掉农民交了2000多年的"皇粮"。5月的一天，他又在《安徽日报》上读到了定远县蒋集乡创办"作家书屋"的报道，省、市、县许多领导纷纷题词赠书，引起社会热烈反响。

看到这则报道，邓伟志十分兴奋和感动。因为当时在偏僻的乡村创办作家书屋在全国还是罕见的，所以他特别有新鲜感和安徽人的荣誉感。更使他引以自豪的是提议创办作家书屋的人竟是他多年的朋友，安徽的一位作家。邓伟志知道，在偏僻的农村建造作家书屋，可不是一件容易的事情。它要进行选址、征地、资金和时间精力的大量投入，以及各方面关系的协调，等等。

邓伟志想到了近年来中央提出的"三下乡"活动，各地纷纷将文化、科技和医药送到偏僻的农村去，为农民提供精神食粮，活跃农村群众文化，让先进的文化科学知识去占领农村。他的这位朋友老乡作家可谓是先行一步，这是一个非常好的创意和一个实实在在的伟大创举。他从心底里赞美金兴安的爱心善举和奉献精神，为他祝贺。并认为作家书屋将是家乡希望田野上的一道新风景。

更令邓伟志没想到的是，就在他读到有关蒋集作家书屋的报道后没几天，他竟在上海见到了金兴安。两人进行了亲切的倾谈。

在交流中，邓伟志了解到，原来兴安从小是一个孤儿，是吃百家饭、穿百家衣长大的，那些好心人的帮助在兴安幼小的心灵里播下了爱的种子。他从小便发誓要感谢帮助他度过苦难童年的乡亲们。

邓伟志还了解到，兴安近一年来利用节假日数十次奔走于合肥、滁州、定远、蒋集乡镇等地。他的爱心感动了许多人。社会各界纷纷向作家书屋伸出援助之手。同时还了解到作家书屋主体工程已经竣工，金兴安已筹集了2万余册图书。

邓伟志十分激动。他不仅向作家书屋捐赠自己的著作和其他一些图书，还提笔疾书，记述下了金兴安创办书屋的感人事迹，将稿子投给了《安徽日报》。

6月17日，这篇名为《希望田野上的作家书屋》的文章刊出。

在这篇文章的最后，邓伟志郑重提出：要像金兴安创办蒋集乡作家书屋那样，高度关注农村的"文化温饱"，让文化"三下乡"变成文化"三驻乡"。

这篇情真意切的文章，《新华文摘》随即进行了转载，在读者中产生了较大的社会反响，全国更多的人向作家书屋伸来了援助之手。

孩子们的盛大节日

2005 年 5 月 18 日，安徽省著名社会学家辛秋水教授应邀来到作家书屋进行演讲，内容是村民自治和文化扶贫。全乡干部群众200 多人参会，深受教育。

这一年盛夏，正值最炎热的季节，书屋主体工程藏书馆即将上大梁封顶。

在这关键时候，金兴安腰椎间盘突出症犯了，疼痛难忍。妻子和女儿都力劝他别去工地，打个电话就行了。但是，兴安却说："这是盖房的最关键最重要的环节，我不能不到场啊！"

这天一早，他硬撑着从床上爬起来，勒紧钢板护腰带，吃了止痛药，乘车颠簸了两个小时，来到了工地。

工地施工的乡亲们看到兴安佝偻着腰，满头是汗，双腿一瘸一拐的，疼痛难耐的样子，都大为感动："金老师，您就放心吧，我们会保质保量把书屋盖好的。"

大梁成功地架上了屋顶，鞭炮震天动地响起来，兴安的脸上绽放出了笑容。

书屋土建工程完工，下一步就是内部装修和布置了。

8 月 30 日，正在住院的著名作家鲁彦周欣然提笔，题写了"蒋集乡作家书屋"的牌匾。并向书屋捐赠自己刚刚出版的八卷文集。

9月初，书屋主体建筑全部完工，装修完毕。13日，金兴安再次专程来到蒋集乡，同乡领导商议开馆前各项事宜，逐项安排落实。

10月24日，安徽省委调研室向作家书屋捐赠书橱、桌椅等18件。

蒋集乡作家书屋即将开馆。金兴安把开馆的准备向郑锐作了汇报，并请郑老出席开馆仪式。

这一段时间郑锐身体一直欠佳，而去蒋集的道路又特别不好走，因此医生和老伴都劝阻他去蒋集。但是，郑老坚决要去参加开馆仪式，一是他与定远人民感情太深，二是孤儿出身的金兴安为了感恩乡亲，捐书捐资居然办成了这么一件大好事，一想到这些他的心情就特别激动。晚上睡在床上，他就在琢磨开馆仪式上自己讲点什么。

开馆庆典这一天，郑锐起得特别早。一起床，便记下了自己昨夜琢磨出的四句诗：

孤儿不忘报党恩，

勤学苦读自攻文。

办报写书做出版，

热心助人帮乡亲。

10月28日，蒋集乡作家书屋隆重举行开馆仪式。蒋集乡街道两旁、蒋集中学校园内张灯结彩，爆竹连天，一派过节的气氛。参加仪式的男女老少穿上节日的盛装，欢歌笑语，沉浸在巨大的欢喜之中。许多目不识丁的老大爷、老大娘也都挤在密集的人群中。书屋院内人头攒动，水泄不通。

仪式在蒋集中学操场上举行。主席台设了三排座位，操场上密密麻麻坐满了蒋集中学全体师生和农民代表共 1500 多人。所有的孩子们脸上都挂着灿烂的笑容，就像在迎接一个他们期盼已久的盛大节日。

是啊，这些在乡村里长大的孩子，整天玩着泥巴、石子，或是在街上、村子里到处疯跑的孩子，他们的课外生活实在太单调，他们渴望找书看，找有趣的好书读。而作家书屋，将为他们提供数万册图书，那简直就是一座书的海洋。那座浩瀚的、未知的海洋，对于这些孩子而言，实在是有着太多的吸引力，太大的魅力了！

安徽省人大常委会原副主任郑锐、安徽省政协常委王家琰、著名作家徐子芳和淮南市原市长宋长汉、淮南市新四军历史研究会领导单星、定远县委书记贾朝峰、定远县委副书记郑斌等出席了庆典仪式。定远县委常委、组织部部长金维加主持了仪式。

滁州市委书记汪国才因公在外特为书屋开馆发来贺电。

郑锐满怀深情地对在场的学生们说："革命前辈抛头颅、洒热血，打下的江山伟业要靠你们去继承和捍卫，今天的社会主义新农村要靠你们去建设……希望你们努力学习，健康成长，掌握本领，做'四有'新人，为实现社会主义现代化，为中华民族的伟大复兴做出贡献！"

定远县委副书记郑斌、教育局局长王涌泉、蒋集乡乡长杨德三等在发言中都高度评价了金兴安感恩乡亲的壮举，对作家书屋今后的管理和发展提出了殷切期望。

金兴安最后致答谢词。他说：自己倡议建立作家书屋的原因就是 8 个字:"感恩乡亲,报恩社会"。在大饥荒的 1960 年,他不幸沦为孤儿,是地方政府和父老乡亲把他抚养长大,因此他从内心深处感谢所有帮助过自己的人。这种感恩的情感激励着他刻苦自学,并在文学创作上做出了一点成绩。20 世纪 80 年代初,改革大潮使他走进了省城新闻出版单位,是党的十一届三中全会让他有了更好的工作环境、学习环境。在作家书屋如期竣工开馆之际,他感谢所有关怀和帮助作家书屋的领导和朋友。

在致答谢词过程中,金兴安多次起立,向大家鞠躬致谢。接着,他向与会者郑重宣布了两项承诺:一是作家书屋将向学生、教师和农民免费开放;二是作家书屋的建筑和配套设施包括所有图书等,将无偿移交给蒋集乡和蒋集中学。

当他的话音刚一落地,全场便爆发出了雷鸣般的掌声。

金兴安双眼湿润了。

是啊,多少年了,这个报恩的心愿终于实现了!多少个辗转反侧、夜不能寐的日子,他想的是报恩;多少次抬头低首之间,见到乡亲和帮助过自己的恩人时,他希望有朝一日能报答他们于万一;多少回梦回家乡,多少回回望过去,经历岁月的冲洗涤荡,他的心中没有丝毫怨恨,也早已忘却了疼痛,有的只是深深的感激、感动、感念与感恩。如今,此生最大的心愿终于实现了!这,是比成为一名作家、一名编审更为重要的人生理想、人生目标、人生意义。此时此刻,他怎能不激动万分呢?!

对于那些为作家书屋捐书捐物捐钱的单位和个人,金兴安都做了详细的记录。

向书屋捐赠图书的个人有回良玉、金炳华、卢荣景、王光宇、孟富林、方兆祥、郑锐、徐文伯、沈善文、张春生、季昆森、欧远方、朱维芳、吴炎武、沈培新、汪家驷、胡冰、张建民等各界领导，更有大量的省内外知名作家、艺术家：王蒙、邓友梅、阎晶明、鲁彦周、金涛、严阵、徐刚、张锲、何建明、廖奔、张炯、高洪波、蒋子龙、贾平凹、周明、傅溪鹏、黄传会、杨静荣、何向阳、郭文斌、李炳银、袁厚春、刘茵、缪俊杰、何西来、顾骧、鲁光、鹿陈、鲍加、张建中、郭公达、陶天月、周彬、王家琰、辛秋水、梁长森、吴雪、王民、韩进、郑可、徐凤梅、胡正义、丁怀超、徐敏、杨红卫、贾兴权、万直纯、刘正功、蒋贤骏、温跃渊、史培刚、施晓静、孙德全、李朝全、陶泰忠、田珍颖、杨匡满、韩小蕙、赵德发、布仁巴雅尔、墨白、贾梦雷、邹人煜、徐子芳、卞国福、金运明、司胜平、李成徽、史中兴、张大伟、杜逵、张涛、马晋乾、秦俊、江长胜、张少敏、孙晓平、冒怀谷、范超、周群、汪朋生、蔡宏淑、刘相如、罗国平、赵尊秀、魏登峰、薛贤荣、曹文益、王玉佩、许道祥、曹有云、章新建、孙淮滨、陈大良、许大钧、董步湘、陈涛、虞翔鸣、詹仕华、彭定安、邹尚庸、黎先耀、彭嘉锡、崔巍、巴一、虞期湘、井石、张国领、郑局廷、王小木、徐昌才等。这些人士少的捐一册两册，多的捐几十、几百册。全国人大常委、教科文卫委员会副主任、中国作家协会副主席金炳华捐赠荣获中宣部"五个一工程"奖和茅盾文学奖的长篇小说计25套、32本。安徽省美术家协会名誉主席、著名油画家鲍加先生先后两次捐赠自己的藏书和自己出版的画册计600余册。

"我就跟你张这一次口"

　　作家书屋的图书借阅分成两大块。一是学校师生的借阅，特别是学生的借阅，开放时间为每星期一到星期五的课外活动时间，凭学生免费借阅卡排队登记借阅。由于借阅学生多，为此，学校又专门安排三名学生会干部帮助维持秩序。

　　另外一大块是农民借阅。当地农民在农历每旬的二、四、七、九日赶集的时间都可以凭免费借书卡到书屋借书、还书。而需要观看农业科技类光盘或阅读报刊的农民，则可以直接到阅览室去观看或阅读。

　　书屋开馆后，金兴安最操心的是管理问题。在他看来，创办书屋难，但管理好书屋则更难。书屋要做到健康有序地运转，还有许多问题要解决，但最首要的是管理的职责。

　　书屋筹办之初，金兴安原以为书屋所在的蒋集中学能委派一位教师来兼管，可蒋集中学本身教师数量就不够，根本无法抽调专人进行管理。更何况，书屋管理员没有一分钱报酬，完全属于义务付出。

　　开始的时候，作家书屋请了一位头发花白的退休教师潘老师当管理员，纯粹属于义务帮忙。为此，金兴安数次向县有关部门提出请求，希望能安排专人管理书屋。

在图书的更新方面，金兴安也想尽了各种办法。一是利用他在安徽出版系统工作多年的便利，积极争取所在单位的支持。二是动员社会力量，如离退休干部、社区的居民等家有多余的图书捐赠给书屋。三是借鉴甘肃和湖南在农村成功创办作家爱心书屋的经验，请中国作协帮忙，恳请中国作协6000多名会员进行个人捐书。

关于如何充分利用书屋这个文化传播的窗口，兴安也有很多的想法。他设想可以不定期地邀请一些人文社科或是农业方面的专家，来给当地的师生和村民们开讲座，让他们增长知识，开阔眼界。

2005年12月20日，在兴安的倡议和推动下，作家书屋举办了第一期读者座谈会。农民代表、师生代表和乡村干部畅谈读书心得与体会。定远县委书记贾朝峰、县委组织部部长金维加、教育局局长王涌泉等应邀出席。《安徽日报》专门派记者进行采访报道。贾书记最后发表感言说："要改变农村的落后面貌，除了招商引资外，更需要在知识上'招商引人'。现在，如果农民没有知识，没有技术，别说致富，可能连致富的念头都难以产生。作家书屋把现代理念和先进知识带到农民身边，无疑对农民脱贫致富大有助益。"贾朝峰的这段话发表在2006年5月2日的《人民日报》上。

2006年1月12日，蒋集乡聘任金兴安为作家书屋馆长，聘请郑锐、吴炎武、鲁彦周、宋长汉、贾朝峰等为名誉馆长。

作家书屋落成后，兴安的"娘家"——新成立不久的安徽出版集团华文国际公司董事长王民帮助免费制作了一千张"免费借书卡"。定远炉桥中学向书屋捐赠了桌椅，邻乡站岗乡捐赠了一台29

寸彩色电视机，炉桥米厂捐赠了一套 DVD。而为书屋捐书的人更是数不胜数。其中既有安徽省级老领导，有著名作家、主持人等个人的捐赠，也有淮南新四军历史研究会、出版部门和地方政府的捐赠。众人拾柴火焰高。作家书屋的藏书迅速增加到了近 3 万册。

2006 年春节期间，金兴安再次来到作家书屋，他欣喜地看到，书屋里挤满了借书的老师和学生。他仔细地看了看，借书、看书的人群中没有农民。一问才知道原因：一是书屋仅有 150 平方米的面积，显得捉襟见肘。四面墙壁的书橱已经占去了大半空间，剩下不大的地方被师生们挤得满满的，连转个身都难，农民们很难挤进来找书看。二是村里的年轻人大都外出打工，在家的老人大都不识字。为解决这一难题，金兴安暗暗思忖，需要盖一个农民阅览室，放一些图文并茂的画册，再通过电视机播放一些养殖业、种植业的科技光盘，有图像、有声音，让那些不识字的农民一看就懂。

201

主意已定，可从哪里再去筹钱呢？

盖农民阅览室怎么节省也得两三万元吧？

在从蒋集乡回合肥家的路上，兴安冥思苦想着。

最后想到妻子老王退休几年了，手里应该有点积蓄，好像听她讲过给儿子结婚攒点钱。

回到家，金兴安试探着问妻子："老王，你手头退休金攒了有多少？"

王同芬是个实在人，想都没想就回答道："有 2 万多。"话刚出口，她似乎意识到了什么，又追问了一句："你问这个干什么？"

兴安笑了笑，却不作正面答复。

儿子金桥谈了一个女朋友，双方相处五六年了，对方看重金桥这个人厚道朴实可靠，两个人眼看着就到了谈婚论嫁的时候，金桥也 28 周岁了。想想自己当年，尽管因为家境贫寒迟迟没有找到合适的对象，但是兴安在和妻子结婚时还不到 30 岁。三十而立，儿子金桥还未成家呢！兴安心里明白着呢，当妈妈的攒些钱是准备着给儿子娶媳妇呢！

但是，作家书屋亟须再建三间房，农民亟须有一间独立的阅览室。

怎么办？怎么办呢？

还是硬着头皮跟老王提吧！

"老王，你看，作家书屋建起来后，中小学校在校生就有 1800 多人要到书屋看书，热闹得很。"兴安故意绕了个弯子。

"这些我都知道。电视里都播了嘛！这下，你的感恩心愿总算实现了吧。"王同芬附和道。

"但是，你知道，那么多老师学生去借书，书屋就嫌小了。农民们想要进去看书挤都挤不进去。现在看来，书屋是建小了。"兴安话锋一转。

"啊？还小啊？不是都有 150 平方米。你捐的那几千本书还放不下吗？"同芬问。

"你是不知道呀！现在，书屋已有藏书近 3 万册了。150 平方米三间屋已经放不下了。再说，书屋连一间阅览室都没有。——因此，我打算再建三间房子作农民阅览室。"兴安提高了嗓门。

"但是，你从哪里去弄钱呢？"同芬关切地问道。

"因此，我刚才问你这几年一共攒了多少钱嘛！"

"我攒的这点退休金，是要留着儿子今年结婚用的。这是我的退休工资，决不能再给你用了！"同芬果决地回答。

"老王啊，我就跟你张这一次口。你知道，建书屋是我这一辈子最大的心愿了！盖房子建书屋，是我感恩乡亲的唯一方式。"兴安苦口婆心地劝说着。

"去去去！我才不听你这一套呢！儿子都快 30 了，女朋友都谈五六年了，还没结婚。你不在意我还在意呢！我还盼着早日抱上大孙子呢！"同芬急了。

兴安也不依不饶："老王，这个事你得帮我。这个梦，你要帮我给圆了。金桥结婚晚个一年半载的没关系。作家书屋耽误了，那将成为我终生的遗憾呐！"

"我不同意！儿子结婚要拖到哪一天？这是我的退休金，凭什么给你用呢？"同芬伤心地哭了。

"这三间房子我是盖定了！你同意我要盖。你不同意我也要盖！"兴安也不肯妥协。

天底下还有这么不讲理的人呀！同芬越想越难过，她哭着躲进了自己的卧室，躺到了床上蒙上被子。

几十年的往事一幕幕地回映在了自己的眼前。

跟着金兴安这个孤儿，自己吃尽了人间的苦头，真可谓是酸辣苦咸百般滋味，唯独没有甜味。自己苦苦地养育两个孩子，苦苦地挣钱，买菜做饭，持家护家。如今，好不容易把孩子拉扯大，各自找到工作，家里买了房子，渐渐地安顿下来。这才过上几天衣食无忧的小康日子？可这个老金，他又要折腾啥呀？你报恩盖个书屋也就行了，已经盖了三间房还嫌不够，还要再盖三间，真是心比天高！可是，你有那个心，你也得有那个能力啊，你也得有那个钱啊！你没钱了找我来要我的退休金，这又算啥本事！

嗨！人啊人！真是做人难！为人母难，为人妻亦难啊！我们都快奔 60 的人了，这么大年纪了，孩子都快 30 了，总不能离婚吧！

唉！

……

一宿，王同芬都在辗转反侧，难以入寐。

仔细想想过去的这30多年，风风雨雨，坎坎坷坷，确实不易。虽无大欢喜，也无大不幸大悲痛。夫妻俩人有时分居，有时团聚，然而彼此的真情却是心心相印。老金这个人呀，倒没有对不住自己的地方。他要盖房建书屋，自己也是能够理解的。他花钱不是为自己，也不是吃掉，更不是打牌输掉。看他为了建书屋，戴着钢板带，吃着止痛药，咬着牙都在坚持。腰那么痛，还坐着公交，有时连座位都没有，来回颠簸，只是为了感恩乡亲回报家乡。也真是难为了他这份苦心！难为了他这个人！

想了一宿，王同芬也渐渐想通了。毕竟夫妻了几十年。彼此的底细、彼此的内心都如明镜一般。

第二天早上，尽管还虎着脸、红着眼，但是，她已经没有了昨天的火气和怒气。

是啊，子孙自有子孙福，孩子晚一点结婚就晚一点吧，就算是为了成全老金。

她虽然不情愿，但还是将自己辛辛苦苦积攒下来的、装在一只信袋里的2.3万元退休金甩给了兴安。

兴安不禁动情："老王，还是你了解我，体谅我啊！我要真心地谢谢你，谢谢你帮我这个忙。"

就这样，直到第二年2007年，耽误了一年的儿子金桥终于娶回了媳妇。而儿子、媳妇也给力，过了一年，王同芬真的抱上了孙子。

拿着妻子给的沉甸甸的2万多元钱，兴安开始了精打细算。

说也巧，当时正赶上合肥"大拆违"行动。那些拆下来的木料、砖瓦都比较便宜，均都堆在城乡结合部等待出售。金兴安便利用周末双休日的时间，坐上公交车几乎跑遍了所有的卖旧料点，反复比较材料的好坏，再三地讨价还价，尽量花最少的钱，买到最好最多的材料。那些建筑房屋所需的木料、门窗、砖瓦什么的，他都一一去"砍价"，然后再雇一辆"蹦蹦车"拉到蒋集去。从买材料到送材料，每一趟他都要亲自押车跟着去蒋集。

在合肥城隍庙，兴安找到了一家卖钢筋的，便请他们定做了20个书架。

书架做好了，兴安要求帮忙送到蒋集去。人家一听说要送货，很不愿意。又得知送货的地方竟在偏远的定远县，路又绕，又不好走，更是不愿意送。兴安急得没办法，甚至提出可以给店家加点运费钱。可是，人家还是不愿意。

兴安很有耐心。他不相信自己想做的事情做不到。于是，他便同卖钢筋的老板聊起了自己的经历，将自己为了感恩乡亲在家乡建书屋的事情一一道来。

那个卖钢筋的老板一下子认出了他："哦，安徽卫视上宣传过你的作家书屋，我知道哩！你真了不起！"

真是不打不成交。就这样，事情办成了。卖钢筋的老板说："我也做点慈善吧！给你把书架全部送到蒋集，就收你一个成本钱。"

从此，俩人还处成了朋友。

钱的总数是有限的，就2.3万元。而要办成的事情却不小，要盖三间房子。因此，兴安恨不得每一分钱都掰成两半来花。每一块砖，每一片瓦，每一袋水泥，每一根钢筋，他都是一块钱、一块钱地去"砍价"。最终，还真让他盖起了三间带走廊的农民阅览室。

兴安从小擅长绘画和书法。他亲自动手，写下了这样一行美术字："放下锄把捧起书本，学习文化建设家乡。"然后，他又自己将字剪好，再一个字一个字地贴到墙壁上去。

有了农民阅览室，蒋集乡的农民就可以在这里读书、看报、看光盘。

乡亲们高兴地对兴安说："我们生活还不富裕，想看书买不起，当地也买不到。搞养殖业经常碰到难题，想找本科技图书实在太难了。现在可好了，图书馆就建在自己家门口。"

兴安不止一次对来书屋的农民说："我们这一代为什么贫穷落后？就是因为没有文化。我们下一代有了文化，学会科学种田，科学养殖，就一定会走出贫困走向小康和富裕"。"你们再看看想想你们熟悉的人，你们身边的人，不管是当官的，还是发财的，哪一个不是因为文化改变命运的？要让你们的孩子好好读书，知识可以改变命运。"

独具特色的"农民读书奖"

    2014 年 3 月 5 日，国务院总理李克强在十二届全国人大作政府工作报告时指出：文化是民族的血脉，要培养和践行社会主义核心价值观，加强公民道德和精神文明建设。要大力倡导全民阅读。金兴安认为，自是全民阅读，当然包括超过半数以上的农民兄弟。否则，全民阅读，从何谈起。我们的农民兄弟怎么阅读呢？农家书屋就是农民兄弟进行全民阅读的最好平台。

    文化是一个地域的灵魂，唯有书香可以让一个地域拥有灵动和气质，唯有书香可以让一个地域拥有精神和富足。全民阅读，书香社会，这是从政府到社会有识之士都无比期待和盼望的。但真正让社会书香起来，让全民阅读起来，在农村，首先要培养农民读书带头人，要有计划地培养一批爱读书，善读书，用好书的读书带头人，让这批读书带头人发挥作用来影响和带动更多的农民参加阅读行列。这方面蒋集镇的领导做出了榜样。镇里明文规定，要求全镇的干部每天要读一个小时书，一个月要读一本书，写一篇读书笔记，并列入年终考核内容。在金兴安看来，蒋集镇领导带头读书的行为必将极大地推动和影响全镇人民的全民阅读。同时，农家书屋在大门两侧悬挂了"倡导全民阅读，打造书香蒋集"大幅标语，院内安排布置了数十块先贤读书的格言和图片等，使全民阅读氛围无处不在，让广大农民读者逐步养成读书学习的好习惯，自觉地把阅读当成一种生活态度，一种精神追求。只有这样才能使全民阅读在广袤的田野上，在广大的农民中生根开花。

蒋集镇农家书屋自 2004 年创办以来，成效显著，成为蒋集镇乃至定远县一大文化品牌。书屋受到了中央、省、市、县各级政府的高度重视，也得到了一大批专家学者的热情支持，他们分别给予的批示、信函、题词是书屋建设强大的精神原动力，也是极为珍贵的史料。蒋集书屋先后荣获了从地方到中央多种奖项和荣誉，被誉为全国第一家农家书屋和全国示范农家书屋。金兴安本人也荣获了"全国新闻出版行业服务社会主义新农村建设出版发行先进个人""身边感动人物""中国好人"等殊荣。但在他看来，这一切成绩都属于昨天。"昨天已成历史，今日焕然一新。"今天怎么办？明天怎么办？蒋集书屋面临着新课题和新目标。为了响应政府全民阅读的号召，也是为了促进蒋集书屋自身的发展和自我完善，金兴安萌发了举办"农民读书奖"的想法。

读书奖不新鲜，但专门为农民读书颁奖在全国并不多见。而仅靠举办一个农民读书奖是远远不够的。金兴安认为，农家书屋还有很多事要做，比如在服务农民读者方面，在逢集时接待好从四方八邻赶集的农民借书还书。比如定期举办农民读者座谈会，请他们谈读书体会和心得，再比如邀请农科专家开讲座，与农民面对面对话，解决农业生产中遇到的难题，等等。举办农民读书奖活动，实际上是在探索和创新体制机制，完善农家书屋建设。

2013 年以来，蒋集镇党委、政府紧紧围绕农业增产、农民增收这一主题，抓住产业结构调整牛鼻子，打造"六个一"农业产业基地，即：一千亩葡萄基地、一千亩油桃基地、一千亩草莓基地、一千亩大棚蔬菜基地、一千亩苗木基地、一千万只林下养鸡基地。特别是在定远县融入合肥经济圈后，蒋集镇审时度势，响亮地提出了"勇当桥头堡，打造合肥后花园，建设美丽的新蒋集"战略目标。在这产业结构调整的征程中，全镇涌现出一大批种植业、养殖业的产业大户，他们先后建立起葡萄种植合作社、林下养鸡养鹅养羊专业合作社、黑猪品牌专业养殖合作社等等，其合作社的组织者、参与者、领导者如熊传运、金其如、蒋华社、金家恒，以及种植能手熊成爱等都是蒋集镇农家书屋最早的读者。他们通过读科技图书，学到了养殖业、种植业技术，用科学指导生产实践，取得了成功。他们的成功经验为全镇的乡亲们脱贫致富树立了标杆。因此，金兴安认为，举办农民读书奖就是要配合和服务于全镇产业结构的大调整，就是要配合和服务于"六个一"产业基地的实施。同时，要利用书屋这个平台大力宣传学习"六个一"产业中的先进典型和先进个人，用身边人身边事，教育身边人、影响身边人、感染身边人，使更多的人投身到"六个一"的产业中来，使更多的人走出贫困，走向富裕。这就是我们举办农民读书奖的意义所在、价值所在。试想，如果每个行政村，每个生产队都有像熊传运、金其如这样的种植业、养殖业大户，那么蒋集镇"六个一"产业就会蓬勃发展，蒋集镇的"特色鲜明、产业兴旺、环境优美、群众富裕"的宏伟蓝图就会实现，美丽的新蒋集就在明天。

为了推动农村的全民阅读活动，充分发挥农家书屋的作用，在金兴安的倡议下，自2014年起，蒋集镇党委、政府决定举办蒋集镇农家书屋农民读书奖、农民读书组织奖活动。此奖每两年举办一次。

2014 年 3 月 15 日，蒋集镇农家书屋首届农民读书奖颁奖仪式在蒋集镇农家书屋举行。安徽出版集团、定远县委宣传部、县文广新局、蒋集镇等方面的有关领导出席颁奖仪式。"农民读书组织奖"和"农民读书奖"的获奖者们欣喜地从金兴安等人手中接过荣誉证书。他们当中，既有如熊传运、金其如这样热衷读书并从书屋受益的致富先行的村民，也有如蒋华进、蒋华社这样组织农民读书，在农家书屋运营过程中做出贡献的书屋管理员。

2016 年 5 月 10 日，蒋集镇农家书屋第二届农民读书奖颁奖仪式在蒋集镇如期举行，获奖农民蒋华社发表心声，表达了对农家书屋的感激："我本来只是初中文化水平，农家书屋使我文化知识不断提高、不断升华，这些年，村里打麻将的人少了，为鸡毛蒜皮的小事争吵的也少了。"

2018 年 5 月 4 日，蒋集镇农家书屋第三届农民读书奖颁奖仪式在蒋集镇如期举行。获奖的蒋集学校学生蒋华兴说："对这个书屋，我有太多太多的情感，太多太多的不舍。农家书屋，是我梦开始的地方。"道出了自己的心声，表达了对农家书屋的感激。

获奖者之一、蒋集社区农民蒋成讲述了农家书屋如何伴他发家致富：

2004 年我到深圳打工，一干就是 10 年。2014 年我回到家乡，看到蒋集镇发生了很大变化，处处充满生机。坐落在蒋集中学校园旁的农家书屋更是引人注目。一天我走进了书屋，院内树木、花草、石台、石凳、小溪、凉亭，真是环境优美，读书的好地方啊！在农民阅览室我看到靠墙的书架上摆满了各种图书，一本《科学养猪》引起了我往日的一件伤心事：我去深圳打工前也养过几头猪，后因猪生病亏了本，还欠了债。心想：当年若能看到这本书就好了。《科学养猪》这本书从猪舍建造到饲料配方再到防病治病都写得清清楚楚，有图有文，一看就懂。我向图书管理员借了这本书。

我从《科学养猪》一书中看到养猪可以发家致富的美景，不服输的我想再拼一拼，再说年迈的老母亲需要我在家照顾，权衡之后，我决定辞去深圳那份不错的工作，回到家乡重新创业。说干就干，我于2014年春天建起了可饲养50头母猪规模的养殖场，当年下崽，一年后出栏800多头。正赶上2015、2016两年猪价高位，我饲养的定远瘦肉猪十分畅销，供不应求。头尾3年时间，创造了200多万元的经济收入。有了钱，还了债，重新修整和扩建了猪舍。至2017年，我饲养的肥猪、母猪、崽猪出栏数达1500多头，成了蒋集镇养猪大户，镇领导表扬我是全镇养殖业后来居上的致富典型。

饮水思源。我之所以在养殖业上取得了成功，首先要感谢农家书屋，感谢农家书屋创办人金兴安先生。我从儿时起就常听到父母给我讲述他的传奇故事：1960年大饥荒，金兴安不幸沦为孤儿，一个吃百家饭长大的孩子通过自身的努力成为一名著名作家，我读过他的儿童文学作品《校园微型小说》，他是我小时候崇拜的偶像。2004年，他为了感恩乡亲的养育之情，将自己多年的积蓄和几千册藏书全部捐献出来，创办了全国第一个农家书屋，免费向乡亲们开放，受到乡亲们的欢迎。金兴安感恩乡亲办书屋的义举感动了我，也感动了很多人，他的奋斗故事一直激励着我，影响着我，我要向他学习，我也要学会感恩。在蒋集镇政府支持下，我申报了定远县黑猪品牌商标，筹划成立蒋集黑猪品

211

牌生态专业养殖合作社。在养殖方式上为分散饲养、统一管理、集中销售。这样养殖既有利于环保，又具有抗市场风险的能力，将为蒋集镇整体经济发展和农民脱贫致富助一臂之力。除此之外，2016年，我们养殖合作社筹备成员向蒋集中学捐赠了学生运动服近百套，并为参加县运动会运动员捐款2万元；2017、2018年春节期间，我们又筹资数万元，邀请了地方戏班子为蒋集镇老百姓演唱传统剧目，向群众奉献了喜闻乐见的文化大餐，丰富了节日的文化生活，受到蒋集镇政府和广大群众的一致好评和欢迎。春节唱戏这一活动我们将继续办下去，让传统戏剧文化丰富老百姓的节日生活。

这次我荣获了蒋集镇农家书屋第三届农民读书奖，非常高兴和激动！我要感谢镇政府和农家书屋给我的荣誉，我要更加珍惜这一荣誉。在镇党委和政府的正确领导下，大家齐心协力、不忘初心，艰苦奋斗，努力把我们蒋集镇建设成为远近闻名的书香之乡、文明之乡、小康之乡、美丽之乡。

另一位获奖者、蒋集学校校长王世红也发表了题为《青春扬帆起航，书屋成就梦想》的感言：

蒋集学校坐落在定远县的西南方，是一所地理位置非常偏远的九年一贯制学校。由于位置偏远，加上农村家庭经济条件的束缚，从而就产生了学生买书难、读书难、借书难的现实问题。而作为正在成长的青少年，读书，可以让他们在有限的时间内汲取人类数千年的光辉成就，传承中华民族优秀的文化传统，书是他们获取知识，丰富阅历的主要途径，对青少年树立正确的人生观、价值观、世界观都有着非常重要的现实意义。

读书的重要、学生对书本的渴望与买书难、读书难、借书难这一矛盾势必就摆在了学校的面前，而拥有 6 万册藏书的农家书屋，正好解决了这一矛盾。

蒋集镇农家书屋本着"背靠学校，面向社会"的理念，这么多年来，每周一至周五的下午放学后都对学生免费开放，寒暑假期间不仅正常开放，还经常开展一些读书征文活动，让孩子们真正享受到了读书的快乐。

农家书屋不仅给孩子们补充了很多的知识营养，开阔了他们的眼界，对我们学校的发展也起到了非常大的启示作用。在此，请允许我与大家分享一下我的一段经历与感受。

记得是 2016 年 3 月 16 日的下午，这一天，是我调到蒋集学校上班的第 30 天，开句玩笑也就是刚"满月"，蒋集镇农家书屋的创始人金兴安先生来到我的办公室，我有幸和金老相识，第一次见面就是两个多小时的促膝长谈，金老的成长过程和书屋的创办经历给了我很大的启发。当时的我正愁于为学校确定一个怎样的办学理念，因为一个学校，必须明确自己的办学理念和方向，才能向着目标前进，才能有发展、有进步，而金老无私奉献的精神、感恩社会的情怀正好给了我灵感，于是我们学校"书香·追梦·感恩"（书香，就是打造书香校园，让学生从小养成良好的读书习惯，在读书中陶冶情操，从而不断提升他们的文化素养；追梦，就是追求美好梦想，只有确定了自己的奋斗目标和理想，他们的学习和生活才会有不竭的动力；感恩，就是感恩幸福生活，让每个学生怀揣一颗感恩的心，在将来学有所成之后成为对家人、对社会、对祖国的有用之人）的办学理念就这样应运而生了。

也正是因为有了明确的办学理念和目标，有了这个"背靠学校，面向社会"的农家书屋为孩子们每天提供阅读的场所，再加上各级领导的关心和帮助，近年来，蒋集学校的各项工作均取得了非常优异的成绩，特别是在2017年的中考中，我们学校有五个学科的人均分都进入了全县前十名以内；在教体系统2017年年度综合考评中，全县37所九年一贯制学校，我校考评总分排名第一。

成绩已属于过去，未来将任重道远，我们将继续利用好农家书屋这一有利平台，"不忘初心，牢记使命"。作为一名教育工作者，我们的初心是教书育人，我们的使命是培养更多的优秀人才，在今后的工作中，我和我的同事们一定会尽自己最大的努力，不辜负上级主管部门对我们的信任和厚爱，不辜负蒋集镇党委对我们的关心和帮助，不辜负孩子们一双双求知的眼神，不辜负家长们望子成龙、望女成凤的美好愿望，用我们辛勤的汗水努力办好蒋集镇人民满意的教育。

第四章

『娘家』鼎力助 善举大接力

『娘家人』的掌声与赞许

王蒙先生和『读书好』

文化温暖的力量无法估量

老师管理员不要一分钱报酬

书屋名气越来越大，华进越来越忙

灯光照亮了一大片土地

『我是冲着金老的精神去的！』

好人献好书，好书育好人

金兴安是一位有影响的作家。他是中国作家协会的老会员。作家协会是他的一个"娘家"。他创建作家书屋是直接受到中国作家协会倡建甘肃临潭作家书屋的启发。作家书屋建成后，金兴安本人和定远县人民政府都曾多次以书面的形式向中国作协的领导汇报和反映情况。

"娘家人"的掌声与赞许

    张锲是新时期改革文学的一位代表性作家。他的长篇报告文学《热流》、长篇小说《改革者》、长诗《生命进行曲》等都曾引起社会轰动。自从 1985 年调入中国作协工作，先后担任过中国作协书记处书记、副主席，中国文联副主席等职务。张锲是安徽寿县瓦埠镇人，曾长期在蚌埠市工作，后曾担任安徽省文联副主席。早在 80 年代，金兴安便结识了张锲，俩人一直保持着较多的联系和来往。1998 年他的长篇纪实《安徽大采风》在首都举行座谈会，也是由张锲亲手操办的。

    作家书屋建成后，兴安给张锲去信，汇报了相关的情况。那时，张锲已从中国作协的领导岗位上退下来，但仍旧担任着中华文学基金会常务副会长的职务。就在 2004 年，基金会也开始在全国倡建育才图书室工程。这项主要面向老少边穷地区的文化扶贫工程实施以来，取得了良好的社会效果。

    作为长年漂泊在京城的安徽游子，张锲对自己的家乡充满感情。当得知金兴安创建的作家书屋开馆后，受到学校广大师生和农民们的普遍欢迎，张锲当即决定，中华文学基金会和育才图书室工程应该助他们一臂之力。这也符合育才图书室工程的宗旨。定远县是贫困县，蒋集乡更是穷困乡，同时又都是革命老区，理应予以更大扶持和帮助。

于是，经过与金兴安的协商，中华文学基金会决定在蒋集乡作家书屋建立育才图书室，向其捐赠近6000册图书，价值12万元。

2006年10月12日上午，73岁高龄的张锲刚刚结束在宁夏西部地区捐书活动，就马不停蹄地带领着一批作家、学者来到蒋集乡，举行隆重的捐书仪式。安徽省委宣传部、省委统战部、团省委、安徽日报报业集团、省文联、省新闻出版局、省出版集团以及滁州市委、定远县委县政府有关负责同志出席了捐赠仪式。

在捐赠仪式上，张锲发表了言辞恳切的讲话。

他对在场的老师、孩子和农民朋友们满怀深情地说："蒋集乡作家书屋早已名声在外，其创办者金兴安同志是我认识多年的朋友。兴安小时候是个孤儿，是家乡的父老乡亲，是家乡的政府将他抚育成人、成才。兴安为了感恩乡亲，把自己的积蓄拿出来，把自己的藏书拿出来，在家乡创办作家书屋，免费向乡亲们开放。其精神感动了中国作协的领导和全国许许多多的作家。我是为感动而来，为感谢而来的。百闻不如一见，刚才看了作家书屋藏书以及书的编号、分类和借阅办法都很有序，看到农民阅览室的农民正在看书、看报、看光盘都很好，看到蒋集中学的孩子们穿着一色校服，生气勃勃地坐在这里感到很幸福。可我小时候就尝够了颠沛流离贫穷饥饿的痛苦。我出生在寿县一个偏僻的村庄里，从小就受到舅父革命家庭的影响。我在解放前夕只有15岁就参加了革命。我是20世纪80年代调到北京工作的。20多年来，家乡这块热土一直令我魂牵梦绕。我是淮河的儿子，是在淮河边长大的，永远不会忘记家乡对我的养育之恩。"

最后，他引用欧阳修《醉翁亭记》里的话"环滁皆山也。其西南诸峰，林壑尤美"，激励同学们要珍惜祖国的美丽山河，好好学习，长大后报效祖国，报效安徽，报效家乡。

张锲的这一席话令在场的人们心潮澎湃，全场爆发出了长时间的热烈的掌声。

金兴安满脸喜悦地接过了由季羡林先生题写的"育才图书室"牌匾。他在答谢词中说："感恩乡亲回报社会是中华民族的传统美德，倾注爱心造福桑梓是我此生不变的追求。"他深有感触地对与会人员说："没有乡政府和蒋集中学的支持，就没有作家书屋，我个人的力量是微不足道的。"他表示，要进一步完善书屋设施，包括院内的长廊、鹅卵石路、石台、石凳等，把书屋办成读书、休闲的好场所，办成蒋集乡父老乡亲的好去处。他有决心和信心一直将书屋办下去。

来自亲人的支持帮助特别重要，来自"娘家人"的掌声与赞许对于金兴安来说，则不仅仅是一种精神的支撑、道德力量的支持，更是一种褒扬与激励。

作为中国作协会员，金兴安总是及时而自觉地向作协有关部门及领导反映自己的创作和书屋创办情况。他是个重情重义的人，因此人缘一向很好。除了与安徽老乡张锲长年保持着友谊和交往外，他同中国作协创作联络部也有着友好的来往，与时任创联部主任的孙德全保持着兄弟般的友谊，时常相互问候。

中国作协也没有忘记这位热心社会公益事业的作家。早在蒋集乡作家书屋开馆之前，2005年7月12日，作协机关报《文艺报》即以《田野上的风景——安徽乡村"作家书屋"赞》为题，在头版位置发表了通讯报道，对金兴安的善举予以了高度肯定与赞美。

2006 年 4 月 8 日，定远县人民政府以书面形式呈文给中国作协党组书记、副主席金炳华，报告作家书屋建设和建成后的使用情况。

3 年之后，金炳华担任全国人大教科文卫委员会副主任时，他仍不忘金兴安在偏远乡村创办作家书屋的事。他在北京亲切地接见了金兴安。5 月 18 日，他又从北京给蒋集作家书屋寄去了一箱沉甸甸的图书。这箱书里收入了 1997 年至 2007 年间获得中宣部"五个一工程"奖以及曾获茅盾文学奖的长篇小说精选，共 25 套、32 本书，包括陈忠实的《白鹿原》、王安忆的《长恨歌》、阿来的《尘埃落定》、曹文轩的《草房子》等当代文学的精品之作、代表之作、巅峰之作和经典之作。

收到这套代表我国文学创作最高水平的珍贵图书，金兴安异常激动。他双手捧着书，动情地对蒋集乡亲们说："金炳华副主席身居要职，工作繁忙，时间宝贵可想而知。可他心中一直关心惦记着我们这个偏僻的书屋。他寄来的这套精品图书，我们将作为镇馆之宝，珍藏好，使用好。把书屋办好，做出成绩，来报答中央领导的关怀。"

2008 年 5 月起，中央文明办开始组织开展"我推荐、我评议身边好人"活动。中央各大新闻媒体陆续创办了《身边的感动》专栏专题。2010 年 6 月 18 日，中央宣传部根据部领导指示，向中央主流媒体《人民日报》、新华社、《光明日报》、《经济日报》、中央人民广播电台、中央电视台、《科技日报》、《中国纪检监察报》、《工人日报》、《中国青年报》、《中国妇女报》、《农民日报》、《法制日报》及所属新闻网站发出《关于葛晓威、金兴安事迹的报道通知》。葛晓威生前系广东省河源市武警四中队副班长，

6月16日在参加河源市抗洪抢险中壮烈牺牲。而安徽出版集团编审金兴安则是"捐赠稿费和图书，在定远县蒋集镇创办农家书屋，受到地方政府、广大村民和中小学生的欢迎"。《通知》要求各大媒体在7月上旬刊播金兴安事迹报道。

7月5日，中央电视台在《身边的感动》栏目，以《金编审的作家书屋》为题，率先对金兴安的事迹进行了报道，时长4分钟。

7月30日，新华社发表了记者熊润频的新闻通稿《金兴安：吃百家饭的孤儿感恩乡亲捐建农家书屋》。

8月4日，《人民日报》在"要闻"版发表了记者何聪的配图报道《金兴安 创办书屋谢乡亲》。

其他中央主流媒体也都相继对金兴安的事迹进行了报道，高度赞扬金兴安为家乡办实事、"知识惠乡亲"的感恩方式。

《安徽日报》、安徽人民广播电台、《新安晚报》等安徽地方媒体亦紧密配合中央媒体的宣传，报道金兴安事迹。

兴安的好友、著名书法家王家琰看了中央电视台的报道后，感慨万分，当即写了一幅条幅赠送给他：

兴安的人生是一挂长长的爆竹，越放越响，最后还放了个大冲。

年底时，兴安把一年来有关自己和作家书屋的情况写成文字材料，专门寄给张锲，并请他转给中国作协党组书记李冰。

2011年元月，李冰给金兴安回信，高度肯定了他的做法。信中写道："你捐出自己的积蓄和藏书，付出许多心血，克服不少困难，在家乡创办了作家书屋，丰富了中小学生和农民群众的业余文化生活，在当地产生了良好的社会效益，你对家乡的热爱和对乡亲的奉献，令人感动！"李冰还赞许他："你在基层乡村的艰苦实践和取得的成就，为我们树立了榜样。"

2014年，金兴安致信即将接任中国作协党组书记的钱小芊，反映自己创办作家书屋的工作进展。9月10日，钱小芊回复道："此前我已知道你办作家书屋的事迹，很是感佩你所做的这些有意义的工作"。同时，他祝愿，农家书屋一直办下去，越办越好，在社会主义新农村建设中发挥好文化建设的重要作用。

2016年7月25日，中共中央宣传部原副部长、中国作协原党组书记翟泰丰给金兴安复信。信中高度评价创办农家书屋之事。"久闻你建'作家书屋'恩报乡亲之讯，甚为感动。"并期待"越办越好，为促进农业现代化作出贡献。"随信还寄来自作诗的书法墨宝一幅。

王蒙先生和"读书好"

2007年盛夏，金兴安又一次被中国作协安排到北戴河创作之家休假。幸运的是，著名作家王蒙先生也在创作之家休假。在10多天的假期里，金兴安多次与王蒙一起散步、聊天，并与他照相，请他题字，度过了一个愉快、难忘的夏天。

王蒙是金兴安几十年来一直敬仰的一位文化名人、著名作家。早在读初中阶段，就被他的短篇小说《组织部新来的青年人》深深感染和感动过，曾不止一次阅读，至今有的佳句他还能记起来。后来金兴安又陆续读过他的《风筝飘带》《青春万岁》等，平时在报纸上、刊物上时常看到他的大照片，印象最深的是他鼻梁上架起的眼镜框里闪烁着的审慎、自信且有神采的光芒。每每看照片时，金兴安心里都在想，什么时候能亲眼见到王蒙先生该有多好啊！但当他在创作之家真正见到王蒙先生时却产生了怀疑，不敢上前认他。

那是金兴安刚到创作之家的第二天早晨，他从食堂吃完早饭出来，迎面碰上两位老者正向食堂走去。走在前面的老先生脚步稳健快捷，气宇轩昂，随后的老太太干净利落，精神矍铄。就在他们擦肩而过的瞬间，金兴安发现了一张熟悉的面孔，他心里揣摩：这不是王蒙先生吗？当他的目光再一次投向对方的背影时又犹豫了起来、半截袖的衬衫、短裤、旅游鞋，腰束一根皮带。陌路相逢的人很难把这身穿戴与当代大作家联系在一起。

随后，金兴安试着向创作之家的工作人员打听。得到的回答是肯定的，正是王蒙先生和他的夫人方蕤女士！

消息不胫而走。金兴安和陕西、山东来的几位作家都想请王蒙在书上签名。可一打听，北戴河还没有新华书店，他们决定乘车去秦皇岛市的新华书店购买。那时书店正在热卖《王蒙自传·大块文章》一书，于是他们每个人都如愿以偿，得到了珍贵的签名书。更使大家引为自豪的是，王蒙的签名很特别，从内容到形式都很别致，他在书的扉页上从右到左书写，而且是竖写，字写得又多。第一行是"感谢某某某同志赐阅"，第二行才是落款签名和年月。大家无不发出感叹，王蒙先生著作等身，才华横溢，儒雅谦和的大家风范是他们永远学习的榜样。之后，他们又请求同王蒙合影，照集体照、个人照，王蒙总是有求必应，有请必到。陕西有位女作家是家刊物的主编，她专门请王蒙为她的刊物题了词。她把题词展示给大家看，脸上洋溢着欣喜之情，边看边解说，王蒙先生如何出口成章，如何提笔飞动，如何一气呵成。金兴安凝视着王蒙的墨迹，也动了心，也想请他为他们的蒋集作家书屋题词。他做了小小的准备，写了两页纸，一页纸简介书屋的概况：2004年他将藏书和积蓄全部捐出来，在家乡创办作家书屋，实行免费借阅，受到当地政府和乡亲们的欢迎；第二页是拟好的几款题词内容。金兴安把这两页纸折好，小心翼翼地带在身上，等待机会。

与几年前相比，北戴河创作之家明显有了很大的变化，原来的平房变成三层楼房，接待厅变得既宽敞又明亮；院内的草坪修整一新，像是铺上了偌大的绿色绒毯；健身器材齐全；大树下摆放着白色的圆桌和靠椅，整个院落景色宜人，错落有致，花红草绿，芬芳沁人。在这里休假的作家们早早晚晚都喜欢在这里走走、坐坐，或在健身器材上活动活动。一天晚饭后，金兴安突然发现在草坪的椅子上，王蒙正坐着与天津的一位老作家在聊天。金兴安走上前去打了招呼，又作了自我介绍，随后将准备好的两页纸递给了王蒙。趁着他翻看的当儿，金兴安向坐在对面的老作家解释说，自己在家乡建了一个书屋，想请王蒙先生为书屋题写几个字。那位老作家点了点头风趣地说："好啊！请王蒙题词，这叫名人效应嘛。"王蒙笑着对金兴安说："要我写字，容我考虑一下。"

225

之后的几天里，金兴安若有所盼，天天晚上都到创作之家的活动室里逛一逛，醉翁之意不在酒，他是想看看王蒙给他题字了没有。创作之家为了丰富作家们的假期生活，特地开辟了一处活动室。活动室晚上开放，有报刊，有电视，还有文房四宝。金兴安每次去活动室，首先就会询问工作人员王蒙先生来了没有。工作人员总是笑笑，摇摇头。工作人员跟他解释说，由于王蒙先生的社会地位和影响，即使在创作之家休假，他的日程也安排得满满的，今天地方官员来拜望，明天新闻记者来采访，后天老朋友来邀请，或是埋头著书，或是急赶约稿，等等。

原来如此！听后金兴安蓦然想起四个字"名人难当"啊！

就在他整理行李，准备返皖时，工作人员给他送来了王蒙的题字。金兴安喜出望外，打开一看，整张宣纸上写了三个苍劲有力的大字——"读书好"，上款为"题乡村作家书屋"，落款为"丁亥夏王蒙"。

三年后，回忆起这段难忘的书缘，金兴安特意提笔写下了一篇短文——《王蒙先生和"读书好"》，发表在 2010 年 10 月 8 日的《江淮时报》上。

文化温暖的力量无法估量

　　金兴安是安徽省新闻出版局和安徽出版集团的员工。他创建作家书屋的义举受到了所在单位领导和职工的交口称赞与热情支持。

　　2005年，蒋集作家书屋还在筹备之时，安徽美术出版社便向书屋捐赠了10包图书。当时郑可在美术出版社任总编室主任，具体负责办理这件事。

　　2006年11月1日，安徽省新闻出版局和安徽出版集团联合行文向国家新闻出版总署和安徽省委宣传部呈交报告，反映金兴安创办安徽省第一家作家书屋的情况。

　　2006年12月25日，金兴安被国家新闻出版总署授予"全国新闻出版行业服务社会主义新农村建设出版发行先进个人"荣誉称号。金兴安赴京领奖，受到了国家新闻出版总署署长龙新民的亲切接见，并在大会上作了典型发言。

　　2007年1月，金兴安参加了安徽省新闻出版（版权）工作会议，在会上再次受到了表彰。

　　2006年，在十届全国人大五次会议上，温家宝总理将农家书屋工程建设写进了政府工作报告。同时，国家新闻出版总署、财政部等八个部委出台了《农家书屋工程实施意见》。2007年上半年，安徽省响应国家统一部署，正式启动"农家书屋"工程，成立农家书屋工程领导协调小组，计划用 5 至 10 年时间，在全省农村逐步建立起"供书、读书、管书、用书"的长效机制，达到书屋阅读条件完备、体制机制相对完善、服务功能不断增强、出版物发行网络延伸进村、农村出版物市场初步形成的基本目标。

2007 年下半年，蒋集乡改制为镇。

2007 年 11 月 2 日，安徽省新闻出版局出版物发行处处长郑永胜一行到蒋集镇作家书屋调研。蒋集镇和蒋集中学领导分别向调研组介绍了蒋集作家书屋创办情况以及创办三年来发挥的巨大社会作用。

在实地考察和听取参加座谈的农民、师生的讲述后，郑永胜深受感动。他认为，蒋集镇作家书屋建得早、起点高、管得好，2004 年就筹建安徽省第一家乡村书屋，2005 年建成 260 平方米的藏书馆和农民阅览室，现拥有 3 万多册藏书，免费向师生和农民开放，借阅办法好。开馆以来社会效益十分明显，蒋集中学中考考入示范中学的人数从 2005 年的 21 人增加到了 2007 年的 78 人。农民通过看科技图书，提高了养殖、种植业的技能，得到了实惠，增加了收入。这一切都说明作家书屋办得好，办得及时，广大农民需要这样的乡村书屋。

在调研中，郑永胜一行同时发现了蒋集镇作家书屋存在的一些实际困难，包括图书更新和管理员待遇等。

回去后，他们专门编写了一期《安徽农家书屋简报》，及时将相关情况向省农家书屋领导小组作了书面汇报。为了使蒋集镇作家书屋更好地为当地广大农民、学生、教师等服务，发挥更大的社会效益，省农家书屋领导小组决定，将该书屋列入安徽省农家书屋总体规划，实行资源共享、互为利用。同时要加大宣传蒋集镇作家书屋的成功经验，以推动和加快全省各地建设中的农家书屋工程步伐。

2007年12月25日，蒋集镇再次响起了阵阵的鞭炮声。农民点燃了爆竹和礼花，庆祝安徽省"农家书屋"落户蒋集镇作家书屋。安徽出版集团当场为作家书屋送来了600册科普等方面的图书。而安徽省体育局则赠送了一副玻璃钢篮球架、四副乒乓球台和一组健身器材。著名诗人、安徽省总工会原主席卞国福也特地带来自己的诗集，捐赠给作家书屋。他说："书就是知识，知识就是力量，也是财富。读书，可以使人们对未来充满信心。我自己也是先看书，再写书，再发挥书的作用。我希望一切爱知识的人都去读它，发挥它的作用，这是我的衷心愿望。"

在农家书屋授牌仪式上，安徽省新闻出版局、安徽出版集团、滁州市、定远县有关领导分别讲了话。郑永胜处长在接受安徽人民广播电台记者采访时表示："把作家书屋纳入安徽省农家书屋建设中去，使它将来在供书上有个很好的渠道。我们同时也想通过作家书屋这个平台，更好地推动和促进全省农家书屋工程建设。"

2008年5月，安徽教育出版社从安徽省新闻出版局大楼搬到合肥经济开发区新办公楼。社领导告诉金兴安："我们要搬家了，原来的旧书柜、桌椅都捐给你的书屋吧！"并说这些旧家具也能卖点钱，但捐给蒋集书屋是在做社会公益，很值得，也很有意义。

2011年1月，金兴安被推选为"安徽省社会主义核心价值体系学与行"宣讲团成员。3月23日，他在安徽省委小礼堂作了题为《感恩乡亲，创办第一个农家书屋》的报告。在报告中，他介绍了自己创办安徽省第一个农家书屋的缘起和经过，介绍了书屋建成后发挥的巨大的社会作用。他尤其着重提到了那些为书屋建设和发展作出贡献的各级领导、亲友和社会组织。

兴安说：安徽省新老领导王金山、杨多良、朱维芳、方兆祥、王光宇、卢荣景、史钧杰、孟富林、郑锐、张春生、季昆森、侯永、邵明等纷纷为书屋题字和捐书。

王光宇已年近 90 岁高龄，亲自下楼找出了 100 多本书，让秘书转交给金兴安。更为感人的是侯永老人，刚从医院手术回到家，腰里还拖着条皮绳，吊着一只导尿的塑料袋，听兴安说要办作家书屋，请他题字，他二话不说，迈着蹒跚的脚步，吃力地拿起笔，写下了这样一幅字：

作家书屋丰富农村孩子的精神生活培育四有新人

金兴安站在一旁看得心里发热，泪盈眼眶。他暗暗下定决心：无论遇到多少困难，一定要把书屋办好！

2013 年 5 月 23 日，安徽省第一家农家书屋蒋集镇作家书屋创办 10 周年座谈会在定远县举行。国家新闻出版总署全国农家书屋工程处处长高烨、安徽省军区原司令员沈善文等出席。淮南市新四军历史研究会、定远县新华书店分别向书屋捐书。

一个月后，安徽出版集团团委倡议，发起了"捐赠一本图书，传递一份真爱，成就一个梦想"的捐书活动。广大员工踊跃参加，仅三天就捐赠了 1200 多册思想性、知识性俱佳的爱心图书。把这些精品图书送到蒋集镇农家书屋，为这里的人们送来了一缕书香。

金兴安对自己的"娘家"——安徽出版集团表达了真诚的感激之情。他说：出版集团团委送来的"不仅是一份爱心，更是一片文化温暖，文化的力量是无法估量的"。

老师管理员不要一分钱报酬

作家书屋建成后，金兴安最担忧的是图书借阅管理和图书更新的问题。

图书更新可以倚重安徽省农家书屋工程，通过政府扶持每年不断更新图书、增加新书，还可以倡导更多的作家、亲友和出版单位等社会组织捐赠图书。而图书管理，则纯粹是一项义务工作，属于公益性劳动。这就需要找到一个热心的人来承担。

刚开始的时候，金兴安找了一位退休老教师潘老师帮忙。但是借阅图书的师生人数太多了，年过花甲且多病的潘老师显得力不从心。

这时，蒋集中学的一位青年教师蒋华进挺身而出，做了一名义务图书管理员。

华进的家和金兴安老家的村庄是邻村。他 1974 年出生在蒋集大队代户，比兴安小 26 岁。华进的父母都是农民。

金兴安是金巷村的名人，华进从小就听说了许多关于金兴安的故事。

华进小时候家里很穷，根本买不起书。从别人那里借到的一本小人书总是看了又看。有时在厕所里见到一张破碎的报纸，将那张报纸片儿弄舒展开了，都要看上半天。

在学生时代，华进就特别喜欢读书。

华进的初中是在蒋集中学上的。初中毕业后，考上吴圩中学继续念高中。

吴圩镇比蒋集乡发达，镇上有一些录像厅、台球厅。华进跟着一些同学出入这些场所。因为贪玩，学习成绩下滑得很快。一度从班级的前三名，下滑到了倒数前三名。

父亲得知后，大发雷霆，狠狠地教训了华进一通。

农村实施承包责任田后，家庭经济状况开始好转，华进才有钱买书看。古典小说四大名著、《钢铁是怎样炼成的》、《平凡的世界》都是这时候读的。

记得拿到路遥写的三卷本《平凡的世界》时，他连续熬了几个通宵，一口气将这部长篇小说读完了。这部书告诉他一个人生的真谛：人是可以通过自身的努力来改变人生境况的。

从此，他洗心革面，一改此前的贪玩习惯，开始专心读书。

一直到工作后，华进都坚持多读书，读好书。二十几年下来，读书从未中断。

1997年，华进大专毕业，被分配到蒋集小学教语文。

2004年，华进因为教学成绩突出，被调入蒋集中学任教，正好赶上金兴安在蒋集筹建作家书屋。因此，他全程见证了书屋的发展历程。

在中学，华进担任了校团委书记，开始时教英语，后来转向教语文，并且兼着远程教育校园工程的管理员。

华进说，每回兴安老师来作家书屋的时候，他都会全程陪同。因为兴安的腰椎不好，华进就搀扶着他。特别是2005年夏天书屋上大梁那一次，兴安吃了止痛药，腰里围着钢板带，额头上的汗珠仍大颗大颗地往下掉。华进一边紧紧搀扶着他，一边为他感到心疼：这位他从小就崇敬的家乡名人，为了完成这项善举，竟然忍受着如此巨大的痛苦！

他劝金老师歇一歇，不用顶着炎炎烈日在工地上一直盯着。但是，兴安却不听从，坚持在工地上，亲眼看着上了大梁，放起了鞭炮。

那一刻，华进注意到，金老师的眼眶湿润了，无声的泪水正混在汗水里，从脸颊上往下滴落。

是啊，这是一个多么激动人心的时刻啊！

华进的心里也充满了兴奋。要知道，那可是全镇唯一的一个书屋——一座小小的图书馆！这对于一所中学，对于他这样一个酷爱读书的人来说意味着什么？

这座作家书屋的仿徽派建筑，十分诱人，在蒋集乡破败的街道和一片灰暗的房子中间，更是显得鹤立鸡群，格外醒目！

作家书屋是作家金兴安为了感恩乡亲捐赠给蒋集人民及蒋集中学 1300 多名师生的一份厚礼。书屋里数以万计的藏书对于广大农民特别是蒋集中学的师生该是多大的一笔宝藏啊！

华进发出感慨：我来当这个义务图书管理员，就没有想到过"报酬"这两个字，教师的工资收入已经够用了。

父母听说儿子当了义务图书管理员每天忙到很晚才能回家，就对华进说：人没有被累倒的、累病的，只有闲出病、闷出病的；农村长大的孩子从来就不惜力，年轻人更应该多干一些，累一些；做人不怕吃亏，凡事不能太计较。

父母的教导和身体力行深刻地影响了华进对待工作和生活的态

度。在日常教学中，他从不吝惜自己的体力和精力。无论吃多少亏，无论受到多少委屈或误解，他都照样做着自己认为该做的事情。浑浑噩噩是一生，多干一些也是一生！

当得知华进老师自告奋勇要兼做作家书屋管理员时，杨校长更是喜出望外。

"蒋老师，你确定要做义务图书管理员吗？"

"是。"华进回答。

"你吃得消吗？你现在的教学任务已经很重了！"杨校长关心地问。

"没事，咬咬牙就能挺住。"华进说。

"而且，书屋管理员纯粹是义务的，没有一分钱报酬的。"杨校长又加了一句。

"我知道是没有一分钱的报酬的。"华进答道。

每到下午课外活动的时候，是华进老师最忙的时候。

开始时，华进一个人负责登记和取书、收还书。每天要借书的同学都有 100 多人，每个人一次限借两本书。华进一个人又要从书架上找书，又要登记，忙得满头大汗，根本无暇他顾。

学生们读书的热情特别高涨。

这个喊："蒋老师，我要借海伦·凯勒的《假如给我三天光明》！"

那个喊："蒋老师，我要借《钢铁是怎样炼成的》！"

这个叮嘱："蒋老师，蜡笔小新的漫画要给我留着呀！"

那个叫嚷："蒋老师，马小跳不要借给别人啊！"

华进一面大声回答，一面要同学们排好队，按顺序借阅。就这样，往往每天华进要多忙两个小时才能回家。

面对每天这样繁重的借阅量，华进经过一番思考，琢磨了一个对策：要改变借书方式，学生不要每个人都跑来书屋借书，可以安排一个班级由班主任或学生代表来借书。班上同学分别需要什么书，登记好了，写在一张单子上，交给老师派专人统一取书，然后分发给借书的个人。

就这样，每天课外活动和放学后，全校 18 个班级，每个班派两名学生，拿着借阅书单来找华进。

每逢集市，作家书屋还要向农民们开放。逢集时，书屋拥来一批又一批赶集的农民借书、还书，华进就更忙了。

那时，华进一家人住在蒋集镇上。他们的独生女儿还很小，刚刚 3 岁。华进的爱人忙着做小本生意。有时，华进便不得不把女儿带到学校来。

放学了，别的老师都下班回家去，可以忙着做饭、做家务、照料孩子了，华进却只能让女儿独自在书屋外面玩。

书屋大门外就是马路。有一次，华进给了女儿一块中午学校食堂做的蛋糕，让她拿着吃，自己便一如既往地在书屋里忙个四脚朝天。

突然，外面吵吵嚷嚷起来，中间又夹杂有接连不断的犬吠声和孩子的哭叫声。华进忙着登记，根本没精力去顾及究竟发生了什么事。

这时，一个学生冲进了书屋，冲着华进大声喊："蒋老师，不好了！"

"怎么啦？"华进抬起头，"你慢慢说。"

"你女儿的脸被狗咬了！"那个学生气喘吁吁地说。

"啊！——"华进吓坏了，将手中的书掉到了地上。

他冲出门外一看。果然，女儿正在"哇哇"大哭。几个学生围着安慰她。另几个大一点的学生正在追打那条狗。而那条狗却毫不畏惧，还在冲着孩子们狂吠不已。

华进赶紧跑上前去，一把抱起了女儿。

孩子们七嘴八舌地向蒋老师"告状"。

原来，华进的女儿吃着蛋糕，有些碎屑粘在了脸上。这条不知谁家的狗看到了，就凑近去。孩子不知道害怕，也不懂得赶狗。那条狗胆子便越来越大，看到孩子脸上粘着的蛋糕屑，竟伸出舌头去舔她的脸。小孩可能是因为受到了惊吓，出于本能，试图用小手去驱赶那条狗。没想到，这狗就咬了她的脸！

"别怕，别怕！让爸爸看看咬到哪里了！"华进的声音都变了。

女儿的脸上流血了，留下了几道明显的抓痕。

华进简直都快气昏了！他恨不得跑上去，一脚踢死那条恶狗！

"赶紧送医院去！赶紧去打疫苗！"跟着跑出来的一位老师提醒道。

对！对！必须立即去看大夫！

华进对那位老师说："你帮我招呼一下书屋，我这就去医院！"

"你赶紧走吧！快走吧！这儿的事交给我。"那位老师连声催促道。

华进蹬上自行车，脚不沾地地送女儿去了镇上卫生院。

医生给孩子处理了伤口，简单包扎了一下，便建议华进赶紧带孩子去县医院。

于是，华进又连忙找了辆车，和妻子一道，抱着女儿连夜赶到定远县医院。

一路上，妻子都在不停地抱怨他："你怎么就不看好孩子呢？

你那书屋有那么重要吗？你怎么那么傻呀？为什么别的老师都不去管，你偏要去管？"

华进只能一个劲地给妻子赔不是。

女儿被狗咬了，他的心里也非常难过。要是女儿有个三长两短，他一定会痛恨自己一辈子！因此，他能够理解妻子的心情。

医生给孩子打了疫苗，重新处理了伤口。

为女儿受伤这件事，妻子没少跟华进生气。但是，她从心底里也能理解忠厚勤快的丈夫：他义务管理书屋，那是因为他想学生们多读课外书，开阔眼界，增长知识。他要使书屋的几万册藏书发挥作用。他做的是一件好事，功德无量的好事，自己没理由不支持他。

这一年的暑假，华进要给所有图书都贴上标签。这件繁琐的工作，华进整整忙了一个暑假。

看到丈夫实在忙不过来，妻子便抽空到书屋去帮他。

在怎样管理和使用好书屋方面，金兴安时常和华进一起商量出招。

为了促进学生的课外阅读，作家书屋联合蒋集中学举办读书活动和征文比赛，每学期举办一次。并组织老师对征文进行评奖，由学校发给奖状和笔记本等奖品。虽然奖品微不足道，但却极大地调动了学生们的阅读热情。

2006年，金兴安又出资加盖三间农民阅览室。华进忙前忙后，帮助招呼工程队。

阅览室建好后，正值酷夏，他和兴安俩又紧接着对阅览室进行布置。兴安自己按照山墙比例写了十六个美术字——"放下锄把捧起书本，学习文化建设家乡"，一一剪好。

237

华进搭了一个木架子，一边扶着它，一边看着兴安爬上去用尺子按比例画好方格位置，再一张一张地拿着剪好的字，贴在画好的位置上。阅览室里没有空调，电扇也还没买，两个人热得汗流浃背，却忙得不亦乐乎。

为了方便农民借阅，华进把自己的手机号码贴在作家书屋的大门上。农民乡亲如果来借书遇到书屋碰巧没开门的话，就可以打电话叫他过来。平时，他们也可以提前打电话，跟华进约好时间再上门来借书。

在每旬四天的赶集日子和农闲时节，华进总是按时打开农民阅览室，农民们随时进书屋里来观看农业科技类光盘和杂志。

同时，书屋还将一间房子专门辟为留守儿童之家。

华进一个人兼着书屋管理员和留守儿童之家管理员。那些留守在家的学生可以集中在这里读书，看报，可以写下自己对爸爸妈妈的思念之情，粘贴到墙壁上，形成了一个"留守儿童之窗"专栏。孩子们还可以利用安设在这里的电话，每周与远在城里打工的父母免费通一次爱心电话，让父母了解孩子们在学校学习和生活的情况，也了解孩子们对父母的思念之苦。

学校教师人手紧张。后来，华进又被指派兼任学校会计，负责全校 50 多名教师的工资、福利以及学校各种日常开支的账目，任务越来越繁重。他渐渐地感到体力和精力都开始吃不消。他明显地憔悴了。

书屋名气越来越大，华进越来越忙

　　蒋集作家书屋的名气越来越大。从省里到市里，从市里到县里，从出版界到文学界，从各界的名人名家到新闻媒体记者，经常有人到作家书屋来，或为视察，或为调研，或为捐赠，或为参观学习，或为宣传报道。

　　蒋集作家书屋每一年都会有一两次重大的活动，都会有中央、省市县有关领导和名家学者来书屋。于是，做好接待工作便成了华进的又一项主要工作。

　　这，又在无形之中大大增加了华进的工作负担。

　　有时，遇到学校的教学和事务繁重之际，又赶上书屋有重要活动，华进常常感到力不从心。金老师一来，他几乎都要全程陪同搀扶。嘉宾来了，他还要负责一一介绍书屋的情况，因为他见证了书屋创建历史和发展历程。心里揣着一本明白账一清二楚。然而，他毕竟没有三头六臂。尽管年轻，他也开始应对不暇，疲惫不堪。

　　有好几回，他都想对金老师说，自己快坚持不住了。有几次，话都到嘴边了，但是，一看到忍受着腰椎剧痛、额头上不断冒出粒粒汗珠却仍在咬牙坚持的金老师，他就又把话咽了回去。每到这时，他就不由自主想起金老师小时候的故事，父母双亡，他一个人孤零零地住在大猪圈里，那是真苦、真伤心啊！

通过与金老师多年的交往，华进越来越敬佩他。交往多年后，他慢慢地了解到了金老师的人生经历。华进发现，自己的耐力还是远远不如他。金老师为了办书屋，冲破了太多的阻力，克服了太多的困难，创造了太多的奇迹。如果说，自己作为书屋的管理者确实很辛苦、很不易的话，那么，金老师作为书屋的创始者、操作者、组织者、践行者，那就更加不易了！

与金老师接触得越多，华进的敬佩之情也增加得越多。

兴安说："华进和我是心心相印，心有灵犀啊！"

此语信然。

华进确实可谓是金兴安的知音。他完全了解兴安的心思，了解并且理解他的良苦心思，并且竭尽全力来成全和完成金老师的夙愿。

有时，在蒋集忙得太晚了，兴安便住在华进家里。他总是鼓励年轻的华进要不断上进、发展。两个人谈心经常都要谈到凌晨两三点。兴安给了华进很多有益的人生启示。

华进长年累月心甘情愿地担任蒋集作家书屋义务管理员。开始时，有的人还怀疑他有所图，想出风头，怀疑他是一时冲动，干不长。

有的人当面问他："你当这个管理员，图个啥呀？"

有的人则在背后冷嘲热讽："整天跟在金兴安背后，像个跟屁虫似的，是想出名吧！"

华进一概报以无奈的苦笑。

知我者谓我心忧，不知我者谓我何求！

人，是为了自己活着，是活给自己看的，而不是活给别人看的。

父母不是一再教育自己：人最怕的是偷懒、惜力、畏难和不能吃苦吃亏；人活着就是要劳作，就是要多做事；不要管别人怎么说，只要你认为自己是对的事，就要义无反顾地做下去。

时间长了，人们终于渐渐明白，华进确实什么都不图，不为名，不为利，就是一心帮助金老师办好书屋。

最终，大家得出了一个结论：华进这人太傻了！只有傻子才会心甘情愿去干这些没有回报的事情！

华进也听到了不少这样的议论。但是他释然泰然，依然如故。

一个人时，他也会想想自己所做的这些事，自己这么多年为书屋无偿付出的心血和精力。他也会无奈地摇摇头，在心里对自己说：是啊，我是傻！我是有点傻！

然而，难道世界不正是由傻子创造、由傻子推动的吗?! 记得鲁迅先生就曾说过这样的话。

我们太多的中国人就是太精明了，事事斤斤计较。凡是涉及个人利益的都要锱铢必较，而对于那些公益性的、义务性的工作，却乏人问津。这是一个国家一个社会文明素质还不高的显著标志。其实，谁都知道管理书屋这项工作很有意义、很有价值，也很重要，但是你要让一个人长年累月地、无偿地去做这件事，几乎没有人会愿意。果真有人心甘情愿地去做了，却招来了各种冷嘲热讽或是不屑与不解。

面对这些，华进只有无奈，只能无语。

从金老师的身上，他感受到，人在做一件事，不能太过计较付出与所得的对应关系，正如高尔基所言：给予永远比索取更快乐。

能够做着有意义的工作，能够帮到别人，这便是自我价值的一种实现形式。价值的实现，未必都要以货币作为衡量单位的。

好消息是伴随着 2014 年春天一起来到的。

这年春节过后，安徽省委常委、宣传部部长曹征海来蒋集农家书屋视察，明确指出：蒋集农家书屋的成功经验总结起来就是 8 个字——背靠学校，面向社会。

华进心想，曹部长的水平就是高，8 个字就把蒋集书屋创办 10 年的管理经验概括出来了。而更令他感动的是：在这次视察中，部长提出，要给书屋管理员支付一定的劳动报酬，首先就在定远县搞试点！

于是，从那时起，蒋集镇和定远县便被列为安徽省农家书屋示范点，对书屋管理员实行补贴，每人每月补贴 400—800 元不等。

补助的钱虽不多。但是，这也是一种价值的体现，是一种肯定与激励。

义务当管理员的 8 年时间里，蒋华进老师收获最大的是，读了几十部收藏在书屋里的文学名著。而每到周末，他总要带两本书回家。除了自己看外，还吸引和影响了女儿阅读。

女儿从小就爱读书。这可谓是一个"种瓜得瓜，种豆得豆"的结果，是一个水到渠成的结果。

喜欢读书的女儿在学习上根本不用父母操心。2015 年女儿已经 13 岁了，在定远一中上初一。从小培养起良好读书习惯的她，成绩始终保持优秀。

忠孝难以两全。华进的父母生活在乡下。因为书屋繁忙，华进常常一个月才能回一两次老家去看望父母。他为此而感到愧疚。

后来父亲听说华进一直忙于书屋的琐事，不但不埋怨他回家次数少了，反而大加赞赏。他问华进："你帮我看看你们书屋有没有教人养鸡方面的书？如有，下次回家带给我看看。"

父亲初中毕业，在村里算是个文化人。他是个爱钻研和经营的人，开办过砖瓦厂。

看了养殖方面的书，他又雄心勃勃地养起鸡和猪来。很快，他养的鸡就达到了两三千只，一下子父亲成了全村乃至全镇都有名的养殖大户。平时爱读书、爱学习，他养的鸡死亡率极低，一年只有十几只。2014 年 2 月 13 日，《人民日报》刊登有关蒋集作家书屋的报道，配图照片就是华进的父亲和其他两位农民在读书的情景。

2012 年，定远县教育局通过定向考试，并面试成绩优良拟提拔华进为郭集学校副校长。

当人事部门找他本人征求意见时，华进感到特别为难。

要自己离开蒋集中学，离开农家书屋，他实在心痛，实在割舍不下。这所学校，特别是这所书屋，倾注了自己太多的心血，说是"我把青春献给你"也一点儿不为过。华进做义务书屋管理员一干就是 8 年。书屋给了他充实感，给了他满足感，也给了他欣慰和愉悦。在书屋，他永远都是累并快乐着。

经过了近一个月的纠结权衡，他终于接受了上级的任命，同意到郭集学校任副校长。

但是，他要找到接替自己的书屋管理员。

他首先想到了自己多年的搭档——现任校团委书记谢发齐。这是一个热心、肯干且不说多话的人。

事情与想象的一样顺利。发齐老师接受了这份额外的工作。学校领导也批准了。

那么，余下的事情就是向金老师提出请求了。

华进再一次感到很为难。

毕竟，8 年了，他和金老师已经达成了一种默契，达成了一种无言的承诺。那就是，他会全心全意地帮助金老师把书屋办好，并且一直办下去。

兴安对他也是充分信任。在许多场合，兴安都这样说过："没有蒋华进老师，没有他 8 年的坚守和义务付出，就没有蒋集书屋的今天。"

在华进看来，金老师的这句话便是对自己最大的肯定、最大的褒奖。

然而，人间长筵，终有一散。两情若是久长时，又岂在朝朝暮暮？海内存知己，天涯若比邻。

华进委婉地向金老师说明了情况。

兴安一听说县教育局要提拔华进当副校长，当即明确表示支持："这是大好事啊！去！一定要去！书屋我们另外再找人来管！"

华进告诉兴安，已经找好了接替自己的人。

"好！那是最好不过了！"兴安激动地说。

"华进你考虑得很周到啊！你什么时候去郭集报到？"

"调令早就下来了。"华进回答，"去之前我会把书屋的工作交接好。金老师请您放心啊！"

"好好好！那是太好了！"兴安在电话里"呵呵"笑着，大声说，"哪天我到蒋集去，专门为你庆祝庆祝！"

"谢谢金老师！我人虽然调走了，但只要书屋这边有需要，有用得上我的地方，我一定随叫随到！"华进又补了一句。

"好好好！你对书屋的感情那绝对不是一般的。华进啊，没有你，就没有书屋的今天！我要真心地谢谢你啊！"兴安也动情了。

2013 年 5 月 23 日，蒋集镇农家书屋（作家书屋）创建 10 周年座谈会隆重举行。

那时，华进刚刚调到郭集学校不久，事情千头万绪。但是，一听到兴安招呼，希望特别了解熟悉情况的他能回蒋集参加书屋创建 10 周年座谈会，并为与会领导、嘉宾介绍有关情况，华进二话不说就答应了。

这一天，华进像以前一样，早已迎候在书屋门前。唯一不同的是，他的脸上还带着沉沉的悲伤。

兴安与他握手时注意到了华进右臂上戴着的黑袖章。

"华进，真对不起！我不知道你家里有事情！"兴安十分歉意地对他说。

"没事，金老师。我爸爸去世三天了。"华进压抑着悲痛，低声回答。

兴安连声说："谢谢，谢谢！"眼圈也红了。

接着，一群嘉宾来了。华进像个娴熟的导游一样，引领着来宾参观了书屋。边参观边讲解。随后，在座谈时，他又详尽而准确地向来自北京、合肥、淮南、滁州、定远等地的领导和新闻媒体介绍了书屋开馆 10 年来接待读者的情况、师生和农民们从阅读中受益的情况。他的讲述生动形象，既有典型事例，又有精确的数字。

来宾们听了，都频频点头。

然后，与会者发言。

最后，是金兴安致答谢词。

兴安说："我要向大家郑重地介绍刚才发言的蒋华进老师。可以说，没有华进的努力，就不会有书屋的今天。他在书屋默默无闻地坚持做了 8 年的图书管理员，没拿过一分钱报酬。去年冬才调到郭集学校当副校长。"

停顿了一下，仿佛是在压抑着某种情绪似的，兴安又接着深情地说：

"我今天早晨见到华进才知道，他父亲三天前刚刚去世。但一听书屋举行创建 10 周年座谈会，中央、省、市、县都有领导出席，需要他来介绍情况，他二话不说——就从家里赶来了！"

说到后面，兴安的声音有些哽咽了。

在场的嘉宾静静听着，发出一阵惊叹声，继而热烈地鼓起了掌。

在掌声中，华进站了起来，再三地向各位来宾鞠躬："谢谢！谢谢！"

这座小小的书屋凝聚着大家共同的情感！因为它是有价值的、有意义的，尤其对于蒋集这样一个经济落后、文化贫瘠的偏远乡镇！

到郭集学校上任后，华进看到学校里没有图书室，感觉很遗憾。在蒋集农家书屋兼职管理员 8 年经历，让他感受到阅读对于师生们非同寻常的意义。于是，他开始极力推动郭集学校也创建起自己的书屋。

在县教育局和校领导的支持下，郭集学校里建起了一间书屋。

华进将蒋集书屋的管理经验也推广到了郭集学校。

2015 年 4 月，我见到了蒋华进老师。

这是一个中等身材、体型壮实的人，方脸大耳，三七分开的短发，眉宇之间传达出一种坚毅与果决。他穿着一件竖纹条绒外套，西服领，内穿一件棉质小格子纹衬衫，显得沉稳而敦厚。

在谈到 8 年担任蒋集农家书屋义务管理员的经历时，华进满含感情地说:"这8年对我的影响很大。一是,做事要努力去克服困难。无论多么辛苦,困难有多少,都要咬牙坚持住。蒋集农家书屋这件事情做得非常有意义,我认为很值得。二是,我从金老师身上学到了很多东西,比如耐力和决心,比如克服重重阻力去做好自己应做的事。我管理书屋期间,有人说风凉话,说我图名,跟在金老师后头有什么什么好处。对这些我都不以为然,根本没放在心上。多做点事吃不了多大亏,为的是赢得一个好的口碑。我到郭集当副校长,同事都说我不像个领导。8年管理员的工作经历,已经让我能够做到宠辱不惊,心态更加平和。三是,读书也给我浮躁的心态降温,更加平静泰然。蒋集书屋对于一方百姓、对于学生们的学习和成长发挥的作用很大,真可谓是知识改变命运。蒋集书屋产生的社会作用非常明显。它的经验后来得到了复制和推广。"

谈到读书的好处,华进深有体会地说:"一是,书是原汁原味的,电子产品比不上纸质书籍,音像更像是快餐文化产品,其营养是经过加工的。二是,读书对于中小学生文化素质的培养很重要。学校课堂和课本上教的内容只占一部分,其他的像德育、美育、综合素质方面,更多的要依靠阅读来实现。三是,读书对提高个人素质和修养很有必要。这是其他方式代替不了的。"

虽然离开了蒋集,但他还保留着蒋集农家书屋的借阅卡。有时候还回去借两本书看看,也带给女儿看。他仍旧还是蒋集书屋的一名普通读者。

对于农家书屋的发展,华进也提出了自己的几点看法和建议:

"农家书屋要发挥作用,关键是人,首先是要选好管理员。管理员要有高度的责任心。其次是要健全制度,实行规范管理。要有因地制宜有效的管理办法和制度,对管理员要有明确的要求、规范和约束。其三是书的来源一定要多渠道，要海纳百川，发动社会力量，支持书屋建设。其四是要继续利用好学校这个平台，利用村委会来宣传发动，做好引领作用，鼓励和培养农民读书带头人。让广大农民读者逐步养成自觉读书的好习惯，把阅读当成一种生活态度，一种精神追求。"

灯光照亮了一大片土地

金兴安的感恩报恩举动犹如星星之火，在家乡和他的亲友们中间造成了"燎原"之势。人们纷纷从他的行动中受到激励，参与到感恩家乡、回报乡亲的善举中。

金巷村年轻一代的代表金林便是这样的一位。

2015 年 3 月 7 日，我见到了金林的父亲金琪高，听他讲述他自己和金林的故事。

金琪高刚刚从深圳帮助儿子金林照看完孙子回到合肥。他很满意，儿子给他生了两个孙子。大孙子已经在华东理工大学上学。小孙子在深圳小学上四年级，成绩总是排在第一名，他经常"苦恼"地问爷爷："我老是考第一，没有对手，这可怎么办呢？"

金林是蒋集中学 79 级校友，1982 年毕业。1985 年从定远一中考上上海交通大学，学自动化专业。70—80 年代初期，蒋集中学还不叫中学，而叫"蒋集农业中学"，简称"蒋集农中"，是由县里直接管辖的。70 年代搞开门办学，到处都以农业为主，学生也要学农、支农，定远县教育局搞了一所农中，当时的蒋集公社党委书记郑有德把它搬到了蒋集集镇上来。蒋集农中除了校长是公办教师外，其他教师大都是民办教师。

金林毕业后，到省城合肥去找金巷村的前辈金兴安，请他帮忙安排工作。后来，他分配到了蚌埠。90年代开始下海做企业，事业越发展越大。目前，他已拥有一家自己的公司——深圳泰昂能源科技股份有限公司，从事电力智能、电力自动化控制等业务。公司在无锡有一家分公司，生产基地建在安徽绩溪。

金林事业发达之后，没有忘记尚处于贫困中的父老乡亲。他的公司目前共有员工500多名，其中有一半都是从家乡带出来的。这，既帮助了他们就业，又为乡亲们共同致富开辟了一条道路。

在提到金林时，金兴安连说了几个"了不起"，称他是当代大学生的杰出代表，言语之间透露出无尽的赞赏之情。

2006年年初，金巷村村民自发修筑从蒋吴公路通到村子里的水泥路。兴安捐了2000元。远在深圳创业的金林慷慨解囊，捐了2万元，是捐款修路的数十位乡亲当中捐钱最多的。

在金林和兴安的精神感召下，村民们纷纷有钱出钱，有力出力，参与修建这条造福桑梓的乡村道路。

3月22日，这条长约2000米的水泥路修成。路宽约4米，可容两辆小汽车互通。金巷村委会专门在村道入口处矗立石刻碑，记下了金林和金兴安等人捐资修路之义举。

在获悉金兴安无偿为蒋集创建作家书屋的消息后，金林也向蒋集镇捐赠了6000册《弟子规》，分送给全镇乡亲。

2014年12月23日，阳光明媚，天气晴好，蒋集中学人的心情更好。上午11时，由该校校友金林捐赠的10盏太阳能路灯从合肥运进校园，并立即进行安装、调试。

这10盏灯的购置、安装、调试费用全由金林承担。而且灯的配置很高，主要配件蓄电池还是他从深圳精心选购，发给合肥厂家的。

下午 5 时，安装调试结束。

当天夜晚起，蒋集中学校园内即灯火通明，师生们个个喜笑颜开。

原来，身为深圳泰昂能源科技股份有限公司董事长的金林，始终不忘母校。2012 年 8 月 4 日，他与同班同学 39 人回母校举行毕业 30 周年纪念活动，同时看望校领导和老师，了解母校的发展情况，随后即为母校捐赠了一批球类体育用品。这次，他又怀着一颗感恩之心，向母校捐赠了 10 盏太阳能路灯，使母校校园亮起来，给校园增添了一道亮丽的风景。

在谈到儿子金林所做的这些善事时，金琪高很满意，也很欣慰。

有其子必有其父。金林今天的成功与善举固然受到了兴安的感召与影响，但来自父亲的影响可能更直接。金琪高是一个心地善良、正直，富于传奇色彩的人物。在陪同兴安和我去金巷村采访的车上，金琪高向我娓娓讲述了他的人生经历。

我和兴安叔同岁，从小就是同学。我喊他爸爸叫四爷爷，他老婶（妈妈）是我四奶奶。兴安成了孤儿后，生产队将废弃的大猪圈给他住。我和金兴安出生在同一村，我们一起长大，一起上学，一起度过那些十分艰难的岁月。多年来，我们全村到处传颂着金兴安的人格和爱心，他的行为教育和感动着许多人。是的，感动在召唤，爱心在传递，人格魅力在闪光。他就像灯塔一样引领人们向善向上，的确有一种强大的无形力量催生着我们对人生意义的独特领悟和坚守。我就是最大的受益者。在他的动人事迹感召下，我决心以他为榜样。我清楚地记得，1972 年他离开大猪圈去"五七大学"上学时语重心长地对我说："村子里那么多失学儿童，你把他们组织起来，办一所乡村小学校，教他们从小读书识字。"他走后不久，生产队派工把他住的那间猪圈收拾出来。利用这个猪圈，我开始在村里自发办学，把村里的孩子们集中在大猪圈里，自己动手搭建土桌凳，编写儿歌故事，真可谓土桌土凳土教材土娃娃。我给它起名叫"红儿班"。开始时有 16 个学生，后来发展到了 60 多个。

虽然困难重重，但我一想到金兴安，想到他的希望和重托，就浑身充满力量。他一个孤儿都能做到的事，而我有母亲，有兄弟姐妹，一定能克服困难坚持下去。

就这样，我一个人义务干了三年，没要国家一分钱。生产队每天给我记 9 工分。三年后，学生多了，生产队又从邻队找了位退伍军人来给我帮忙。但是他不会拼音，教不了语文。我爱人和老母亲都支持我义务教学。那时，我已经有了一个大儿子和两个女儿。

1973 年冬天，滁州地区派检查组到定远县检查农村扫盲工作情况，来到了蒋集公社。那时，农村基本没人从事这项工作，即便有所谓的"扫盲班"也只是做做样子。于是，公社领导要成绩，便把检查组带到了我那里去看。我那个"红儿班"正好可以算是扫盲班。我就上了一堂课，让学生们表演节目给他们看。我中学时参加过学校文工团，能唱会跳，同时也爱好一些民族乐器。学生们跟着我学会了一些歌舞。

检查组看了以后，很感动，说："这才是真正的扫盲班！这才是真正帮助农民子弟学文化啊！"

了解到我长期都是自发办学，连个民办教师都不是后，检查组的人更感动了。他们把我带到了公社，质问领导："这样优秀的人才，你们为什么不给他报民办教师?!"

其实，这也不能完全责怪当地政府。因为我有一个亲叔叔，1949年，国民党就要失败了，就差两天半定远就解放了，我这个叔叔被抓去当了国民党两天半的伪军。解放后，他先后在邻村和本村当大队干部，原则性特别强，家里连一间像样的房子都没有，连一只箱子、一张木床都没有。房子都是高粱秆盖的，又低，又矮，又小。但是，在"文化大革命"前期，极左路线盛行，我这叔叔便被戴了帽子，称他是"坏分子"。受到他的牵连，我的政审一直都过不了，说是社会关系说不清，也上不了大学。

这一次因为有滁州地区来的检查组的干预，县里允许我参加民办教师选拔考试。

考了数学、地理等科目。然后给我发了一个表，填上了。到1974年1月，我便拿到了每个月7元钱的民办教师工资。有了工资，生产队就不给记工分了。其实，每月7元钱比工分值高多了。那时候，一天的工分也就折合0.17元，没办法生活。

1972年到1973年两年时间里，我在金巷村培养出了60多名小学生。真是功夫不负有心人，1985年，这个小小的村庄破天荒一下考上了3名大学生。左邻右舍的乡亲们都称道说："大猪圈飞出了金凤凰!"

因为教得好，附近生产队的，乃至外乡的，像北边卜店公社、东边站岗公社的孩子都送到我这里来念书。于是，大队书记就让我上大队小学去当校长。

1974年到1982年年底，我就在大队教书。那时，学校学生增加到200多名，4名老师。教室不够用，我们就自己打土坯，自己盖房子。

1979年，因为一些老教师去世，自然减员，空出了一些公办教师的位子，要举办民办教师转为公办教师的考试。全县一共有60个名额。

兴安叔在定远党校得知这一消息后，连夜专程跑回金巷，告诉了我，让我去参加转正考试。

那时候，我在金巷办学的事在全公社影响很大，大队小学连续三年夺得全公社第一名。我亲叔叔也已经平反，我的"政审问题"不存在了。

1979年秋天，我去县里参加了转正考试。

考完后，兴安叔去找管考试的人。人家不给看分数，只告诉他我考了第17名。因不通电话，他只好再跑回来告诉我，没事了，考上了。

转为公办教师后，我的命运改变了。

蒋集中心校的校长也看中我了。中心校80多人的毕业班，语文老师退休了，一直没有找到合适的教师，已经停课十几天了。我考虑到大队不会放我走，家庭也不让走，在大队教书，照顾家里也比较方便，就不打算去中心校教书。

没想到，公社党委书记亲自找到我家，严厉地对我说："你现在是国家的教师了，要服从国家调配！不是你想去哪里就去哪里，也不是你不想去哪里就不去哪里！下级服从上级，全党服从中央！"

没办法，我就调去了。

我是1983年调到蒋集中心校的，干了三年。那三年实在是太累了！我一个人除了教书，还要兼学校会计，管财务，兼班主任、教务、总务负责人。外面来人接待，学校总结报告，教师发工资，等等，我都要负责。

1985 年，我儿子金林考上了上海交大。

正巧，这时我在炉桥中学读书的原班主任调到了县教委工作。炉桥那里的环境和人际关系我都熟悉。

于是，我便申请调到炉桥镇去任教。

我是 1986 年调到炉桥二小的，住在学校里，一直坚持着做好事。还发动和组织学生到当地敬老院帮助老人。到年终，我被评为优秀教师。我说：我刚调来不久，怎么给我评呢？学校许多老教师都比我做得好，我不能要！1987、1988 年，优秀教师还要评给我，我都坚决不要。

到了 1989 年，我再也无法推脱，大家一致推选我。领导说："他几年都不要，今年就是他，不用征求意见了！"——那时候，谁也料不到材料会报到中央去。

学校把评我为优秀教师的材料报到了县里。县教委负责优秀教师评选的人事股长叫周恒顺。他认识我多年，对我的情况一本清。他说："上报的材料不用他写，我自己来写！"

县里报到了滁州地区。地区又报到了省里。

这时，兴安叔已调至省城报社工作。他得知消息后，主动帮我去打听。

省教育厅告诉他："优秀教师名单上有金琪高这个人，我们马上向国家教委报！"

就这样，1989 年，我被国家教委授予"全国优秀教师"称号。

不久，公安民警给我打电话说："你已评上全国优秀教师，家属都可以解决非农户口。"

1990年，我的妻子和两个女儿都转为了城镇户口。

我找到镇长。我说："你光给个碗，不给饭啊。"意思是希望镇上能够安排一下我家属的工作。

镇上照顾我，让我家属到镇政府招待所去上班。

在数十年的教学生涯中，我落下了腰椎间盘突出、椎骨膨出的毛病，脚麻木，颈椎无力。本来，我是可以到2007年退休的，但我提前到了2005年。

1986年离开蒋集和金巷村以后，家里就不再种地了，我也很少回金巷村了。

这几年，儿子事业发展得比较好，帮我们老两口在合肥市里买了套房子，非常孝敬。他在深圳开了两个小公司，去年又多次去美国考察，2015年年底在美国也注册了一家公司。

我本来在深圳带小孙子，兴安叔总是不停地打电话催我回来做公益。这不，一过了正月，我就回来了。我和兴安叔想要在晚年再做点事，留给后人。再不去做，恐怕就来不及了。

"我是冲着金老的精神去的!"

2014年年初，在刘延东副总理批示之后，安徽省委和省委宣传部领导高度重视蒋集镇农家书屋的典型示范作用。省委宣传部部长曹征海亲临书屋视察。

7月10日，安徽省新闻出版广电局授予蒋集农家书屋"安徽省'第一家农家书屋'"称号。局长郭永年在授牌仪式上讲话，明确提出，定远县蒋集镇作为全省唯一的公共图书服务体系试点乡镇，要积极做好农村公共图书服务体系的试点工作，要不断探索和总结书屋管理、使用的新措施、新办法、新经验，取得成效后向全省复制和推广；要把蒋集镇农家书屋打造成全省乃至全国一流的农家书屋，形成安徽文化品牌。

在安徽省新闻出版广电局的支持下，蒋集镇农家书屋决定进行扩建改造，计划将书屋建筑面积由原先的260平方米扩大到600平方米，建成藏书室、阅览室、皖版图书室、名人名作室、电子阅览室和书屋陈列馆。使读者既可以借阅图书，还可以在这里聆听各种文化讲座和科技报告，可以随时上网查询资讯和浏览网页。

整个工程总预算在100万元左右，省出版局划拨了50万元经费，其余经费由蒋集镇自筹和社会资助。

在蒋集镇农家书屋的北面有一栋两层小楼。这是蒋集村村委会办公楼。为了扩大书屋面积，蒋集镇政府决定，将蒋集村村委会迁往别处，另外择地重建，由镇政府给予资金支持；将村委会办公楼腾出来，重新装修，辟为书屋一部分。

一听兴安说蒋集书屋还要再扩建一倍，老伴王同芬急了："你这么大年纪，都快70的人了，你就别再跑了！你身体又不好，腰椎突出，肩周炎，高血压，心脏不好，脑供血不足，膝盖半月板也有问题。不要再参与书屋扩建的事了，年龄不饶人，身体不饶人，不能再搞了！"

兴安回答："那怎么行呀！中央领导这么重视，希望我把感恩乡亲办书屋的路一直走下去，用知识和文化带领乡亲走向小康和富裕！"

"书屋扩建，事情多着呢！资金又不够，找钱又这么难。"

"钱，再想法，办法总还是有的！"兴安坚定地说。

"你忘了以前的镇领导？人家说你建书屋又不是招商引资，没效益，不肯帮忙，你去见他，他总是说没时间！"同芬想起了往事，提醒他。

"人家不帮忙是应该的。本来就不是人家分内的工作。"

"你年龄大了，又一身多病，不着（音 zháo）啊！"

"老王，书屋已经停不下来了！没办法，只能一步一步向前走啊！"兴安推心置腹地对老伴说。

为了扩建好书屋，就需要对原先的书屋和村委会的楼房进行翻修改建，改建成仿徽派建筑的样式。兴安早年去徽州歙县采访，见过那里保存完好的徽派建筑，非常钟爱。他希望扩建后的书屋成为具有地标性意义的建筑，这就需要找到一个懂行的能工巧匠。兴安每天都在为这件事操着心。

10月的一天，他坐在162路公交车上，在路过稻香楼站时，一眼看见马路对面的徽派建筑。

兴安一下子就被工匠们精湛的技艺吸引了，马上跳下公交车，走到了工地上。

"做得不错呀！是哪个在负责做的？"他问正在装饰的工人。

一个瘦高个子的年轻人走上来："我就是这工地的负责人。请问，您有什么事吗？"

兴安告诉他："我在下面的乡镇办了个书屋，全公益性的。现在打算装修成徽派建筑风格，你能不能帮我们去看看，接下这个工程？"

一听说有工程可做，年轻人立即兴奋起来："走，走！到我办公室去谈！"

"请问您贵姓？"

"我姓金。"

"哦，金老板！"看着兴安长得稍胖、有点发福的身材，年轻人想当然地认为这是一个大老板。在他看来，只有有钱的企业老板才会有更多的审美情趣和爱好，才会舍得花大价钱来装修仿古的徽派建筑。而只有接这种企业老板的工程，才会有较高的利润回报。

兴安说："我先看看你的工地。"

年轻人带着兴安参观了正在建设中的建筑。兴安详细询问了建筑的材料、设计、工匠和施工等情况。显然，他对这个年轻人的装修技术很满意。

通过交谈，兴安了解到，这位年轻人名叫曹小平，是巢湖人，从巢湖师专美术设计专业毕业，从事徽派工程装修已经20年了。

兴安详细介绍了自己在家乡蒋集镇无偿捐建的这座"作家书屋",娓娓讲述了自己的孤儿经历、自学成才的经过和自己感恩乡亲的举动。最后,兴安说:"现在,我们想把书屋扩大,搞成仿徽派建筑的样式,建成定远县乃至安徽省一座文化地标性建筑。"

曹小平听了大受感动。一个孤儿出身的作家报恩乡亲的举动极大地感染了他。他动情地说:"金老,您这个书屋装修的工程就是赔钱,我也接了!"

兴安说:"好!这次书屋扩建的经费主要由省新闻出版广电局和蒋集镇负责。这件事还需要征求当地镇政府的同意。"

过了两天,兴安便给曹小平打电话,约他一起去蒋集镇实地看看。

小平原先是当作接手一个大工程。现在,他彻底改变了想法:这个工程只要不赔钱就行,只要不亏钱,甚至只要少亏钱,他都干!因为金老这位并不富有的作家都能倾囊捐赠图书和稿费,为家乡建起书屋,对这样一项公益性事业自己理当全力以赴地支持,何谈赚不赚钱?赚钱可以在别的工程上去赚。

坐在车上,一路上,兴安都在给小平讲述书屋建成 10 年来所取得的巨大社会影响和自己的人生往事。他越讲小平越感动不已。金老师的经历实在太感人了!

小平真诚地对他说:"书屋装修这事,我肯定做!"

得知金老师年纪已近 70,身体不好,腰椎、心脏都有毛病,小平果断地表态:"金老,这个工程交给我您就放心吧!您身体又不好,以后您就不要亲自去跑了,具体的事情都不用操心了!"

到了蒋集,兴安将小平引荐给了镇领导。小平还担心蒋集镇领导误解,以为自己是兴安个人找来的,有什么私人关系或猫腻。因此，他特地强调自己在合肥有两个在建工地，金老是偶然看到其中的一个稻香楼工地，然后找到自己的，两人萍水相逢，素不相识。

书屋扩建工程除了要铲去原先的装修，对600平方米的建筑进行重修设计及精装修外，大门还要重建，围墙和院内的亭榭、小桥流水都要新建。这样一个工程计划工期半年左右，原先的预算是七八十万元。

小平回到合肥，仔仔细细地计算了一遍工程量，按照保本测算了一下工程报价，把所有的利润空间完全挤干、让出。他不能在这个金老师倾注了半生心血的慈善项目上谋取利益。那样的话，自己不就成了唯利是图的威尼斯商人了吗?! 在他的内心深处，始终还是把自己当作一名文化人、至少是有文化的儒商看待的。

他强调说:"我保证用最好的建材、最好的设计和最好的施工。我邀请蒋集镇领导到合肥我的两个工地来亲自考察考察。"

蒋集镇党委书记刘会明带领相关负责人来到了合肥，先后察看了小平正在承建的两个工程。每个工程造价都在400万元以上。

刘书记他们看过以后，完全放心了，当场拍板:"曹经理，蒋集农家书屋就交给你干了!"

小平也不含糊。按照蒋集方面的要求，他认真拟定了合同。按照他的想法，后面的活儿都交给他就行了，金老就不必烦心了。但是，兴安是个事必躬亲、做事严谨的人，坚持每个环节自己都要亲自参与。

于是，小平便去接上兴安，俩人一道去蒋集镇签合同，详谈施工的实施细节。

在同金老不断接触的过程中，小平越来越觉得，真正吸引他的，不是书屋这个项目，而是金老的精神。接这个项目，他也没有考虑它将来会产生多大的社会影响，但他特别乐于成全金老的愿景，希望将它打造成一个艺术精品。将来，他还要在公司的宣传彩页上印上蒋集书屋。它将成为令自己自豪的一件作品。

2015年4月23日上午，在接受我的采访时，他特别诚恳地说："我们正年轻，能够做这样的公益项目，我很欣慰，很踏实，也觉得很有意义。"

他告诉我："听金老说有作家要来采访我，我对他说自己是草民，不用采访。"

小平1969年出生，父母都是农民，下面还有一个妹妹。小时候家里穷，吃不上饭，经常挨饿。那时候，父亲每天参加集体劳动去疏浚河道。母亲在家带孩子，一天就吃两顿饭，吃完饭就上床睡觉，睡着了就不饿了。一家几口人一个月只用一斤菜籽油。现在看到妻子每天炒菜，小平都会不自觉地提醒："老婆，你哪能那么用油啊？"——小时候，那真是滴油贵如金！

那个年代，只要哪户人家里有一个人在城里，日子就会过得好些。因此，过怕了苦日子的小平从小便在心里暗暗发誓：将来一定要把父母带到城里生活。

1993年，小平从巢湖师专毕业，被分配到农村教书。这，对于一心想走进城市的这位农家子弟来说，显然不是他的理想。因此，他一天班都没上，自己跑到了合肥打工。开始时，在合肥市劳动局下属的企业安徽省装潢美术研究中心从事手工绘制装修效果图工作。干了两三年后，他又做起了设计，后来又去施工现场做指挥，慢慢地就掌握了装潢、设计、施工的整个流程。

在小平老家，有许多工艺人。这些人的工艺技术水平都不低。于是，他就想自己下海单干，再从老家找这帮人来帮忙。

　　1998 年，小平成立了自己的公司，走的是高端路线，专做精品装饰、品质装潢。徽派和融入时尚元素的"新徽派"只是他从事装潢业务的一部分。他承接的大量工程都是酒店、酒楼、KTV 或是售楼处这样的要求精细品质的装修项目。每年，他的公司产值都在两三千万元。

　　下海后，小平顺利实现了少年时代的愿望，将父母都接到了城里生活。

　　2014 年 12 月，小平的施工人马正式进入蒋集书屋工地现场。冬天因为下雪，停工一个多月。按照计划，扩建装修工程将于2015 年 5 月底结束。到 4 月时，蒋集镇一共支付了 60 万元工程款，而小平为这个项目实际已投入了七八十万元。在工地上，大工一天350 元，小工 200 元，费用都是按日结算现钱的，为此，小平的公司已经垫资了 7 万多元。

　　其实，从一开始，小平就已有心理准备：蒋集农家书屋这个工程不能当作项目来做，而要当作艺术品来雕琢。对于他的公司来说，这个工程标的太小，路又远，在农村买材料很不方便，又是一项政府工程，程序化强，镇里拨款、划账手续慢，资金到位也慢。但是，所有这一切的难处小平却全都认了。

　　他说："我是冲着金老的精神去的！"

　　为了雕琢出真正高品质的徽派建筑精品，小平直接到徽州区找能工巧匠，找到专门擅做砖雕、亭榭的工匠来施工。不仅付给高报酬，还管吃管住，一切全包，让工匠们能够专心、精心制作精品。

　　在施工工程中，他每隔两三天就要亲自去一趟工地，看看做得对不对，是不是完全贯彻了自己将传统文化底蕴和元素彻底融入其中的构想。他想，自己辛苦一点，金老就可以少受点累，有自己亲自盯着施工，多多少少可以让金老心里更踏实、更放心。

2015年6月，蒋集镇农家书屋扩建工程全面竣工。镇政府和金兴安对工程进行了全面验收。大家对曹小平公司的装修工作赞不绝口，十分满意。

好人献好书，好书育好人

2015 年 12 月底，已是岁末寒冬时节。我再次走进蒋集镇，来到了蒋集镇农家书屋。

汽车在蒋吴路上行驶，离得很远就能望见一片灰瓦白墙的建筑。这便是翻新改造后的蒋集镇农家书屋。

书屋矗立在马路边上，与比邻而居的、已经有些破旧的蒋集中学教学楼相比，简直就像是一个新长成的楚楚少女。

书屋大门是一座徽派建筑风格的砖石牌坊，高达十几米。门楣上是安徽省著名书法家陶天月先生题签的七个繁体大字："蒋集镇农家书屋"。书屋临街围墙上，刷着红色大字标语：

推动全民阅读

打造书香蒋集

这是著名书画家周彬先生的墨迹。

打开铁门，迎面便是书屋的三间史料陈列馆。屋子回廊左右两侧的柱子上，贴着白底红色标语：

读书创造人生

知识改变命运

陈列馆大门正上方，挂着醒目的牌匾——"全国示范农家书屋""安徽省'第一家农家书屋'"。大门两侧的白墙上，挂满了各部门授予书屋的称号、荣誉等牌匾，有"育才图书室""留守儿童之家""民族精神代代传·安徽省少先队教育基地""安徽省百佳农家书屋""滁州市示范农家书屋""定远县图书馆蒋集镇作家书屋分馆"等。馆内陈列着全国各级领导和社会各界名流对蒋集书屋的批示、题词、视察、捐助、采访报道等图片。其中有著名作家王蒙题写的"读书好"，邓友梅题写的"好人献好书，好书育好人"，蒋子龙题写的"与有肝胆人共事，从无字句处读书"等。

在陈列室的一面墙上，贴着截至 2015 年 10 月，蒋集镇农家书屋接受捐赠情况一览表：

2004 年 10 月 24 日，安徽省委调研室捐赠橱、桌、椅办公家具 18 件；

2004 年 12 月 4 日，淮南市新四军历史研究会捐赠石狮子一对；

2005 年 10 月 28 日，定远县站岗乡捐赠彩电一台，炉桥中学捐赠办公桌 2 张，淮南市新四军历史研究会捐赠图书 16 包；

2005 年 11 月 18 日，安徽美术出版社捐赠图书 10 包；

2005 年 12 月 29 日，安徽教育出版社捐赠图书 10 包；

2006 年 3 月 17 日，合肥市园林局捐赠名优树苗两卡车；

2006 年 10 月 12 日，中国作家协会中华文学基金会捐赠图书

6000 册;

2006 年 10 月 12 日，安徽省委统战部捐赠图书 12 包;

2007 年 11 月 27 日，安徽省体育局捐赠篮球架 1 副、乒乓球台 4 副、健身器材 1 套;

2007 年 12 月 27 日，安徽出版集团捐赠图书 10 包;

2008 年 5 月 1 日，安徽教育出版社捐赠桌、椅、柜等办公家具两卡车;

2008 年 8 月 25 日，长丰县政协捐赠人民币 2000 元;

2010 年 6 月 10 日，安徽省委宣传部捐赠农业科技光盘 280 张;

2011 年 3 月初，定远县教育局出资将书屋的围墙改换成铁栏杆;

2012 年 12 月 15 日，安徽省新闻出版局捐赠图书 600 册;

2013 年 6 月 28 日，安徽出版集团团委捐赠图书 1200 册;

2014 年 2 月 15 日，安徽华文国际公司捐赠 48 寸彩电一台;

2014 年 4 月 24 日，全国 29 家出版集团、4 家发行集团捐赠图书 2123 册;

2014 年 5 月 7 日，淮南市新四军历史研究会捐赠人民币 2 万元;

2014 年 9 月 9 日，滁州市检察院捐赠电脑 4 台;

2015 年 10 月 12 日，民进滁州市委捐赠人民币 6000 元;

2015 年 10 月 14 日，安徽出版集团捐赠图书 11440 册;

2015 年 10 月 31 日，时代出版传媒公司第一党支部捐赠图书 15 包。

从这张"感恩录"上，我们可以清楚地看到，蒋集镇农家书屋的确是在社会各界的大力支持下，众人拾柴火焰高，一点一点发展壮大起来的。

陈列馆两侧的墙壁改造成了马头墙形式。向北，新建有一座廊桥，桥下是窄窄的清清的流水。水渠由南向北蜿蜒贯穿了书屋所在的院子，仿若少女的明眸善睐，生生地为院落增添了几许灵气。水渠中放养有各色金鱼若干。

褐红色的廊桥中央，修建有一座四角小亭。亭子的四翼仿佛鹰隼展翅，跃然欲飞。在酷暑时节，在此读书的人们穿越院子时，可以坐在小亭下小憩。而在暮春时分，或许也可以在小亭下低声吟咏、高声唱诵，想必别是一番风景。而如若是在傍晚夕阳西下之际，坐在亭下读书，疲累时，抬眼望望院落中高大的树木或是姹紫嫣红的花草，看看那在水渠中悠游自在的金鱼，大概亦是无比惬意之事。

走过一道别致小桥，西北面三间房是新开辟的电子阅览室。这有可能是全国第一个数字农家书屋或者全国农家书屋中的第一个电子阅览室。

室内整整齐齐排列着 20 台液晶屏幕电脑，安装有专门的网络路由器。在这里，可以随时上网，阅读数以万计的电子书，浏览网页，听书，看电影。这间面积并不很大的阅览室，已经成为广大读者，特别是蒋集中学学生们流连忘返的所在。新聘任的专职图书管理员胡宏萍告诉我们，每天一放学，学生们便蜂拥至此，几十、上百的学生都要上网看书、查资料，或者听书、看新闻、看电影。20 台电脑都满足不了需要。同学们只能几个人合用一台电脑。到了晚上书屋该关门的时候，孩子们还恋恋不舍，不愿离去。

电子阅览室东北方向约 20 米，是扩建重装的两层藏书楼及阅览室。

一楼是农民阅览室和学生阅览室。一楼中央宽敞的大厅，中间摆有一张长会议桌，可供二三十人同时坐在桌前阅读。书桌两边的靠墙处，都立着书架，上面摆满了新近入藏的图书。北面墙上挂着郑锐题写的大幅卷轴"读书创造人生，知识改变命运"。西面墙上，贴着金兴安自己写的红色美术大字："放下锄把捧起书本，学习文化建设家乡"。

一楼西面的书屋是皖版图书室，入藏的图书都是近期由安徽出版集团所辖9家出版社在新馆开馆之际捐赠的。每家出版社捐赠70种优秀新书，每种20本，一共捐赠了11440册图书，总价值超过了23万元。

出版集团领导说："金兴安前辈创办的书屋也是集团的一个文化品牌，要倡导集团员工像金老师一样有情怀，承担起自己的文化责任和使命。金兴安的事迹就是集团身边人的先进事迹，要用身边人的先进事迹教育身边人。因此，近几年，集团下属的单位和出版社在组织党、团支部活动时，常常赶到蒋集农家书屋举行。集团要求各个出版社捐赠的书刊必须是农民需要的，能够满足其多层次的文化需求。既有杂志、娃娃书，也有养身保健等方面的书刊。并要求做到不间断地向农家书屋捐好书，捐对路的书。"

二楼的三间屋子为藏书室，里面排满了白漆铁制书架。书架上密密麻麻的都是分类排列的藏书。

图书管理员平常就在一楼办公，可以用电脑直接扫描已贴好磁条的图书，自动登记读者借阅信息，一如正规的图书馆。这可省去了管理员手工登记的繁琐劳动。

电子阅览室和藏书楼都改造成马头墙徽派建筑形制，灰瓦白墙，格外醒目。尤其是藏书楼，增加了马头墙之后，显得更加雄伟巍峨，更有气派。

在陪着我参观蒋集书屋的新馆时，兴安时不时地揩下鼻子，嗓音也有点沙哑。我关心地问："金老师，您是不是感冒了？"

他回答："没事。有点小感冒，扛一扛就过去了。"

2016年3月，见到兴安的妻子，我才知道了事情的原委：

"因为书屋要重新布置、陈列，需要花一笔钱。但兴安手里又没有富余的钱。我们住在书香苑，冬天的暖气是分户供暖的。今年入冬时，他就跟我商议，咱们家今年不开暖气，这样就可以节约3000多元钱。我没意见。女儿金泉回到我们家，看到他爸为了省钱而不开暖气，又生气又心疼。她大声地说，暖气的钱她来出。即便这样，兴安还是不答应。他说：蒋集老乡们冬天家里从来都没有暖气，大家不都过来了吗？他小时候住在生产队猪圈里，更没有取暖的东西。现在，住在楼房里，不透风不漏雨的，一个冬天不开暖气有啥关系？就这样，我们家整个冬天都没用暖气。冷了，就多穿点棉衣，夜里多盖层被子。这不，冬天不是过去了吗？"

王同芬的讲述没有丝毫的责怪或埋怨，仿佛丈夫的意见顺理成章、合情合理。

2015年10月，定远县蒋集镇受到安徽省委宣传部"书香安徽阅读季"活动组委会表彰，被授予"书香之乡"称号。这也是滁州市唯一获此殊荣的乡镇。全省一共评出了十大"书香之乡"。蒋集镇被安徽省新闻出版广电局确定为全省农家书屋改革试点镇。全镇10个村农家书屋全部纳入改革试点。

2015年11月30日，由定远县委宣传部，蒋集镇党委、政府，县文广新局等联合举办的"定远县总分馆制第二分馆蒋集镇农家书屋（改扩建）开馆暨全省第一家数字书屋上线仪式"在蒋集镇隆重举行。安徽省新闻出版广电局，安徽出版集团，滁州市文广新局，定远县委、县政府及县文广新局，蒋集镇等有关领导出席了开馆仪式。首家上线的蒋集镇农家书屋现拥有精品电子书5万部、听书3万部、电影500部、网课15万分钟等。在书屋周围200米范围内，均已实现Wi-Fi免费。广大读者可以用手机客户端免费接入蒋集数字书屋平台进行阅读、听书和观赏。

关于数字农家书屋电子阅读平台的操作简介，醒目地贴在了书屋的墙壁上：

一、打开手机无线网搜索页面，选择"安徽数字书屋——蒋集"这一无线名称。

二、连接成功后，打开手机任何一种浏览器，点击任一网站即可登录安徽数字农家书屋。

三、点击进入主界面，即可在线免费浏览全部资源（包括图书、听书、影视、教育、活动、新闻等），不会产生任何流量费用。

四、主界面最下端可以下载读书和听书客户端（APP），选择自己喜欢的内容下载到手机里，可以在任何地方离线观看。

数字阅读平台一开通，蒋集镇党委书记刘会明和定远县政府常务副县长张子非等出席仪式的领导嘉宾们率先尝鲜。他们用自己的手机立即登录蒋集镇数字书屋平台，很流畅地打开了戏剧、电影、评书，一个个兴奋得不行，连声称道。

据定远县委新任宣传部部长周成东介绍，今后，蒋集镇农家书屋管理员将纳入全县统一管理。全县一共招聘了8名专职书屋管理员，其中便包括了蒋集镇农家书屋的管理员，由县里支付给每位管理员每月 800 元生活补助费。书屋要实现全天候开放，要继续发挥"背靠学校，面向社会"的优势，周一至周五下午向学校师生开放，每旬二、四、七、九为赶集的农民开放。

2016 年 8 月 16 日上午，著名作家贾平凹委托他的学生范超，冒着酷暑，专程来到定远县蒋集镇农家书屋，捐赠其长篇小说新作《极花》和散文新作《天气》的签字本。范超还同时捐赠了自己出版的 10 余本书籍。

原来，三年前范超就与金兴安相识。之后，看到金兴安及其创办第一家农家书屋事迹的报道，心里非常震撼，被金兴安的高风亮节深深感动。在金兴安精神的感召和激励下，范超勤奋刻苦，已有多部文学作品出版，获得各类文学奖项，并入选"陕西百名青年文学艺术家扶持计划"，荣获"陕西青年五四奖章"。

范超将金兴安创办农家书屋的有关材料，带到了他的文学导师贾平凹的工作室。贾平凹认真地看了书屋的有关资料，非常感动。他对安徽出版界很有感情。前些年，安徽文艺出版社又出版了他的长篇小说系列，影响很大。这一次，他特地嘱咐范超带去他最新书籍的签名本赠送给蒋集书屋，并为书屋题词"书为天下英雄胆，善乃人间富贵根"，勉励蒋集的莘莘学子。

收到贾平凹的赠书和题词，金兴安十分激动。他说："得到贾平凹先生的关注，非常可贵。他的学生范超冒着酷暑千里迢迢从西安赶来，我也深受感动。农家书屋办了 13 年，有今天的规模，不是我个人的力量，而是大家的支持。不是我金兴安感动了社会，而是社会感动了金兴安。今后，对书屋的发展，我要抓紧'赶路'，能赶多远就多远，从容淡定。"

第五章

书香润四方　好人长流传

书香相伴到永远

人文蒋集新变化

农家书屋阔步行

人人需要『知识银行』

89 年前，毛泽东极具远见地提出：星星之火，可以燎原。

金兴安在自费创办蒋集乡作家书屋时也曾提到，自己创办的这座书屋，正如星星之火，但是它定将带来燎原之势。

兴安的话果然没有落空。

就在作家书屋建成两年后，2007 年国家便启动了农家书屋工程。到 2012 年年底，单安徽一个省，便已在全省所有的村镇建起了 18952 个农家书屋。专门为农民读书、看报、阅读而建立的书屋遍及八皖大地。农家书屋工程办得红红火火，深受农民群众的欢迎与喜爱。

书香相伴到永远

蒋华社是蒋集镇西庄村的农民，喜欢读书看报，是村子里的文化人，以前被聘为村文书。

华社自己也带头读书。通过读书学习，他增长了知识，在报纸上发表了好几篇通讯报道。2014年3月在蒋集镇举办的第一届农民读书节上，他还荣获了"农民读书奖"。在获奖仪式上，蒋华社代表获奖者发言：

我是一名村干部，也是作家书屋的老读者。多年来，读书看报是我的业余爱好。只要一有时间，就到作家书屋借书、还书、读书，就在这里我的知识不断得到充实和升华。

我的文化程度是初中毕业。在社会工作生活中，感到书到用时方恨少，需要知识"充电"。记得在作家书屋未建之前，想看书是很困难的，书价贵，买不起又买不到，想看一本书谈何容易。2004年我省作家金兴安先生，为了感恩乡亲，将自己多年积攒的稿费、奖金和数千册图书全部捐献出来，在家乡办起了我们常年向往的书屋——"作家书屋"，开馆后还免费对外开放。当我得知这个消息，真是喜出望外兴奋不已。从此我就成了作家书屋的"常客"。开始时我看书没有"套路",只是翻了这本想看那本。一次偶然的机会,在书屋看到了作家金兴安的作品《金兴安通讯作品一百篇》《自鸣钟》两本书,我如获至宝,便借回家翻阅了数遍,读后受到启发很大,对金兴安先生及其作品充满了崇拜和敬仰。在作家作品影响下,我萌发了写稿登报的念头。起初,学习写稿不知从哪里着手下笔,也不知写了多少"小稿"寄到报社后音讯无踪。后来,在读《金兴安通讯作品一百篇》的文章过程中,我不断琢磨推敲,从人物采访、事件构思到标题选择,我从中汲取了不少营养。除了受作家金兴安著作启示外,在作家书屋我又看到了《新闻写作》《怎样写新闻通讯》等书籍,使我大开眼界,通过系统学习,联系到我身边生活的真实故事,从中领悟到写新闻通讯报道技巧,写稿水平逐步有了提高。《结婚喜栽纪念树》是我的第一篇作品,当我在《滁州日报》上看到这篇豆腐块小文章时,激动不已,更加激发了我的写稿热情。作家书屋创办至今,我写了《苗圃溢出一片情》《西庄村依靠苗木摆脱贫困》《今日蒋集》《西庄村妇女禁赌受表彰》《三年不育的秘密》《蒋集工业生产有进展》等50余篇文章,先后被《滁州日报》《安徽日报·农村版》等刊用。2006年我还被定远县武装部聘请为特约通讯员,曾写过一篇关于蒋集镇武装部在"八一"建军节期间向本镇服役军人赠送家乡变化图片的稿件,刊登在《东海民兵》杂志上,年终被滁州市武装系统评为通讯报道先进工作者,并从县武装部首长手中接过奖品和奖状。这是我一生中最大的荣幸。

我是一个农民,也是一名最底层的"村官",种田需要知识,工作离不开知识,知识来源于学习。书屋就是我的家,书屋将伴随我到永远。这些年来,书本给我开拓了视野,提供了精神食粮，在作家书屋我找到了一片新的天地。

关于农家书屋的得与失、是与非，目前可谓众说纷纭。"失败论""摆设论"的说法屡受炒作，也更易受到关注。

没有调查就没有发言权，事实胜于雄辩。2014 年至 2016 年，我 10 次走进滁州市、定远县和蒋集镇采访，直临一线，倾听基层群众和学校师生、农民们的呼声，亲身感受到，农家书屋建设不仅有必要，而且还应进一步加强和改善。农家书屋目前所存在的问题与缺陷，主要是出在管理和使用上。在这些方面，安徽省、滁州市、定远县和蒋集镇都已进行了许多大胆的探索，取得了一系列可借鉴和推广的成功经验。

人文蒋集新变化

2015 年 3 月，我采访了蒋集镇党委书记刘会明。他介绍了农家书屋对于蒋集镇群众生活的改善和影响。

以前，农村孩子基本没有书看。有的也只有一本《故事会》，大家都翻烂了。放暑假时，学生们大多泡在水塘里游泳，还容易出事故。现在，孩子们都从水塘进了书屋，可谓是掉进了书的海洋。蒋集有 10 个村级农家书屋，2014 年 9 月撤并后，全镇共有 5 个村委会和两个社区，但书屋仍保留 10 个。每个村级书屋有藏书约 2000 本，与镇农家书屋 5 万多册图书在全镇范围内实现循环流通。

为了丰富农民文化生活，蒋集镇计划深入挖掘文化娱乐资源，如传统的舞龙舞狮、大鼓书。逢集就组织群众唱大鼓书，编上新内容，让大家学好、向善，增加社会正能量。

在蒋集镇农家书屋这块金字招牌的影响下，蒋集镇近年来发生了很大的变化。

过去，老百姓为当地贫困状况编了一首民谣：

小麦油菜稻，
年年卖不掉。

天天发牢骚，

不知怎么搞。

农资部门买，

粮食部门（小贩）卖。

年终落个蛇皮袋，

装的口粮和来年再生产资料。

现在，蒋集镇政府致力于彻底改变旧面貌，又编出了新歌谣：

把水留住

把树栽上

把路修通

把产业调整好

把书屋办出彩

依照这一思路，蒋集镇逐步改变传统农业格局，积极进行结构调整和土地流转，发挥第一产业的优势，大力发展"六个一"新产业。农民通过土地租金、就地打工当农业工人等增加了收入，又确保了农村土地不撂荒。

2012年以来，国家投入30万元，全镇已修通24条36千米道路。镇上主干道都设置了路灯及监控，安排警察和干部定时巡逻。目前，蒋集镇前往合肥的五条道路全部修通，农民外出打工和出售农产品都很方便。道路通了，资金也就更容易被引进来了。有了资金、技术和市场，依靠产业和人文，就能留住人，农村就不会变成空心村、留守村。

蒋集镇鲜明的人文品牌和文化声誉，有力地推动了招商引资工作。近年来，蒋集镇成功引进上海温氏养殖等项目。种养殖大户流转土地1200亩，发展市场前景广阔的薄壳山核桃种植。外商大户流转土地2000亩，用于发展江巷水库上游观光生态林业建设。

蒋集镇农业产业化发展良好，蒋集社区千亩葡萄产业园、井岗村千亩创佳苗木基地、秦集村千亩瓜蒌产业基地等亮点产业形成，千亩龙虾养殖基地已初现雏形，带动了周边农户的发展，也吸引了在外发展的成功人士的回流。第三产业蓬勃发展。电商品牌不断创建，形成了具有一定知名度的"大庙味道""蒋集葡萄"等新兴电商。新农贸市场、新卫生院、新幼儿园陆续正式启用。

2018年，蒋集镇投资8000余万元实施建成区改造项目，完成了地下污水管网、弱电下地、房屋立面改造、文化公园、农贸市场改建等。同时对街道两边的人行道进行水泥硬化、绿化、亮化，为群众提供宽敞明亮的活动场所，丰富了群众文化生活。对镇内所有区域按照村干部责任区实行网格化管理，对责任区内的环境卫生进行监督管理，确保镇域内卫生环境日日有人管、天天有人干。

在村庄，蒋集镇也开展了乡村生态环境整治。加强河道治理工作，拆除塑料加工厂、"大棚房"场所和砂石制料厂，还群众美丽洁净的生活环境。同时对废旧砖窑厂进行土地复垦，新增造林面积2000余亩。全年秸秆禁烧零点火，改善了乡村生态环境。2018年，改造600户农村群众卫生厕所，改善了农民生活环境。

目前，蒋集镇党委、政府正带领全镇人民，以饱满的热情、昂扬的斗志，努力建设一个"特色鲜明、产业兴旺、环境优美、群众富裕"的美丽新蒋集。

农家书屋阔步行

根据定远县领导张子非等介绍，定远县作为全省农家书屋建设示范县，采取了许多得力措施和举措，推进书屋工程发展，取得了显著成效。

2014年，定远县被确定为全省农家书屋建设示范县，在全县 247 个农家书屋中挑选了 25 个搞试点，制定了书屋管理员培养读者群的分类目标。一类书屋须培养读者 500 人，二类 300 人，三类 100 人。

张子非说，全县农家书屋建设要以蒋集镇书屋为标准，做到"三寻"。一是寻址，书屋要建在交通便、人气旺的地方，这样就能更好地适应农民需要，拥有相对固定的读者群。二是寻人，要找到适合的书屋管理员，书屋管理员应该是一位有一颗热心、责任心和事业心的人。三是寻书，图书要结合当地"三农"结构，结合农民需求，如种植业、养殖业、水产等方面的图书。新书选择要一边结合省里的要求，一边搞调研，搞清农民需求，把新书主动送到农民手中，向农民进行宣传推荐。

2015年，定远县将蒋集镇农家书屋改扩建工程列为县政府年度民生工程为民办十件实事之一。蒋集镇农家书屋的确为一方百姓造了福，农家书屋使农民掌握了发家致富技巧、依法维权法宝，也是莘莘学子实现理想的康庄大道。

对于蒋集镇、定远县一地而言，农家书屋取得了很大成绩。而就安徽全省，农家书屋工程同样成绩斐然。

朱波扬是原安徽省新闻出版广电局农家书屋工程负责人。2015年年初，他在接受采访时告诉我，现在社会上有很多议论，认为农家书屋没有多大的价值。为此，朱波扬愤愤不平。他说：农家书屋发挥作用就像是滴水穿石，绳锯木断。农家书屋区别于一般的图书馆，它更贴近农民。要搞好农家书屋，需要全社会动员大批的热爱读书的志愿者参与，要靠他们来"点火"，才可能造就"燎原"之势。农家书屋要举办读书讲座，比如各市县可以邀请专家给农民讲讲老年病预防与治疗。同时，还要大力发展社区书屋、电子数字书屋，在公共文化场所实现免费 Wi-Fi 全覆盖。

推广全民阅读，政府推动是根本。政府要大力支持和带动全民阅读，培养全社会养成阅读习惯。在农家书屋管理使用中，关键在管理员。芜湖市政府在每个社区设专人负责农家书屋，与人事、组织、财政等部门挂钩，列入职责考核范围，在书屋管理方面蹚出了一条有效的路子。

与此同时，朱波扬也提出，必须正视"空心村"现象。当下很多乡村正在消失，许多家长纷纷把孩子送到县城或乡镇拥有优质教育资源的学校去。有的村小学，学生从原先的 500 多名减少到了只有 20 多名。有的小学，老师的数量甚至超过了学生数，老师们平时无事可做，竟聚在一起打牌消磨时光。针对这些实际情况，农家书屋这项利民工程亦应作出相应的调整，以更好地适应和满足农村人口的阅读需求，提升他们的文化道德素质。

就安徽省农家书屋建设有关问题，2015年年初，我专门采访了时任安徽省新闻出版广电局局长的郭永年。郭永年侃侃而谈自己对于农家书屋多年调研思考的心得体会。

关于如何看待农家书屋，郭永年认为，农家书屋是国家致力于构建的农村五大文化惠民工程之一，旨在减少城乡差距，特别是文化差距。五大文化惠民工程包括乡（镇）综合文化站、村组农家书屋、"村村通"广播电视、农民体育健身和城乡文化信息资源共享。

全国农家书屋工程自2007年启动，2008年全面铺开。东部地区只给政策，中部地区每个农家书屋中央补贴1万元，地方配套1万元，西部地区中央给80%的经费扶持。要求每个农家书屋按照2万元标准建设，面积不少于20平方米，配备图书不少于1500册，报刊不少于20种，电子音像制品不少于100种（张）。截至2012年年底，全国共建成农家书屋60万余家，中央和地方财政共计投入资金120多亿元，共计配送图书9.4亿册、报刊5.4亿份、音像制品和电子出版物1.2亿张。农民人均图书拥有量达到1.13册，初步解决了农村9亿农民群众读书难、看报难的问题，促进了城乡基本公共文化服务均等化，丰富了农民群众精神文化生活，被群众形象地誉为"农民致富的学堂、农村文化的殿堂、农村学生的第二课堂"。

安徽省将农家书屋作为民生工程，用4年时间推进，2012年年底实现全覆盖，投入资金近5亿元，比全国统一规划的完成时间提前了3年。

对于农家书屋，各方反映不一。郭永年经过多年的实地调研和深入思考，提出农家书屋存在着"四个有"。

一是有必要。进入21世纪后，城乡文化需求差距大，农村文化投入低，国家向有困难的农村转移支付，选择建设农家书屋，这是一个很好的切入点。

二是有成效。农家书屋在新农村建设中发挥了很好的作用。作为文化活动阵地，书屋可以帮助农民学技术发家致富，可以更好地教育农村孩子，促进学习进步，可以普及家庭、婚姻、法制、养生知识等。

三是有差距。阅读在农村还需要大力普及。差距表现在这些方面：

——农村缺乏阅读主体。年轻力壮的农民都进城打工去了，剩下的"386199部队"（妇女、儿童和老人），谁来读书是个主要问题。以前农村小孩可以在书屋读书学习。但是现在农村小学人少，许多小学合并了，或者小孩随父母进城念书，生活在乡村的小孩也不多了。这些都是新问题。

——阅读多样化现象突出。书本不再是知识信息的唯一载体，网络、手机和广播电视日益普及，冲击了阅读。

——农家书屋的选址单一化。书屋大多建在村部，由村"两委"班子管理，或作为党员活动室。有的建在热心公益的农民种植养殖大户、退休教师家里或是学校周围，人多，便利于农民阅读。有的中心村离村民聚居地较远，人就比较少。

——阅读被动化。村"两委"未能将阅读与致富相结合，缺乏引导和组织，缺少通过活动来吸引村民阅读，提高其致富能力。

——无专职管理员。管理员大多由村干部兼任。村里一般设有计生专干、社会综合治理专干，还应配一名有责任心的公共文化服务管理员专干，由财政转移支付承担费用。

——出版物更新不能适应农村阅读需要。当今世界，知识更新快，2007 年书屋兴建时配的书已经成为旧书。而自 2013 年起，每年每个农家书屋仅有 1600 元购买新书的经费，且主管部门配送给农家书屋的书有的不对路，农民不爱看。

——建设单一化。农家书屋由政府主导。政府给每个书屋每年的经费预算都是 2000 元。社会力量参与的很少。

——未形成资源共享。农村文化建设要整合资源。凡是对农民有益的、有用的文化建设、文化服务等都可以吸纳进来，使农家书屋真正做到一牌多用、一室多用。

四是有机遇。中央高度重视文化建设，大的环境非常有利于农家书屋的生长壮大。农村和农民需要文化服务。构建综合性的农民文化乐园恰逢其时。各地正在推进的"一场两堂三室四墙"工作意义深远。

农家书屋建设难题在于普及。除了中央和地方政府重视外，关键是人。农家书屋需要千千万万个像金兴安这样甘于奉献、默默无闻的热心人，也需要像安徽出版集团这样无私支持的社会力量。如何破解八个"有差距"的难题，盘活全国数十万个农家书屋这一巨量资源，使之真正成为发挥作用的品牌，唤起全社会对农民文化需求的引领，为"四个全面"提供精神支撑，蒋集镇农家书屋真正起到了一种示范和引领作用。

人人需要"知识银行"

　　诚如安徽省农家书屋工程负责人朱波扬所言，农家书屋就像是一座知识银行，存放在那里，人人都需要，使用起来就会发现它的价值。

　　安徽教育出版社社长郑可在接受我的采访时也提出：人们对农家书屋的认识存在误区，农家书屋不是一项今天做了明天就能见效果的工作。中国农民的阅读习惯需要几代人去培养，要用几十年乃至更长的时间去逐步培养，才能使之成为全民族的生活习惯。就像 20 多年前，我们倡导大家不要随地吐痰、扔垃圾，垃圾要分类、装袋。3 年、5 年一点点地培养，到今天，这些都已经变成了人们的生活习惯。这样简单的习惯养成都要花费 20 年时间，更何况是阅读的习惯。

　　中国有阅读的优良传统。印刷术、纸张都是中国发明的。阅读与国家鼎盛有着密切关系。唐宋时期印刷业已经相当发达，说明阅读已经成为一种社会风气。明清时，阅读还很盛行。之后便开始衰落。在鸦片战争后的百年时间里，老百姓都忙于基本的生存需求，无暇阅读。新中国成立后，国家贫穷，出版业也不繁荣。"文化大革命"更是给文化建设带来了毁灭性的破坏。现在，国家强盛了，政府提倡全民阅读，并将其作为一项国家战略。

全民阅读，老百姓应该成为主体，只有农村9亿农民也热衷于阅读了，才能叫"全民"。因此，农家书屋建设至关重要。全民阅读，干部要带头，管理员是关键。全民阅读不能今天来，明天走。要成立各种阅读会、阅读小组。每个单位领导都带头，从省长到镇长，都分别组织形成读书小组，一人带动一片。只有这样发动和动员，才能形成全社会尊崇阅读的风气和氛围。全民阅读不是口号，在影视画面中我们经常可以看到古代皇帝读书的画面，但我们现在，影视剧中的领导人几乎没有读书的镜头。古代重视文化，重视读书人，我们今天要传承传统，发扬光大文明大国的风采。全民阅读将是一项长期的国家战略，关系到整个民族的未来，也关系到中华民族伟大复兴的中国梦这一国家理想的顺利实现。

郑可回忆说：早在30年前，我还在读小学四年级的时候，偶然间读到了徐迟的报告文学《哥德巴赫猜想》。记得那一天，在堂弟家的二楼上，突然看到了这本不厚的书，几乎是用一个下午一口气读完的。这本1978年由人民文学出版社出版的徐迟的报告文学给我留下了深刻的印象，尤其是作品《哥德巴赫猜想》的主人公数学家陈景润，更是成为当时我的奋斗理想和偶像。说实话，当时我并没有记住徐迟这位作者，而只记住了陈景润。他是我的福建老乡，也是出生于一个穷苦家庭，少年时期因为性格内向受到了各种歧视。这是一个书呆子。他一心潜进数学世界，钻研数学，成为了一名数学家，在生活上却是一个低能儿。但是，正是凭借自己的专心致志与矢志不移，他在破解哥德巴赫猜想的道路上迈出了重要的一步，第一次证明了"1+2"，发表了震惊世界的科学论文——陈氏定理，摘得了数学桂冠上的一颗明珠。

从那时起，我便有了一个数学家的梦想。我对数学产生了空前的兴趣，脑子似乎也一下子开了窍。数学老师布置的习题对我来说简直易如反掌。一道应用题我能给老师找出四种解法。于是，老师开始注意到我，开始不断地在课堂上表扬我，同时也不断地给我增加习题的难度，并把他能够找到的数学难题一本又一本地交给我。

那些日子，我过得特别充实。每天晚上，我几乎都在做习题，一直要做到附近的糖厂十一点钟锅炉放气的声音响起以后才上床睡觉。那时，村里还没有通电，我家晚上照明就靠点一盏用墨水瓶改装的昏暗的煤油灯，真正可谓是"一灯如豆"。半年下来，我的眼睛便熬成了高度近视。我的数学才华得到了极大的开掘，在小升初、中考、高考等历次考试中，数学我都拿到了满分。以至于上了大学，因为所学专业不理想，我还曾给时任北大校长、数学家丁石孙先生写信，申请转系去攻读数学专业。可见，《哥德巴赫猜想》这本书对我学习和成长道路影响之深。

可以说，是《哥德巴赫猜想》这本书培养起了我爱读书的习惯，也造就了我不畏艰难、刻苦钻研的性格。

在贫困落后的家乡，我几乎把每一本能够找到的书都读了。但是，那时的家里，只有兄长买的几本获奖小说集。直到上了大学，我才陆续读到奥斯特洛夫斯基的《钢铁是怎样炼成的》、路遥的《平凡的世界》、罗曼·罗兰的《约翰·克里斯朵夫》、司汤达的《红与黑》、梵高的传记《渴望生活》。这几部讲述个人奋斗历程的书对于我的世界观和人生观的养成发挥了至关重要的作用，几乎造就了我本人的精神底色。如果说，我的个人成长没有误入歧途或邪路的话，那么，当时我的精神指南大概就是这几部书。

所以，我坚定地相信，一本好书足以滋养一个人的一生。

金兴安是写书的作家。他当年的读书历程更是极其不易。正像巴金先生所言，文学能够带给人温暖，带给人力量。兴安正是从读书中感受到温暖和力量，通过读书来铸就自己的人生道路。

多年以后，没有任何文凭的他又借助写作品、写书改变了自己的命运。从一所农村小学调到了县委党校，又从县委党校调到了省会城市，进入了文化出版单位。以后，他更是付出了 20 多年的时间从事编辑工作，整天打交道的都是图书和报刊。可以说，读书、写书、编书、出书、推广书，几乎构成了金兴安一生的事业。

在他步入 50 岁之后，兴安希望感恩乡亲、回报家乡、回报社会，他自然而然地选择了书这个载体，选择了捐书、送书、建书屋。他希望用曾经锻塑过自己精神品质、改变了自己人生命运的书，去影响和改变尚处在比较贫困之中的家乡和广大乡亲。为了这样一个理想，他持之以恒地坚持了 10 余年。用 10 余年的时间，建起并逐步完善了蒋集镇农家书屋，并且像扶持一棵幼苗一样，一直关心、呵护着它，使之长成一棵参天乔木，可以荫蔽家乡成千上万的孩子和农民兄弟。

如今，兴安的理想正在一步步地实现。蒋集镇农家书屋无疑是安徽省乃至全国第一家农家书屋。无论从其规模、藏书数量，还是从它的现代化程度、服务人群覆盖面、读者借阅人次、读书成果、社会效益等各方面考量，都堪称第一。即便放在全国的 60 多家农家书屋工程中来看，它也是屈指可数的佼佼者、领先者，或许还是领头羊。

兴安回报家乡和社会的愿望已经实现。他还会将蒋集镇农家书屋建设和完善作为自己毕生的事业，继续进行下去。他就像是一支燃烧的蜡烛，又像是一团扑不灭的火焰，希望用自己的光和热，照亮家乡父老乡亲和农民子弟精神文化生活的一片天地，照亮成千上万人的梦想与生活。他希望用曾经带给自己无穷益处的图书，继续带给他人同样的好处与滋养。

这是一个普通人的追求，也是一个普通人的梦想。

这是一个大写的人，一个值得书写的人。

我们需要千千万万个像金兴安这样的"中国好人"。

一本书可以改变一个人的人生。而全民阅读，则可以改变一个民族和国家的精神面貌。

1840年鸦片战争以来，中华民族落后了，全面落后了。即便时至今日，我们国家的经济总量已经跃居世界第二，我们国家的实力、我们国家在国际上的话语权，任谁都不敢小觑。但是，我们的文化建设、我们的精神文明建设、我们的道德建设仍旧处在比较落后的境地，与国家经济社会的发展水平尚不相适应。毋庸讳言，我们民族整体的文化素质、道德水平、文明程度都还不够高。到2020年我国将要全面建成小康社会，到本世纪中叶我国将要建成社会主义现代化强国。这是中华民族伟大复兴中国梦征程上极其关键的两步。但是，我国国民的文明程度、道德水平能不能跟上？我国的精神文明建设、文化软实力能不能跟上？尤其是农村的9亿农民，他们的文化素质、道德素养能不能跟上时代高速发展的列车？

这些，都是摆在党和政府面前的、十分峻切乃至是国运攸关的课题。

我们国家的领导人无疑是高瞻远瞩的，也是思深忧广的。他们早已认识到，要从根本上提升全民族的文化素质和道德水准，唯有通过读书。书中自有黄金屋，书中自有颜如玉。这是中国古人的理想。而今天，我们倡议，阅读改变命运，阅读塑造人生，阅读铸就灵魂。不阅读的民族、不爱读书的民族，终究会输掉整个的竞争。

为此，我们强烈地持续不断地倡导全民阅读、书香中国。在城市的大街小巷，所有的图书馆都向全民免费开放，建立了各式各样的借书亭、书报亭、24 小时不打烊的书店。那都是城市的精神路灯。

而在广袤的乡村，则由政府主导，相继建起了千千万万个农家书屋。这些书屋犹如灯塔，照亮了农村的文化生活；又如精神的火炬，点燃了农民们阅读的热情和兴趣，为提高广大农民特别是农家学子的文化素质及道德素养，正在发挥着不可替代的重要作用。农家书屋，决不是摆设，绝非可有可无。它势必将成为农村精神文化生活的高地，成为农民自我提升素质的精神家园。

习近平总书记说："文化自信，是更基础、更广泛、更深厚的自信。"一个人、一个企业的发展，归根结底要依靠文化的深厚底蕴、精神的含金量和品质的力量来胜出。一个国家的发展，归根结底要依靠文化、道德、精神等软实力。文化、道德、精神犹如国家的脊梁骨，只有它们立住了、挺直了、坚强而强大了，这个国家才可能真正强大。它们就像是经济和财富这一堆的 0 前面立着的那个 1。只有这个 1 站住了，财富、金钱、物质等才能十倍百倍地增长；而一旦这个代表精神和道德水准的 1 倒下了，那么所有的财富、金钱、物质等都将成为一堆无用的 0。

因此，我们决不能小看了今天的农家书屋。这些如今犹如山花烂漫般遍布祖国乡村大地的小小的藏书屋、小小的图书室，已然是农民的书房、民族的书房、国家的书房。这些书房，必将成为农民的精神高原、民族的精神高原和国家的精神高原。

第六章

杯水涌泉报　感恩无穷期

率先向希望工程捐款捐书

让感恩的种子撒遍大地

寻找 50 年前的『恩人』

难忘一杯水的恩情

人生极处是精神

大地有冷暖，人间有真情

感恩家风代代传

知识甘泉汩汩流

金兴安是政府和乡亲们抚养长大的孤儿作家。从他参加工作之日起，就开始了感恩社会、感恩乡亲、感恩一切之旅。金兴安说，人生一辈子就是两件事：一是学习，二是感恩。学习使人知理，感恩使人明事。在他看来，感恩是一个人最基本的品质。对于社会和他人，他永远怀着一颗感恩的心。在自己的有生之年，他都要将感恩这项事情一直做下去。

率先向希望工程捐款捐书

20 世纪 90 年代初，由团中央实施的希望工程已在全国各地蓬勃展开。1990 年 3 月，共青团中央书记处书记、中国青少年发展基金会副理事长李克强率青基会考察组，冒着凛冽的寒风，踏着春风未融的冰雪来到安徽省金寨县，为全国第一所希望小学选址。李克强说："希望工程不是锦上添花，而是雪中送炭，要用这炭火燃起老区孩子的希望。"

当年，解海龙的摄影作品"大眼睛姑娘"已成为希望工程的标志性人物。"大眼睛姑娘"苏明娟是安徽省金寨县桃岭乡张湾小学一年级学生。1992 年，共青团安徽省委以"大眼睛姑娘"的渴望目光作宣传画，呼唤全社会向希望工程捐款捐物献爱心。

1992 年春，作家金兴安在安徽省"相王杯"征文大赛中获奖，随后把获得的 220 元奖金全部捐给了安徽省希望工程。安徽电视台《社会之窗》将金兴安捐款的镜头制作成"希望工程"宣传片的片头，长时期地进行了播放。1993 年 5 月 29 日，金兴安《校园微型小说》座谈会在合肥召开。会上，金兴安向安徽省希望工程办公室捐赠了刚出版的《校园微型小说》300 本。6 月 1 日《安徽日报》在头版报道了座谈会及金兴安捐书的消息。

1995 年元月 9 日，安徽电视台报道了铜陵县东湖小学学生姚胜同、姚素柳孤儿小兄妹的遭遇。金兴安立即给他俩寄去了一大包图书和学习用品，并附上一封信，信中讲述了自己的孤儿身世及直面困难战胜困难的经历，鼓励小兄妹俩在逆境中自强不息。

1996 年冬，闻悉定远县二龙回族乡创办了一个智障孩子特教班，金兴安冒着风雪和严寒，在乡间泥泞的小路上艰难地跋涉，深入地进行采访，写出了感人的长篇通讯《阳光下，我们同行》，发表在 1997 年元月 22 日的《人民日报》上，引起了广泛的反响。《文摘周刊》以"殷殷慈母情"为题摘发了这篇通讯。

让感恩的种子撒遍大地

2015年高考结束了，金兴安的事迹居然上了海南卷政治科的最后一道（第28道）主观解答题，分值8分。

考题是这样的：

【公民道德与伦理常识】阅读材料，完成下列问题。

金兴安幼年时父母双双离世，靠吃百家饭活下来的他心怀感恩，努力进取，历经艰辛，最终成为一名资深编辑、知名作家。为改变家乡文化生活落后的面貌，报答乡亲们的关爱，金兴安退休后克服种种困难，自费创办农家书屋，为落后的偏远乡村送去知识的甘霖，农家书屋成了当地农户的"技校"、师生的图书馆、民众的精神文化生活乐园。2014年9月，金兴安荣登"中国好人榜"。

运用公民道德建设的知识说明道德对金兴安成功人生的意义。

在考后发布的答案要点是这样的：

道德对个人发展、人生事业具有重要作用。（2分）

感恩回报的道德情感和信念引导金兴安在人生道路上不断提升自我、塑造完美的人格；（3分）激励他以坚强的意志品质不断进取、克服困难、回报社会、取得成功。（3分）

这道题考查的是道德对人生意义的知识，属于正面积极的形象，考查学生理论联系实际的能力，让学生把课本所学的道德对人生的影响，同现实生活中具体的事例结合起来。可以通过分析材料，把握材料的关键信息，把理论和材料有机结合起来。材料的关键信息是"他心怀感恩，努力进取，历经艰辛，最终成为一名资深编辑、知名作家。""为改变家乡文化生活落后的面貌，报答乡亲们的关爱，金兴安退休后克服种种困难"，这些信息说明他用实际行动表现了良好道德素质对人生的积极促进作用。

从安徽到海南，金兴安的感恩事迹已经名传天下，广为人知了。

2016年8月4日，正值一年一度的酷暑时节。在金兴安居住的书香苑小区西大门外的大树下，有一个瓜农正在卖西瓜。他头顶上撑起一把巨大的绿伞，在一大堆西瓜旁边还竖着一块牌子，上面写着"吴山西瓜"四个字。金兴安回家路过瓜摊时，正好听见瓜农和正在玩手机的小姑娘对话：

瓜农说："闺女，不能再看手机了，眼睛会看坏的。"

小姑娘回答："爸，那我干什么呀？"

金兴安回过头，只见一个八九岁的小姑娘气呼呼地坐在椅子上，双手攥着手机，两眼茫然地望着远方。

金兴安被眼前的情景触动了，此时此刻，他想到了农村的留守儿童，想到了孩子们的暑期生活，还想到了瓜农们的艰辛。

一进家门，他就让老伴帮他找几本好看的儿童读物，金兴安也把自己刚出版不久的儿童文学集《播种希望》找出一本，一并用塑料袋装起来，送到西大门瓜摊前，交给了小姑娘，让她好好读点书。

小姑娘笑了。瓜农也被感动了，他马上从瓜堆里挑出一个大西瓜，双手捧上，坚持要送给金兴安。

金兴安委婉谢绝："你挣钱太不容易！这是我孙子看过的书，就送给小姑娘看看吧！"

这一年的 9 月 22 日，第十届合肥国际文化博览会在合肥滨湖国际会展中心举办。金兴安到现场去参观。两万平方米的展厅琳琅满目，人声鼎沸，文化、食品品牌让人眼花缭乱，目不暇接。

博览会上金兴安买了一大瓶东北黑蜂蜜，付款时才发现钱不够，还少 30 元。摊位上卖蜂蜜的男子说："没事，明天您再把钱送来。"

金兴安本想把蜂蜜倒回大桶一点，少买一点。可听他这么一说，心里暖暖的，便改口答道："好，明天送钱来！"

金兴安认真地问过了对方的姓名，知道他叫梅永祥，是黑龙江伊春人。

回到家里，兴安老伴说他傻，因为他们的住处离滨湖国际会展中心十几公里，如果打的单程就要 30 元，来回需要 60 元。

金兴安回答："账可不能这么算，人家老板对你的信任值多少钱？"

第二天，老伴陪着兴安打的来到会展中心还了 30 元。

梅永祥连连点头，竖起大拇指大声说："安徽人，好样的！"

　　2016 年起，金兴安作为笔架山街道的一名居民，应邀参加了街道举办的"蜀山区道德讲堂·大篷车"活动。这一活动的目的在于全面提高公民道德素质，加强社会公德、职业道德、家庭美德教育；加强向身边好人、道德模范学习；在辖区形成"人人为我、我为人人"的良好氛围。4 月 14 日下午，活动在"省自我""唱歌曲"中拉开了序幕，在"诵经典"和"讲诚信"环节，邀请了"中国好人"金兴安向大家讲述了自己回报社会、感恩乡亲的高尚事迹。在金兴安分享完他和他的农家书屋的故事后，全场观众爆发出热烈的掌声，纷纷向这位无私奉献、懂得感恩的老者致敬。活动现场，观众们还畅谈了自己在听取金兴安的事迹后的感触。

　　2017 年 6 月 30 日，"蜀山区道德讲堂·大篷车"驶入了合肥市财政局。在学好人环节，邀请金兴安讲述他感恩乡邻，自筹资金创办书屋，免费向乡亲开放，受到社会广泛关注，成为安徽省示范农家书屋的故事。

　　金兴安所在的书香苑小区属于合肥市笔架山街道文博苑社区。2017 年 11 月 7 日上午，笔架山街道党工委书记林茵、人武部部长李欣带着鲜花、水果等慰问品登门慰问"中国好人"金兴安。感谢他多次在街道举办的"道德讲堂"上传播正能量，为街道的精神文明建设作出贡献。

　　党的十九大胜利闭幕后，全国上下掀起了学习党的十九大精神的热潮。11 月 23 日，笔架山街道汇林阁社区党委邀请金兴安为辖区党员作题为《不忘初心跟党走》的党的十九大精神学习专题讲座。

　　金兴安结合自身实际畅谈十九大报告。通过对十九大报告中"新时代"内涵的解读、"新时代"与别的时代特质的比较，阐释了文化强国和文化兴国，并结合文化自信说明了他创办全国第一家农家书屋（作家书屋）的初衷和经过，描述了 13 年来农家书屋对当地教育、农民致富等产生的积极影响，总结了农家书屋的成功经验。

会场内座无虚席，现场观众围绕基层文化建设，结合自己的实际情况提出了很多问题，金兴安一一解答，并就如何贯彻学习党的十九大精神给出相关建议。

寻找 50 年前的"恩人"

　　"恩人",这是一个多么亲切而令人感动的称呼。人活于世,一辈子总会遇到许许多多的好心人、热心人。每个人在遇到难处、遭遇危险和灾难时,都渴望有人伸出援手,助自己一臂之力,拉自己一把。而一个人在人生道路上,也渴望着有"贵人"相助;在遇到困惑迷茫时能够有人帮助指点迷津;在遇到上升前行险阻或瓶颈时,渴望有人提携自己,推动自己往前走……所有这些帮助过我们的人,所有那些对我们心怀善意和诚意,乐于伸手相助相帮的人,都是我们终生需要铭记的人。他们都是我们的恩人。恩情无论薄厚,都让人回味回首时倍感温馨与感动,都会成为催促我们进步的力量。

　　金兴安说:"现在说真话要有勇气,做好事、做善事同样要有勇气。"他一贯的人生座右铭就是:从现在起,为家庭、为单位、为社会做好事。他认为:"一个人做不了大事,可以做小事;做不了小事,可以出好点子;出不了好点子,可以说好话,总比骂大街好,总比怨天尤人要好。"

　　他甚至认为:"一个人不学会感恩,不懂得感恩,不践行感恩,其人格是不健全的。"那么,金兴安是怎么感恩呢?其实,从他参加工作那天起,他就开始了感恩之旅,他发誓要感恩一切帮助过自已的人。

2016年12月11日，金兴安谢恩乡亲座谈会在定远县召开。由定远县政协原主席张世清主持。定远老人宋祖杰、陈静、王婷、张家玉和30多位老同志参加了座谈会。其中有10多位已经80多岁了，有的老人是拄着拐杖来的，有的是家人陪着来的。

会场上巨大的会标："知恩报恩，感恩有你——金兴安谢恩乡亲座谈会"十分显眼。

座谈会上，金兴安首先携妻子和女儿、孙儿一家三代人，向在座的老领导、老同志、老朋友三次鞠躬致敬，以表达对在他青少年困难时期向自己伸出援助之手的恩人们的敬意。他满怀深情地回忆起自己不幸沦为孤儿后，在党和政府以及众多好心人的关爱和帮助下，走出困境，长大成人的感人故事。

他动情地说："中国有句古训：'滴水之恩，当涌泉相报。'追忆在我青少年时期的艰难岁月，从1961年至1982年长达21年间，我先后得到了在座的各位恩人们关注、关爱和热心帮助，使我顺利地度过了一个又一个的人生关口。是你们用人间的大爱和社会的责任担当使我走出一个又一个困境，见到了光明和希望！在这里，请允许我一家三代人向在座的恩人们鞠躬致谢！感谢你们在我人生最无助的时候，给了我的一切，使我坚定了生活的信心和战胜困难的勇气！我将永远记住你们的恩情。同时，我还要感谢所有帮助过我的人，没有你们的帮助，就没有我的今天。我要把你们的恩情告诉儿孙，将爱传承。让我们在感恩的世界里重新寻找人生的意义，重新体会人生的真谛！但愿人人都有一颗感恩的心……"

与会嘉宾庄士道、李朝荣、谢有佐、吴振东、卜军、李广发、张仕贤、杨家伦、李希华、宋斌、张晓琴、李玉昌、郑有德、李文迅、刘长珍等纷纷发言，高度称赞金兴安成才成名后始终不忘感恩乡亲、报恩社会的高尚行为，是值得大家学习的。

在场的许多老人都是曾经帮助过金兴安、有恩于他的人。或者在金兴安苦难的青少年时代给过他饭吃，给过他衣穿，或者给过他几角钱、一本书，或者对他讲过鼓励的话……座谈会上，他们都深情地回忆起了一件件往事。

金兴安一向认为："无论是成功人士、大老板还是普通人，都不能忘本。一个人的成功是在全社会帮助下取得的，不只是个人的努力。"

为了筹备好这次感恩会，他单是从合肥到定远就跑了六趟，一一寻访 1961 年至 1982 年曾经帮助过自己的恩人。

时间过了 50 多年，他找到了恩人曾经住过的地方。但是，一切早已面目全非：原先的茅草房或瓦房，变成了高楼大厦，变成一个一个小区。金兴安到处去问人，去打听，一个电话接一个电话地打，一个小区接一个小区地跑。再根据新地址找上门去拜访致谢。好不容易找到了 30 多个当年的恩人。

然后，他又专程跑到定远，联系确定会场，又去找车接送老人。开会的人员、会场布置、会餐、礼品皆要精心安排。

而在此之前，金兴安还精心地准备了会议的礼品。为了给各位与会的恩人们一份有纪念意义的礼品，他也是费尽了心思。礼轻情意重，礼物未必值钱，重要的是它所寄寓的一份深情、一份暖意。

他和妻子老王专程跑到景德镇去，定制了一批印有"感恩有你"字样图案的青花瓷茶杯，还有印有蒋集农家书屋大门图案的瓷板画。用意很明显，"感恩有你"的茶杯说明兴安没有忘恩，饮水思源，要感恩的心情。农家书屋瓷板画旨在告诉恩人们这些年兴安在家乡创办农家书屋的事。

在预订这些礼品的过程中，还发生了一件感人的事。

兴安夫妇从合肥坐了 8 个小时的大巴车，长途颠簸来到了景德镇，在街上找到了制作瓷板画和瓷杯的成辉瓷厂。成辉瓷厂是一家大型生产颜色釉企业，在不断地研究实验中，终于将失传已久的凤凰衣、美人醉、玫瑰紫拉丝等高端釉研制成功，在业内很有影响。

老板是一个中年女子，名叫何淑辉。当她听说了金兴安的故事和他要制作礼品感恩恩人的事情后，大为感动，当即表示，这些礼品全都免费，费用由她来出，坚决不肯收金兴安一分钱。当她得知这两位年近古稀的老人竟然是坐了 8 个小时的长途汽车专程前来订货的，她更是感动，执意留他俩一起吃饭，并再三挽留他们在景德镇多住几天。

金兴安和老王坚持要照价付钱，说这是自己几十年来的感恩心意，当然要自己出钱定做了，那样才更显诚意。

最终，何淑辉无奈地收下了钱，但她无论如何都只肯收一个很低的成本价。

200 只瓷杯和 100 块瓷板画烧好了，何淑辉又通过快递及时地寄到了合肥。

兴安如期收到了。这些瓷杯和瓷板画比他预想的效果还要好。何女士的鼎力相助令他感动不已。

金兴安谢恩乡亲座谈会开得很成功，产生了良好的社会反响，给定远县当地感恩文化的传承和发扬写下了浓墨重彩的一笔。

谢恩乡亲座谈会后，金兴安还专门登门拜访了行动不便未能与会的老人、当年曾指挥救治金兴安的钱连山和长期关怀他成长的李志杨等，并送上了礼物。

难忘一杯水的恩情

　　"讨一杯水喝"，这是最常见最寻常的一件小事，可金兴安为这一杯水，竟然 30 多年都难以忘怀。为了感谢当年这位送水的好心人，2017 年 5 月 9 日，金兴安专程从合肥赶到定远县炉桥镇，邀炉桥镇党委原副书记李玉昌等陪同前往能仁乡二家李村，专门看望当年送水的陆开金老师。

　　陆老师 78 岁，当年是二家李小学的教师（后来任校长，于 1999 年退休）。1985 年初冬的一天，金兴安因事去能仁乡，办完事要去年家岗火车站赶火车，在乡里遇到挚友，受到了热情的款待。金兴安喝多了酒，颇有些醉态。朋友们都劝他休息一会儿再走，可金兴安急于赶火车回单位办事，他认为自己年轻有点小醉不会碍事。于是，朋友们就放他走了。结果，当他刚走到二家李小学门口时，突然头晕目眩，还呕吐了起来。正在学校值班的陆老师见状，急忙将金兴安搀扶到学校里。问清缘由后，陆老师赶紧从家里拎来热水瓶，倒了一碗热水，让金兴安喝下去。过了一会儿，金兴安平静下来后，又提出要去赶火车。这时，天已黑下来了，陆老师考虑到二家李小学离年家岗火车站还有十里路程，即便到了车站也不一定能赶上火车，于是，他再三劝说挽留，把金兴安安顿在学校里过了一夜。等到次日一早金兴安完全清醒了，才与陆老师握手告别。

回到合肥后，金兴安特地给陆老师写去了感谢信。陆老师也于1986年3月9日给金兴安回了一封信，信中说：这是一件不足挂齿的小事，你遇到谁，谁都会给你一碗水喝的，不必在意。还说了其他一些家常话。

金兴安特别感动，认为亏得陆老师当时给自己水喝留自己住下，要不然还不知道自己会出什么意外呢。他把陆老师的这封回信一直保存至今。

2016年，金兴安在整理旧资料时发现了这封信。信纸已发黄，但字迹仍清晰。金兴安把信递给陆老师。

陆老师戴起老花镜，双手颤抖着打开信，激动得泪流满面："30多年了，一碗水，你还没有忘记……"

金兴安双手奉上慰问金。

陆老师哪里肯要，两位老人相互推让。

三番五次地，金兴安硬是把钱塞进陆老师的口袋里。

在场的所有人无不为之感动。这感人的一幕被一起陪同前往的能仁乡乡长郭庆用手机拍摄了下来。

"滴水之恩，当涌泉相报"，这是中华民族的传统美德。几十年来，金兴安一直在以实际行动践行着这一美德。

人生极处是精神

2017年6月，由安徽出版集团常务副总经理周玉主编的《金兴安研究》由新华出版社出版。9月28日上午，由安徽出版集团、新华出版社、安徽省作家协会联合主办的金兴安文学创作四十年暨《金兴安研究》出版座谈会在合肥隆重举行。安徽省内外的各界嘉宾50余人齐聚一堂，对认识和研究金兴安40年来的文学创作和14年来创办全国第一家农家书屋事迹作了更全面、更深入的阐述。

与会者阵容相当壮观。既有安徽省委原书记卢荣景，安徽省委原常委、安徽省军区原司令员沈善文，安徽省政协文史办副主任、安徽省新闻出版局原局长郭永年，安徽省总工会原主席卞国福，合肥市人大原副主任甄长琢，安徽省委办公厅原副巡视员李其昌，安徽省委办公厅老干部处处长许颖峰，安徽省新闻出版广电局原纪检组长郭云俭等各级老领导，也有文化界的知名人士：安徽省文联主席吴雪，安徽省作家协会主席许辉，《滁州日报》社长李莹，《文摘周刊》原总编辑许大钧，安徽出版集团常务副总经理周玉，安徽出版集团纪委书记金运明，时代出版传媒公司副总经理韩进，时代出版传媒公司副总编辑、安徽少年儿童出版社社长张克文，安徽出版集团原工会主席朱维明，著名书画家、合肥书画院院长周彬，安徽大学教授、著名文艺评论家王达敏，著名作家苏北，著名文艺评论家薛贤荣，长丰县政协原主席、著名书法家曹光忠等。

周玉介绍，《金兴安研究》分上下编，上编评论他的文学创作成绩；下编评论他创办农家书屋的事迹，可谓经纬分明。人们从一篇篇翔实的评文中可以深切地感受到金兴安为之奋斗 40 年所付出的艰辛和努力，以及所取得的骄人成绩。它的出版不仅是对金兴安个人的文学创作和创办书屋的全面总结，也为后来者提供了借鉴和参照。其中几十篇的评介文章和丰厚的理论资源都具有新时期的文化价值和研究价值。书中的插页和照片真实地记录了金兴安的文学创作和创办书屋历程中的精彩瞬间。

自 20 世纪 80 年代至今，金兴安先后出版了 10 部专著，累计约 400 万字，荣获各类文学奖项 20 余次。与此同时，2004 年，金兴安为了感谢家乡父老乡亲的养育之恩，将自己多年的积蓄和藏书全部捐出来，率先在家乡创办了全国第一家农家书屋（作家书屋），免费对外开放。无数的农民和学生，从这里获得了成长的翅膀。著名作家王蒙、张锲、邓友梅、廖奔、何建明、鲁彦周、鲁光、蒋子龙、贾平凹等，闻讯后有的题词，有的捐书，有的撰文，都用不同的方式给予大力支持。

在座谈时，金兴安动情地表示，他是吃百家饭、穿百家衣长大的孩子，从那时起便在幼小的心灵里播下了感恩的种子，发誓长大后一定要报答乡亲们。这个想法一直激励着他奋发向上，逆境中不沉沦，长期刻苦读书，坚持不懈。他说，当一个人所做的工作和追求，一旦与感恩之举紧密结合起来，他对工作的热情、潜力、积极性、创造性，最终可以发挥到极致。

与会者对金兴安的文学创作和为人做事给予了高度评价。

卢荣景不无感慨地说:"是什么激励着金兴安做好人好事?这与他的经历有关系。不忘本,性格顽强执着,做事情不做好绝不收兵。对同志不计较回报,为社会作奉献。金兴安经过几十年刻苦学习、勤奋创作,最终成为著名的、创作体裁广泛的作家,这是了不起的一件事,是来之不易的。第一家农家书屋的创办具有现实性、时代性、历史性的奉献。虽然规模不大,可为什么影响那么大?是因为他的理念、奉献、创造、自我牺牲的精神。"

吴雪一针见血地指出:"金兴安的优秀体现在什么方面?正如书中所说:'人生极处是精神!'他有几种精神值得学习和弘扬。一是书写人民,讴歌时代精神;二是奉献精神;三是乐于助人的精神。用自己的行为践行自己的理想,成为作家当中的好人之一。"

韩进在《金兴安其人其文其事》一文中深情地写道:"他以报恩之心,用纯朴的文字,抒发情感,记录社会,为孩子写作,为时代讴歌。他将自己全部稿费所得,在家乡捐建作家书屋,脱贫先启智,发家先读书。40年来,他和改革开放同行。前30年服务出版,笔耕不辍。后10年奉献书屋,呕心沥血。'安徽好人''中国好人'是对他的肯定。他的身上,有着中华传统文化最宝贵的知恩图报的品德、家国一体的情怀、自强不息的精神、永葆本色的纯真。"

来自金巷村的乡亲金琪高说:"全村到处传颂着金兴安的人格和爱心,他的行为教育和感动着许多人。是的,感动在召唤,爱心在传递,人格魅力在闪光。他就像灯塔一样引领人们向善向上,的确有一种强大的无形力量催生着我们对人生意义的独特领悟和坚守。"

许辉是安徽省著名作家。在他心目中,金兴安至少有五重身份："一重是编辑家身份,他一生中不管在报社、在出版社,他编辑了许多书、报刊,体现了他作为编辑家的深厚的功底,为作者作嫁衣,培养了一大批文学青年,这是一种爱心。他是一个非常好的编辑家。二重是作家的身份,他很早就立志创作,写了许多各种体裁的文学作品,有报告文学、散文、微型小说等,在我们全省有很大影响,在国内有一定知名度。他的作品在国内、在省内召开过多次专题研讨会,他的文学创作是很有成就的。他从事业余文学创作40年,他这样坚持、坚守,给我们留下深刻的印象。我们省加入中国作协的人是不多的,他加入中国作协很早,那时全省才30多人,经过这么多年才刚突破200名,从这一点上就能看到他的文学创作很有成就。三重是收藏家的身份,我有很多的耳闻,很遗憾还没有机会去他的收藏馆学习,他的这个收藏不是一天两天的,在他的人生中也是一以贯之的,从他比较年轻到现在矢志不渝。我想收藏不仅是收藏,也是他的爱好。古人说,一个没有爱好的人是不可以深交的,当然他还有其他的爱好。从他的这种爱好看到他生活的多样性。四重是社会活动家身份。贯穿从他的青年到现在,他的活动不是为自己,是为了工作、为了事业、为了他人、为了社会、为了贫穷的乡亲、为了创办书屋,或者为了其他方方面面传递正能量。他是一个很好的社会活动家,不管是名声很高的名人,还是地位很高的领导,或者是普通群众、村支书、镇领导,他都能与他们愉快合作交往,把需要做的事情做得非常好。同时他非常有耐心。五重是爱心大使的身份,这种身份是有根源的,有源头的。他从小失去了很多的爱,他明白知恩图报这一中国传统文化的精髓。他知道怎么为别人做事,从他生命的阅历中体会道理和感悟,他人生的价值观形成与这是有关系的。他之所以成为'安徽好人''中国好人'，不是一天两天锻造的，他几十年如一日不断为社会作奉献，不断为他人着想，为我们国家、为我们民族文化事业奉献他的一砖一瓦。从一个角度来说，这五重身份说明他一方面是复合型人才，不管是做编辑、做作家、做收藏家、做社会活动家、做爱心大使，都做得非常好，非常突出，都能一以贯之，都能坚持下去。最重要的是，让我们看到了活生生的和立体的金兴安这个人，看到他对事业的执著，看到他对生活的热爱。"

周彬和兴安是20多年的老朋友了，原先是邻居，周彬住前楼，兴安住后楼，在一次书画展览中两人相识，周彬知道了兴安是一位作家，也爱好书画。平时，周彬负责的黄山画会、黄山书画院有事请兴安帮忙，只要讲一声，兴安就想方设法找这个、找那个来帮助解决，他是个热心肠的人。在以后的相处中，周彬发现这个人确实是个好人。那时还没有开展评选"中国好人"的群众活动。再后来，金兴安真的获得了"中国好人"的光荣称号。这位"中国好人"给周彬印象最深的，也是最令他感动的，是兴安帮助张建中老先生的三件事。

张老是享誉海内外的著名书法家，也是黄山画会、黄山书画院的创始人。张老离开安徽多年，很多人慢慢就把他忘了。金兴安认为张老为安徽的美术事业作出了重要的贡献，是不可缺少的一位重量级的书画大家。2009年他去山东寻找张老无果，2010年他打听到张老住在三亚的消息，稍加准备，就飞往三亚看望并采访了张老。采访中了解到三亚与内地的文化相比，特别是与文化大省安徽、山东相比确实有很大差距。但居住在三亚的张老积极参加当地宣传部门组织的书画慰问队，开展向劳动模范和驻军战士赠送书画等活动，为改变三亚的文化现状，提升三亚城市的文化品位作出了自己的贡献。金兴安很快写出了题为《三亚访问张建中先生》的长篇通讯。文章在 5 月 28 日的《江淮时报》发表后，又被 2010 年 9 月《新华月报》转载。《新华月报》是国家级权威刊物，可见张建中老先生的声誉之高，影响之大。

　　第二件事是搜索、整理、撰写张建中艺术年表。2012 年兴安再飞三亚，对张老及其老伴丁老进行深入细致的采访，回安徽后又找到了与张老当年同时南下的老领导、老干部，找到了与张老曾在一起工作的老同事，对其进行深入采访。并查阅了档案馆、图书馆的有关史料，怀着对历史对人民和对张老本人高度负责的精神，写出了《张建中艺术年表》初稿。兴安没有停下来，又将初稿送到三亚与张老、丁老逐条逐句地推敲、校对。前后花去近半年的业余时间，两上山东、三飞三亚，兴安没拿张老一分钱报酬，义务完成了《张建中艺术年表》的撰写工作。这是一篇极其宝贵的艺术史料，也是一笔巨大的精神财富。张老在电话里激动地对周彬说："兴安同志帮了我一个大忙，他真是个大好人。"

　　第三件事更是令周彬感动不已。合肥有一家古玩店的老板告诉兴安说，他的弟弟收废报刊时收到了张建中解放前的两本日记。兴安听了又惊又喜又有点疑虑，惊喜的是他正在撰写张老的艺术年表，解放前的日记很有参考价值，疑虑的是怕日记是仿品。兴安对古玩店老板说，请你拿来看看，只要是真迹就行。第二天老板回话说，他弟弟已将"日记"卖到南京去了。这下糟了！兴安心想，如果真是解放前的张老日记岂不是重大的损失？于是，他与老板商量，能否叫他弟弟从南京再买回来。回答是肯定的，但要加价。兴安还是那句话，只要是真迹就行！两天后，兴安拿到了张老在 1946、1947 年青岛李村师范读书时所写的两本日记。他当即把这两本日记拿去请周彬鉴定。周彬一看日记的纸张、内容、字迹，对兴安说，这两本日记确是真迹无疑！兴安兴奋至极，第二天就买了飞往三亚的机票，亲手将这两本十分珍贵的日记物归原主。张老、丁老手捧着散失了 67 年的日记喜出望外，连声说：这是奇迹！奇迹！又连声感谢兴安。这件事情一般人绝对做不出来，唯有金兴安。

回忆完往事，周彬感叹道："金兴安真不愧为'中国好人'！"

大地有冷暖，人间有真情

写了30多年，金兴安堪称著作等身。2013年3月18日，金兴安向他的家乡——定远县档案馆捐赠了自己创作的文学作品，包括报告文学集《安徽大采风》等专著、选集计19种48本。这19种著作，有小说、散文、报告文学、儿童文学、文学评论以及文艺通讯等。这些作品真实地反映和艺术地再现了党的十一届三中全会以来，安徽和全国各地发生的巨大变化，展现了中华儿女艰苦奋斗的风雨历程以及他们的创业风采。值得一提的是，这19种著作中涉及定远县内容的作品多达46篇。足见家乡的发展在作者心目中的地位和分量。

为此，中共定远县委宣传部、县档案局、县文联联合举办了隆重的赠书仪式。

除了不忘家乡，金兴安更不会忘记母校吴圩中学对自己的栽培。2017年10月12日，在吴圩中学阅览室内，金兴安向母校捐赠自己30年来创作的文学作品9种计百余册，给全校师生带来了宝贵的精神食粮。

吴圩中学师生代表相继发言，他们畅谈了阅读金兴安著作《我曾飞过》《校园微型小说》《自鸣钟》的感受，并表示要向金老学习处于逆境中奋斗的精神。

在发言中，金兴安深情地追忆了自己在吴圩中学读书生活的片段。那些片段虽经 50 年的风雨冲洗，却依旧清晰地刻印在他的心上：

他是吴圩中学第五届初中毕业生，就读于 1963 年至 1966 年。追忆在校的三年读书生活，他有说不完的心里话、感不尽的师生情。那年月，人们才从三年大饥荒中熬过来不久，物资极度匮乏，生活质量低下，而他的生活更是举步维艰。1960 年他的父母死于大饥荒，刚上小学三年级的他一夜间变成了小孤儿，孤苦伶仃、一无所有。记得 1963 年他跨进吴圩中学校门时，他所有的行李就是一床旧被絮，那是他唯一的家产，其他生活用品一样也没有。校领导、老师们、同学们知道他的身世和处境后，无不同情和怜悯，纷纷伸出援助之手，学校免掉了一切的入学费用，每月让他享受最高的助学金，老师和同学们更加地关心他、爱护他，待他像亲人。在经历了一次巨大的感情颠簸之后，他生命的小船又回到了平静的港湾。在吴圩中学这个大家庭里，他与有父母、有家庭的孩子一样，有歌声、有笑语，愉快地读完了三年初中。

真是大地有冷暖，人间有真情。

在那难忘的三年读书期间，他记得校领导和班主任老师对他关怀备至。他们不但关心他的学习、照顾他的生活，还常常同他促膝谈心，教育他从小树立远大的理想、培养他正确的人生观，教育他怎样做人，如何直面现实及克服和战胜眼前的困难。那些充满正能量的话语，像一股股暖流温暖着他，在他幼小的心灵里激发出催人奋进的火花。

在那难忘的三年读书期间，他记得同学们待他情同手足。他的数学成绩跟不上，班上成绩好的同学就主动耐心地给他辅导，并展开一帮一、一对红的活动；冬天，他没有棉衣，有几位女同学就利用课外活动时间帮助缝制；星期天回家的同学们带来的零食，总与他分享。他要借用《老同学》歌词中的一句话："借给我饭票的兄弟、你还好吗？"不过，他要改一字："送给我饭票的兄弟，你还好吗？"

在那难忘的三年读书期间，他记得正值全国人民学习焦裕禄。1966 年 3 月，在语文老师傅家成精心指导下，他写了一首叙事诗《焦裕禄之歌》。他万万没想到，这首习作竟被选在全校举办的"五一"节联欢会上作为节目朗诵，引得一片掌声。从此，他写作的兴趣更浓，他更爱写作。谁知走上工作岗位后，写作竟成了他的职业、他的主业，并取得了一些成就。母校是他学习写作启蒙的乐土，语文老师是点燃他写作火炬的人。正如先贤所说，一个人所受的教育，从启蒙开始，教师的作用是巨大的，有时甚至是决定性的。

在那难忘的三年读书期间，他记得每次放寒暑假或节假日，同学们既热情又真诚地邀请他去他们家做客，同学们的父母和家人总是做最好的饭菜款待他。家住吴圩、杜集、隆兴、刘兴、卜店等地的同学们几乎每家他都去过。同学们用金子般的童心和善举让他这个无家可归的孤儿不再孤单和寂寞。这就是他吴圩中学同学的情怀，这就是他在困境中的兄弟姐妹。

在那难忘的三年读书期间，他记得有一次他患病卧床，班主任老师来到学生宿舍，不由分说背起他就直奔吴圩医院。他从口袋里掏出钱买了药，又将他背了回来，并再三叮嘱他按时服药。学校大食堂破例给他做了几天小灶，落下的课文由授课老师一一帮他补上，同学们轮流值班照顾他。50 年过去了，现在想起来仍使金兴安激动不已，热泪盈眶。

回忆起在校三年的往事，一桩桩，一件件，历历在目，点点滴滴，铭刻在心。师生情谊，至纯至真，吴圩中学，无比温馨。老师们以高尚的师德和人格魅力指引他前行，同学们用兄弟姐妹般的友情温暖他的春夏秋冬。万语千言汇一句：三世修得同窗读，没齿不忘师生恩。

这一次，金兴安向母校捐赠著作，就是自己感恩母校的一个具体举动。他声情并茂的讲述，打动了在场的每一位师生。

感恩家风代代传

感恩是一种美德，美德可以成为一件传家宝。金兴安的以身作则、持之以恒地做好人、行好事，也无时无刻不在潜移默化地影响和熏陶着自己的身边人特别是自己的家人。2017年12月9日，金兴安的女儿金泉在《市场星报》发表了一篇文章——《我家的感恩家风我辈传》。

我家的家风就是两个字："感恩"。

"感恩乡亲""感恩社会"是我父亲从小至今生活中的一项重要内容。因为他在孩提时代赶上了安徽大饥荒，使他不幸沦为孤儿，孤苦伶仃，衣食无源，无家可归。父亲是吃百家饭，穿百家衣长大的孩子。从那时起，在他幼小的心灵里就播下了感恩的种子，发誓长大一定要感恩乡亲们。父亲终于成了编审和作家，环境改变了，但他感恩报答乡亲们的一颗心没有变。2004年父亲说服我们全家，捐出了他自己多年的积蓄和藏书，在家乡创办了全国第一家农家书屋（作家书屋），免费向乡亲们开放。14年来，书屋受到社会各界的高度关注和热情支持，荣获了中央、省、市、县多项荣誉，成为安徽省农家书屋建设的成功典范，他决心要用文化来改变家乡。

记得 2004 年 7 月，书屋建设正式启动，在筹建的 15 个月时间里，父亲从合肥至蒋集乡来回往返 38 趟，其中有多次是忍着椎间盘疼痛来回奔波的。从合肥至蒋集来回一趟就得颠簸 140 多公里，回到家里，腰腿疼痛的他上床都困难，妈妈埋怨他："你这样不要命，何苦呢。"父亲却说："感恩不能等待，感恩要付出行动！"从那时起，我家的感恩家风就逐渐形成了。

父亲的感恩之举、报恩之心感染和影响了我和哥哥，使我们不自觉地参与到父亲的感恩行动中。书屋从创办至今，书屋的申请报告、讲话材料、会议程序等等各种文字材料都是我来打印，第二天需要的材料，需在头一天夜间完成。领导来慰问、媒体来采访、友人来看望，还需要我收发短信接收邮件（因父亲至今不会用电脑），节假日或双休日父亲去书屋时，常常要带上几包书，我就帮他把书送到新亚汽车站（因父亲舍不得打车）。从住处乘公交到新亚汽车站单程需要一个半小时，每次我看到父亲拎着沉重的图书，非常吃力，但他脸上流露出的一股热情和责任感却深深教育着我。我曾暗暗想，只要我能做的事，尽量帮助他老人家多做一些。

退休后的父亲还为完善书屋的建设而一直四处奔波，到处"化缘"，以至 2016 年使书屋扩建完工。国务院副总理刘延东在对父亲创办书屋的重要批示中指出："希望金兴安同志把感恩乡亲办书屋的路一直走下去，用知识和文化带领乡亲走向小康和富裕！"哥哥在公安局工作，天天忙得不可开交，往往是星期天，遇到"情况"也要立马赶到。好不容易轮到休息，又赶上蒋集农家书屋有急事，没办法，父亲只好让哥哥开私家车跑一趟。起初，哥哥十分不乐意，因为既占了他休息时间，又要他贴油费。后来他慢慢明白了父亲为感恩乡亲创办书屋所付出的艰辛，尽管是好不容易才休息一天，也要先打电话问问去不去农家书屋。近年来，感恩的家风正通过父亲的言传身教在我们家得到了发扬光大，连上小学三年级的孙子也知道把他看过的儿童读物要爷爷带到书屋去送给农村的小朋友。

2016 年年底，父亲在家乡召开了"知恩报恩，感恩有你——金兴安谢恩乡亲座谈会"，参会的多位老人都是 20 世纪六七十年代给予父亲支持和帮助的恩人。会上，父亲、母亲、我和宝宝一家三代人向在座的老领导、老同志、老朋友鞠躬致敬，感谢在父亲青少年困难时期向他伸出援助之手的恩人们。不少媒体均给予及时报道和高度评价。这些报道和照片我都珍藏着，等我的宝宝长大了，我要把父亲的感恩故事说给他听，让他也要学会感恩。滴水之恩当涌泉相报，这是中华民族几千年来传承下来的优良美德，应该世世代代传承下去，让每个人都把感恩记在心中并行动起来。

我要把这感恩家风的接力棒，接过来，传下去。

2018 年 11 月，金兴安到北京来办事，顺便找我谈这部书稿的修改事宜。他不无激动地告诉我，他的女儿金泉前不久做了一件了不起的事情。

有一天，金泉的手机收到了一则短信，是她的一张交通银行的储蓄卡余额变动提醒，提示她银行卡上刚刚收到了 5000 元。金泉感到很纳闷：自己没有往卡里存钱，也没有谁说过要给她的卡上打钱。她问过了自己的家人、朋友和同事，都说没有给她的卡上打钱。

这就奇怪了！是谁给她打钱了呢？

一定是有人打错款项了！金泉心里想，得尽快找到银行，让他们查清究竟是谁打错钱了，赶紧把钱还给人家！

她翻箱倒柜地寻找自己的交通银行卡，打算拿着卡去找银行工作人员。

然而，找了很多遍，都没有找到自己的银行卡。

这可怎么办呢？得赶紧把钱退还给人家，不是自己的钱绝对不能昧为己有；再说了，如果人家发现钱打错了，而且还不是一个小数目，不知该有多着急呢！

于是，金泉带着自己的身份证，直接到交行柜台，请工作人员帮她查找钱款的"钱主"。

通过银行人员的多方查找，终于弄清了：原来，是有人通过ATM 机往卡里存了 5000 元。

这，究竟是怎么回事呢？那个人手里怎么会有金泉的银行卡呢？

事情很快就弄清楚了，因为那位"钱主"也找到银行来了。这个年轻人说，他让父亲帮他代为还款，他父亲就从自家的抽屉里拿了这张交行卡，到自动柜员机存了 5000 元。但是奇怪的是，他没有收到银行还款的信息。再仔细查看存款的交行卡，原来他拿错了银行卡，这张卡不是他父亲的，而是他父亲捡到的一张卡随手就把它放在自家抽屉里了。——这张卡，正是金泉的！

那么，金泉的银行卡怎么会到人家手里了呢？

等到金泉和这个年轻人一见面，她就弄清楚了事情的全部真相。原来，她有一次去茶叶店买茶叶，不慎把银行卡落在人家店里了，店主——就是那个年轻人的父亲捡到了，因为一时找不到失主，就顺手把它放到自家抽屉里了。

钱主找到了，经过银行方面确认，金泉把 5000 元分文不差地退给了那个年轻人，而那人也把银行卡完璧归赵还给她了。

年轻人非常客气，非要拿两包茶叶送给金泉表示感谢，金泉却说什么都不肯收下。她说，自己的父亲一直都是这样教育自己的，不义之财不苟得，做人就要堂堂正正。

金兴安后来听金泉讲述了整个事情的来龙去脉，心里也不无感慨。

金伍宇轩是金兴安的孙子。2018 年 4 月 2 日，在合肥市颐和佳苑小学五年级就读的小宇轩参加了学校举办的以"永远听党话，时刻跟党走"为主题的演讲比赛。这个 10 岁的孩子把自己爷爷感恩乡亲，创办全国第一个农家书屋作为演讲的主题，结果获得了比赛一等奖。他是这样讲述爷爷的故事的：

我的爷爷叫金兴安，今年 70 岁了，退休 10 年了。他于 2004 年捐资捐书在家乡创办了全国第一个农家书屋，免费向乡亲们开放，受到乡亲们的热烈欢迎。

爷爷为什么要在家乡创办农家书屋呢？用爷爷的话说就是四个字"感恩乡亲"。因为爷爷小时候不幸沦为孤儿，孤苦伶仃，衣食无源，无家可归。可处在生活艰难中的乡亲们并没有遗弃爷爷，反而更加关爱他，照顾他，东家大婶送碗粥，西家大叔送碗汤，爷爷是靠吃百家饭、穿百家衣长大的孩子。从那时起，在爷爷的幼小心灵里就播下了感恩的种子，发誓长大后一定要报答乡亲们，感恩乡亲们。

爷爷在退休前说服了家人，把自己的积蓄几万元钱和3000多册藏书全部捐出来，在家乡创办了全国第一个农家书屋，实现了他几十年来的感恩的夙愿。

"感恩乡亲办书屋"的消息被《人民日报》、中央电视台、《安徽日报》等中央和安徽新闻媒体报道后，在社会各界引起了广泛的关注和强烈反响！无数个有爱心的爷爷奶奶、叔叔阿姨、大哥哥大姐姐，伸出了温暖的双手，从全国各地向爷爷的书屋捐书，书屋的藏书量由3000多册增长到目前的6万多册。当地的农民伯伯们通过读农业科技图书，提高了养殖业种植业技术，增加了收入、得到了实惠：中小学生通过课外阅读，增长了知识，开阔了眼界，近几年，有多名大哥哥大姐姐考上了北京大学、清华大学、山东大学、华侨大学、安徽大学等一批名校，在爷爷的家乡传为佳话。

时间真快，爷爷创办的农家书屋已经15年了，虽然爷爷年高体弱，一身多病。但爷爷一直为书屋的发展和完善而不忘初心，四处奔波。他决心把"感恩乡亲办书屋"这条路一直走下去，直到有一天他干不动为止。爷爷的感恩精神感动了很多人，也感动了社会。爷爷先后荣获了"全国新闻出版行业服务社会主义新农村建设出版发行先进个人"，中央电视台"身边感动人物""安徽好人""中国好人"等称号，他创办的农家书屋荣获了中央、省、市、县多种奖项和荣誉，获得"全国示范农家书屋"的光荣称号。

每每在电视、广播和报纸上看到我爷爷的报道，我特别的高兴和激动！我为爷爷感到无比的骄傲和自豪，我爱我的爷爷，我要向爷爷学习，我要把爷爷感恩家风的接力棒，接过来传下去，发扬光大。用爷爷的艰苦奋斗精神，搞好自己的学习，尊敬老师，团结同学，爱护班组荣誉，以优异的成绩来报答老师和学校的关爱与培养。我长大了，也要像爷爷一样，做一个懂得感恩的人。

知识甘泉汩汩流

2018 年，由金兴安创办的全国第一家农家书屋——定远县蒋集书屋已走过了 15 个春秋。5 月 2 日，蒋集镇农家书屋创建 15 周年图片展在安徽出版集团举行。

展览分六个部分，分别从亲切关怀巨大鼓舞、感恩乡亲创办书屋、出版集团率先支持、社会各界热心相助、媒体宣传影响空前、硕果累累惠及桑梓六个不同角度，真实地记录了蒋集镇农家书屋 15 年来的发展历程。5 月 2 日至 6 月 7 日在合肥展览闭幕后，又将展品运往定远县巡展。《安徽日报》《市场星报》《滁州日报》等省、市、县媒体均跟进报道，产生了广泛影响。

2004 年金兴安捐出藏书和稿费，在家乡定远县蒋集镇创办了第一家农家书屋（作家书屋），免费向乡亲们开放，受到社会各界高度关注和热心支持。

在同记者谈到办农家书屋的缘由时，兴安说，就是四个字："感恩乡亲"。在 1960 年的饥荒中，父母双亡，他沦为孤儿，在乡亲的接济下，他才得以成长成才。自此，"感恩"二字在他心里深深地烙下印记。"该如何感恩？我一介书生，无钱无权，没有能力为家乡提供经济上的帮助，随即想到了家乡文化的贫瘠。"

"由于缺乏知识，我们这里外出打工的年轻人经常遭到歧视和挫折，我强烈地感觉到农民需要文化和知识。"金兴安说。于是，他说服家人，把自己的几千册藏书和多年的积蓄捐了出来，在蒋集镇创办了安徽省首家农家书屋（作家书屋）。

书屋创办 15 年来，就像一眼清泉，汩汩地流淌着知识的甘泉，滋润着当地村民的精神田园。农民通过读书、看光盘，提高了养殖业、种植业技术，增加了收入，得到了实惠，让饱了肚皮的农民再富脑袋。书屋既丰富农村的文化生活，向农民普及农业技术知识和致富信息，又带动了当地乡风、民风的改变。中小学生通过课外读物，增长了知识，开阔了眼界。一批农家子弟走进了北京大学、清华大学、山东大学等名校，在当地被传为佳话。

蒋集镇农家书屋经历了 15 年的坚守和发展，探索出了"背靠学校，面向社会"的书屋模式，成为全国示范农家书屋。金兴安坦言：15 年来，每一次发展变化，每一步前行、提升，都离不开社会力量的支持，离不开有识之士的热心，尤其是安徽出版集团的支持。

安徽出版集团董事长王民真诚地说："此次图片展对集团广大员工特别是青年人，有着深刻的示范意义。金兴安 15 年来对农家书屋的坚守，既反映了他'知恩图报的精神'，又体现了他'坚韧不拔的精神'，更凸显了他'不为自己的精神'，是大家学习的榜样。书屋改变了很多农村孩子的命运，一个书屋的力量是有限的，但它的影响是无限的。如果我们每一个人都能像金老这么做，我们的集团会发展得非常好。我们倡导这种好人精神，集团每一位员工都应该向金兴安学习，从自己做起，努力成为对国家和社会有贡献的人。"

安徽省人大常委会原主任孟富林有感而发："这个展览办得好，主题鲜明，图文并茂，有六个好：第一，兴安同志创意好。他是个孤儿出身，他时时想到如何才能感谢家乡父老乡亲对他的养育之恩，他知恩、感恩、报恩。他说服了家人捐书捐资创办书屋，用文化和科学知识来改变家乡的面貌。农村现在有的吃，有的住，缺少的就是文化科技知识的普及和提高。兴安同志创办书屋的义举，是树立好思想，发扬好精神，展示好作为，取得好成效，做的好奉献。第二，各级领导高度重视好，特别是中央领导刘延东副总理作出重要批示，这在全国农家书屋工程建设来讲，该有多大的影响，多大的推动。省里的几任书记，市里、县里各级领导的关注和支持，都是非常重要的。第三，出版集团大力支持好。从整个展览内容来看，出版集团做了很多工作，很多领导同志专程去书屋参观、调研、捐书，早在 2006 年就将兴安办书屋的事迹上报新闻出版总署，引起中央的重视，这是组织的保障。第四，社会各界鼎力相助好。包括当地政府、企业和老百姓都很支持。第五，媒体宣传好。全国上百家媒体跟进宣传，特别是中央主流媒体集中报道反响强烈、影响广泛深远。最后是硕果累累好。精神变物质，读书推动了经济发展。通过书屋学习到科学种田，科学养殖，促进和推动了蒋集镇'六个一'产业的大发展。我们从岗位上退下来之后，怎么样发挥余热，怎么样力所能及做点事情，这个很重要。兴安是退休心不安，长期坚持做好事，做到这一点是很了不起的。我们退休之后，时间都自己支配了，有的搞健身，有的搞其他的爱好，有的想做些有意义的事情，我觉得兴安退休之后，想到农村的发展，想到对乡亲的报恩，想到党的培养，想到各方面的支持，所以他在很多方面都做出了很大的成绩，创办书屋只是一方面。我们要向兴安同志学习、致敬。"

2019年4月9日，安徽省委宣传部副部长、省新闻出版局局长洪永平来到定远县蒋集镇农家书屋调研。洪永平不无感慨地说，蒋集镇农家书屋设在学校旁边非常好，可以充分发挥学校学生与读书之间的桥梁作用；而且作为县图书馆的分馆，符合新时代农家书屋的发展方向。他提出，下一步要把农家书屋的改革和创新搞好，在内容和设备上不断更新，继续保持蒋集镇农家书屋在新时代改革发展中的领先地位；其次要继续探索新的路子，为安徽其他地方的农家书屋发展提供宝贵的经验。

在此之前一个多月，中宣部等十部门刚刚印发了《农家书屋深化改革创新 提升服务效能实施方案》，提出做强做优一批示范书屋，规范提升一批标准书屋，整改完善一批问题书屋，使农家书屋资源闲置、机制不活、内容不合口味、数字化程度不高等问题得到初步解决，让农家书屋有书读、有人管、有活动吸引，形成聚人气、有活力、可持续的生动局面。

根据这份文件和洪永平副部长的要求，金兴安诚恳地表示，成绩是过去，昨天的成绩已成为历史，一切从今天开始"再出发"！今年将在书屋院内安装路灯、添置椅凳等硬件，同时在软件方面进行更新。书屋在新的时代，进入新的历程，我要继续发挥余热，绝不辜负中央和各级领导的殷切期待，我们要在书屋建设上探索新路径，把农民的阅读与国家倡导的全民阅读紧密结合起来，用知识和文化带领乡亲走向小康和富裕。

回想起16年来为了蒋集书屋的正常运转和不断发展不停地奔走的点点滴滴，金兴安感慨地说："当你投入到你喜欢的事业中去，其他的一切都不重要了。"

16年间，他已先后160多次来到蒋集来到书屋，特别是在他退休之后，至少每月要去书屋一次，帮助书屋协调解决各种实际困难，谋划书屋如何增加读者扩大影响面。2013年春节寒假期间，他还顶着寒风，深入农村，连续走访了那些曾在蒋集书屋苦苦读书，后来考上了清华大学、北京大学、山东大学等知名高校的学子，一一听取他们对于蒋集书屋今后发展的建议，并且在《安徽日报》上发表了一篇采访北大学子薛飞的手记。

在自己的有生之年，金兴安决心把建设发展书屋的事业继续进行下去，奉献自己的余热。为此，有人有感而发，专门作诗一首，赠予金兴安：

> 伏案工作几十年，
> 感恩乡亲常惦念。
> 莫道桑榆唱晚晴，
> 足下仍有未耕田。

后　记

好人论

金兴安，作为一名编辑和作家，本是出书和写书的人。他又用后半生倾情办书屋，鼓励许许多多的人都来读书，这是一件很有意味也很有意义的事情。

兴安是安徽省一位有影响的作家，在儿童文学和报告文学创作等方面都有所建树。他非常谦逊，又平易近人。在与他交往 4 年多的时间里，他几乎总是带着平和的、谦虚的笑容。他说，我不是来写他，而是希望我通过记述他的故事，铭记那些好人善举，激发全社会的人都奉献出爱心，都发出自己的一份光和热，都来做一个好人。

兴安的根在农村。他心心念念的也都是那些成千上万的农民乡亲、农民兄弟。他用自己的方式去反哺乡村，希望家乡越变越美好，希望乡亲们的生活越来越富足安康。

金兴安是中国好人。这是中央文明办命名的，更是社会公众用口碑评选出来的。好人，是一张标签，是一张名片，是一种褒奖和肯定，更是一种感召和鞭策。

好人是社会的精神标杆、道德标尺。社会上的好人越多，社会的和谐度、美誉度就会越高。我们要建设文明和谐美好的社会，就需要呼唤中国好人，呼唤所有的公民都来做中国好人。

那么，好人究竟是什么？好人应该是怎样的呢？

好人就是乐于助人的人。一个人，只要他能够摒弃绝对的利己主义，摒弃私心贪心，愿意助人并以此为乐，这样的人就是好人。可见，好人的主要特征就是利他。在他的思想理念中，在他的人生观与价值观中，一定是利他主义超越了利己主义，是把别人放在与自己对等而且往往是更为关切的、更为重要的位置上。好人总是希望通过自己的努力，凭借自己有限的能力，去帮助那些需要帮助或应该帮助的人。在助人利他上，他们没有第二选择。

因此，好人实质上是一种道德评价，一种价值观的评价，一种品格操守的评价。好人是道德的上层人，是道德标准的践行者。从好人身上，我们就能看到一个国家、一个民族的道德高度、文明程度。一个文明的社会，就应该是利他主义者多于利己主义者，就应该是一个好人的联合体。就像歌里所唱的那样：只要人人都献出一点爱，世界将变成美好的人间。献出爱，是一种爱心的表现，也是一种乐于助人的体现，是好人的一种重要标配。事情往往都是这样的，好人就是有爱心的人，就是愿意奉献爱的人。

高尔基说，给予永远比索取更快乐。这是一个道德操守的高者的人生哲言。人活于世，赤裸着身体来到世间，也将赤裸着身体离开人世。尘归尘土归土，从尘土中来的人最终的栖息地仍旧是尘土。忽忽一世，不过百年。人如蝼蚁，寄居于世而已。以个人吃喝计，人这一辈子，总共吃进肚子的粮食总数不过20吨，也就是一辆大卡车所装载的数量，喝进去的水总重量不过80吨，也就是80立方米。古人云：家资万贯日食不过三餐，广厦万间寝卧不过三尺。人固然是拥有各种欲望和需求的，但是人的需求和欲望都是可以控制和约束的。一个好人、一个高行的人，他之区别于常人之处正在于善于驾驭和管控自己的欲望，在于能够知足常乐、知足而安。

立身行世，最难得的就是能做到心安理得、问心无愧和无怨无悔，做到以平常心平衡心对待得失苦乐人生百味。就是一个人在回首往事时能够没有或少些遗憾，能够感到无愧此生。做一个好人，坚持做好事，这是一种保持心态平和的重要路径，也是一种不虚度此生、让人生更有价值更有意义的重要方式。

做好人，行好事，这其实也是一种精神。人是要有一点精神的。这种精神实质上就是人的灵魂。这是一种强大的支撑力量，是陪伴人度此一生的拐杖或舟车，是可以将人摆渡到人生彼岸去的载体。做好人，这种占据道德高地的选择可以使人获得精神上的愉悦，获得实现自我价值的愉悦。做一个好人，正是一种正面的、肯定的支撑力量，它让人在人格上、品德修炼上更加圆满，也更加强大。

好人难当，好人不易。一个人做一件好事容易，帮助别人一次不难，但是要常葆一颗助人利他利于人世之心，将做好事作为一辈子自觉的意识和追求并付诸日常最切实的行动，这需要发自内心的价值体认与坚守。亦即要把做好人行好事变成个人的初心和愿景，变为自己的信念和理想，并将其具体化在日常的生活和工作中。

在我们还无法做到一辈子只做好事不做坏事的时候，我们可以给自己先树立一个初级的目标，就是不存害人之心，不做害人之事，不说假话谎话。在此基础上，再逐步提高自己的从善行善能力，从小善做起，从日行一善做起，集腋成裘，聚沙成塔，逐渐地培养自己利他为他的心理和精神。就像每日做功课一样，做好了做足了这些功课，自然而然地，水到渠成地，我们就会变成一个地道

333

的真正的好人，我们的心目中就会更多地看到他人，看到那些需要帮助的人们，心里装着的就不会仅仅是自己和自己的亲人。因此，尽管人非圣贤孰能无过，然而，即便圣贤如尧舜，也是可以学而致之的。好人虽难，但却也是每个人都可以做的。

金兴安因为独特的身世经历，使他由衷地、本能地选择了感恩社会、回报乡亲的好人之道。数十年来，他一直走在为善行善的路上。在自己的有生之年他还将继续这样做下去。这是一个寻常人，他的贡献并非惊天动地震撼人心，但他确是尽己所能、竭诚竭力地做一个中国好人。他的好人之旅，相信能带给我们每个人深刻的启示与感悟。也正因如此，我愿意花费长达 4 年多的时间来跟踪采访他的事迹，先后采访了近百人，描绘他的生平经历。我相信自己做了一件有意义的事情。我也真心祝愿普天之下好人好命，好人健康长寿，幸福吉祥。

人民出版社对本书的创作相当重视，慨然将其列入出版计划，出版社领导黄书元、陈鹏鸣二位先生十分关心本书的创作进展，责任编辑杨美艳、陈建萍更是付出了大量心血。在此，作者一并致以诚挚谢意！

现在，我已完成了这次精神长旅式的采访，也完成了这样一次长征式的创作。我把这本从生活中采撷来的书，献给那些懂得感恩、善待生活、一心向好的人们。

祝愿每一位读到这本书的朋友都可以毫无愧色地说："我是一个好人。"

2019 年 4 月

封面题字:邵华泽
写意画作者:鲁 光
责任编辑:杨美艳 陈建萍
装帧设计:汪 莹
责任校对:刘 青

图书在版编目(CIP)数据

中国好人:金兴安与第一家农家书屋的故事/李朝全 著.—北京:
　人民出版社,2019.5
ISBN 978-7-01-020637-0

I.①中… II.①李… III.①报告文学-中国-当代 IV.①I25

中国版本图书馆 CIP 数据核字(2019)第 060069 号

中国好人

ZHONGGUO HAOREN

——金兴安与第一家农家书屋的故事

李朝全 著

人民出版社 出版发行
(100706 北京市东城区隆福寺街 99 号)

北京中科印刷有限公司印刷 新华书店经销

2019 年 5 月第 1 版 2019 年 5 月北京第 1 次印刷
开本:710 毫米 ×1000 毫米 1/16 印张:21.25
字数:264 千字

ISBN 978-7-01-020637-0 定价:59.00 元

邮购地址 100706 北京市东城区隆福寺街 99 号
人民东方图书销售中心 电话(010)65250042 65289539